U0579383

北漂纪

作者租住的燕丹村民居，天台上租户洗晾的衣物像万国旗一样飘扬

北漂纪

燕丹城中村街景之一

候车室

废弃的火车站，有人在车站附近做引体向上

候车室

一座废弃的老汽车站，变身土鸡养殖场，却仍寄托了全镇人的记忆

在县城

新晃县城街头，往昔银楼的繁华为风雨剥蚀

西安往事

西安城墙下部镶嵌的碑记，上面标明了西安城墙 1985 年整修时参与出资的单位：学校、商店、供销社、瓦楞纸厂、奶牛场等

过秦岭

秦岭南麓的武关，自古是出入关中的兵家必争之地，如今遗迹荡然无存，唯余古人诗句

过秦岭

秦岭秋色，寂静地灼烧

洪水

汉江上仅余的渔舟

洪水

汉江安康段，枯水季节

住瓦屋

瓦屋顶，开春阳面积雪尽化、阴面尚完整

住瓦屋

作者出生的石板屋屋顶，斑驳青深

出生地

家乡石板屋内，烤地炉子的老人

出生地

家乡风物，废弃的石磨落了雪

寻梦记

老院子最后一次丰收，青壮年都已出门打工

寻梦记

家乡山岭，云遮雾罩，只有岭际眉目清晰

在别处

袁凌——著

天地出版社 | TIANDI PRESS

图书在版编目（CIP）数据

在别处/袁凌著. —成都：天地出版社，2021.1
ISBN 978-7-5455-5958-3

Ⅰ. ①在… Ⅱ. ①袁… Ⅲ. ①散文集—中国—当代
Ⅳ. ①I267

中国版本图书馆CIP数据核字（2020）第176553号

ZAI BIECHU

在别处

出品人 杨 政
作 者 袁 凌
特邀策划 雷 磊
责任编辑 陈文龙 王 鑫
特邀编辑 殷 希
封面设计 所以设计馆
内文版式 夏 天
责任印制 葛红梅

出版发行 天地出版社
（成都市槐树街2号 邮政编码：610014）
（北京市方庄芳群园3区3号 邮政编码：100078）
网 址 http://www.tiandiph.com
电子邮箱 tianditg@163.com
经 销 新华文轩出版传媒股份有限公司

印 刷 北京文昌阁彩色印刷有限责任公司
版 次 2021年1月第1版
印 次 2021年1月第1次印刷
开 本 880mm×1230mm 1/32
插 页 16页
印 张 9.25
字 数 227千字
定 价 58.00元
书 号 ISBN 978-7-5455-5958-3

咨询电话：（028）87734639（总编室）
购书热线：（010）67693207（营销中心）

目录

CONTENTS

序　一

一位非虚构作家摊开的内心世界

袁凌是从我老家小镇上走出的作家，陕西省平利县八仙镇，作家一直认为这里是“世界尽头”。出北京至西安，穿过世界第一长的秦岭终南山隧道，到汉江边的安康，顺着岚河上行两百多公里，进到大巴山深处的河流源头，八仙镇就到了。

镇子的地形是两山夹一河，天空是那种中间大两头小的番薯形状，人就像被装在番薯形状的荷包里，有一种洞天感。山川封闭之下，语言、见识和世界观都有某种局限，等到人成长起来，走出番薯形状的洞天，看到的都是新天新地，对世界的好奇和敬畏随之而来。袁凌离开家乡，已经是上大学的时候，他在西安读书，随后去重庆、北京工作，天地开阔，他的出发点仍然是八仙这个小镇。

从大学教师岗位上辞职，袁凌投身媒体，从山城的《晚报》，辗转到京城的《新京报》，之后又在几家杂志社供职。职业状态的变化，让袁凌看见了更大的世界，但是他却没有驻足在繁华地带，他注目凝视着微末寒酸的地方，直抵一个个被忽视的细小命运。十几年的媒体生涯中，袁凌一直坚持写作，他还一度辞职回到八仙镇，和乡民一起生活，埋头创作了一年。

然而，常年写作给袁凌带来的反馈极少，刊物发表的也很少。借助新媒体的崛起，袁凌把自己的非虚构作品发表在网络上，很快就受到读者的欢迎。网络的声势聚集，推动了作家的第一本作品的诞生，这就是《我的九十九次死亡》，这一作品让袁凌备受瞩目，并获得 2015 腾讯书院文学奖“年度非虚构作家”的荣誉。

《我的九十九次死亡》是袁凌锋芒初试，所写的都是细碎微末的命运，却拥有穿透人心的质地与力量。直视苦难，在真正重要的事情上不回避，成了袁凌最显著的写作风格。八仙是高寒苦楚之地，生活其间的人也多凄苦。袁凌对于苦难的直觉是天生的，借助文字，他让喑哑的一切如同血一样流淌了出来。世界尽头的边缘感，让作家和喧哗、浮躁保持了距离，他笔触细微，定要使沉默之物发出声响。

之后，袁凌又出版了非虚构作品《青苔不会消失》《寂静的孩子》，前者是媒体特稿作品的精粹，后一本则专门写无人管顾的留守儿童群体。热爱袁凌的读者们，将袁凌比喻为“卖血式写作”，熬尽心血，文字澄澈。毫无疑问，袁凌是当下国内最值得瞩目的非虚构作家。

我第一次见到袁凌，还是在 2010 年夏天的北京。从新闻系毕业的我，进入凤凰周刊杂志社面试，并以见习记者的身份留了下来。杂志社领导决定，给我指定一位陕西同乡编委作为指导老师，并把我带到了一位身形瘦削貌似西北老农的人面前，说他就是袁凌。细聊之下，我们惊觉两人居然出生在同一个小镇，故旧颇多却从不认识。

借助同乡身份和这次见面，我有幸与袁凌成为朋友。先生年长我十三岁，按理说是我的业界前辈，可他从不以师长自居，平易坦率的性格让人感到畅快。工作之余，袁凌曾将他从未发表的二十多部作品发给我看，当时我经历浅薄，可一读之下，仍然被这些文字深深吸引。袁凌的写作自成风格，文字天然质朴，日常事物也能在他笔下生发知觉，显现脉络与力道。

袁凌的文字带给我的体验，可以用震撼来形容，我很难说清楚他是先锋文学或者是散文，但有一些东西弥久不散。再等到后来，看完日本导演是枝裕和的电影，我才再度体验到这种感觉。电影和非虚构写作一样，都是从欧美生长出的艺术创作形式，最初的语言和技巧也都是人家的，是枝裕和把欧美的电影创作形式拿过来，里面的语言却是东方的，那种流淌的日常与不散的味道知觉，充盈在他的电影作品里。

在非虚构写作中，袁凌如同是枝裕和一样借助了规则和框架，但内在的知觉和审美趣味却是东方的、中国的，深入中国人的肌肤与骨髓。当下国内非虚构写作如火如荼，绝大部分创作者都热衷研习国外相对成熟的技法与意义框架，却在表达上缺乏力量，始终无法深入。袁凌的写作，无疑将是中国非虚构写作未来的道路。

“真实故事计划”一直致力于推动非虚构文学的大众化，试图让更多人阅读并创作，写下他们最在乎的故事。非常有幸，我们曾一度邀请到袁凌先生担任“真实故事计划”总主笔，他的写作在“真故”广受欢迎，甚至，部分作品取得了爆款式的传播。

在我阅读的袁凌作品中，《在别处》是最特别的一本，这部作品是袁凌从小镇八仙走到北京天通苑的自我叙事，作家以极大的勇气和坦诚，讲述自己童年成长、家庭以及婚姻的挫败与消解。这部作品在某种程度上，就是作家的自传。

非虚构作家常常是强悍的观察者，当他把自我置于观察的视角下，会发现怎样的人生真相呢？欢迎你打开《在别处》，这是一位非虚构作家彻底摊开的内心世界。

雷磊

2020 年 5 月 22 日

序　二

2019 年的某个秋日，我在天通苑地铁站天桥上看到了半截彩虹。彩虹从楼群之间矗立起来，短短的一段，引得行色匆匆的下班族纷纷驻足观看。这一时刻变得有点异样，像是对着许愿桌上的蜡烛，短暂地相遇，又寻常地逝去，只在朋友圈和记忆里留下一些痕迹。

我想到了童年时出现在山谷间的彩虹，更完整，更修长，像是我脚下站立的天桥，真的可以由此出发去寻找什么，跨越什么，即使只是在孩提的梦中。

我出生在陕西南部的一个山村。在童年，时间缓慢，感觉自己处于一个密封的瓮里。四周岭际是完整界限，离外面的世界很远，只有垭口传递些微信息。

长大后渐渐走出脚程，身后留下线索，其实也是家乡人的寻常轨迹：出巴山，渡汉水，过秦岭，出潼关，天南地北。过于悠长，多有阻隔，却又含曲折情味。到了平原，才算是真正跨越天堑，迈入外面的世界，再也没有家乡的地标。

有天发现自己走得已够远了，有一丝驻足顾盼的自得，下一刻涌上的却是心慌：牵扯的线路太长，归途难寻。纵使地理上回到了老地方，却认不出曾经熟悉的物事，找不到生身的证据。旧日的瓮破碎，时光之水似乎原封贮存至今，却倏然流尽。

面对残存水迹，心中怀疑：我算是活过吗？昆德拉有一句话：只生活过一次，就等于没有活过。古希腊哲人说，我们不能两度踏进同一条河流，我们存在又不存在。在匆忙急促的路途中，除了半段彩虹的偶尔征兆，我们能落得什么随身之物？即使是获得了房屋户口，在寄居的城市有了一个位置，心里仍然有一道过于拉长的针脚，绷紧了会疼痛。

没有人可以活两次，没有人可以真正两次走上同一条路，就连我们自以为可靠的身体，下一刻也变成另一个。比起把握在手的身体和物质，记忆更为忠实。它就像是我们预先拥有的一座矿藏，不论我们自以为人生如何贫乏。

靠着回忆，我们在一次人生之中就活过了千百回，在一条离乡路上年年回家，在封缄一个信物之后又拿起它无数次，在一次亲吻中就度过了爱欲轮回。

我在微博和豆瓣的树洞里看到一个辞世者的抑郁，在回乡和舅娘的聊天中挽回了一份童年时光，在上海亭子间的寒冷里触到肖邦手模的裂纹。当老屋里尘气侵蚀的橱柜风化，事物已在另外的容器中保存。它们更可靠，无须占据空间，却坚固有重量。可以毁坏一座城池，却打不破一个人的记忆之橱。所有黑暗与丰盛、耻辱与幸运的内情，只顺从心灵之钥的开启。

它并非自闭。在旅程之中，我们与他人分享落脚休憩之地，有偶然邂逅的十字路口，驻足躲避风雨的廊桥，也有候车室、影院、教堂和墓地。这些地址像一口口保险柜，牢固地储存着人们共通的记忆，也像是区块链的一个环节，不会丢失、腐化或被权力涂改。

眼下，在过于迅疾的变动里，许多事物正从视线里消逝，水井、胡同、铁轨、家鼠、石磨、瓦楞和洪水的印记，包括方言、风俗、亲属。我们感到舒适的时候，也在失去切身的什么。

硬座车厢里硌人的夜晚，让人真切地感到自己的身体，和邻座的身受联结。在高铁和飞机上，我们的身体感受没有这么强烈。一栋钢筋水泥的单元楼里，不会有木屋阁楼上随楼板颤动的心跳，和瓦楞下雨声的滴沥。在对未来的信仰之下，人们对待手边和身后之物过于粗暴了，坟土被掘开，路面被开挖，河流被截断，瞳仁被掏空。

高铁奔驰而过的田野上，风物倏然消逝，像是全然陌生的场地。大地上依旧忙碌的父老，像旅客眼中的蚂蚁，从事不可理喻的劳役。北京的五环内外，胶囊公寓和地铁车厢里欲望相互压榨，没有出路地生灭，和大地上的父辈音信阻隔。

我想记录下这些，亲手往那口共有的保险柜里添放一些物品。凭借信物，和血缘亲近的人们彼此认出。

我想以文字之绳串联脱落的线头，达成回归出生地的道路。带上一个个地点寄存的行李，攀爬连接城市和故乡的彩虹之桥，在旅程中寻求安顿。

每件行李中，有我们的一份生命。从候车室，到出生地。

袁凌

上卷

这是一座森林，

甚至一个城市的变奏。

北漂纪

一

十六年前，我第一次乘坐火车北上，穿越黄河的分界线和华北平原，地图上显眼的黄河已变得微小，我没有注意到何时经过了它。平原一望无际，土地比南方干燥松散很多，几乎没有成形突出之物。时值初夏，农人在铁路线两旁的田地里收割小麦，还有在北方出产的花生，挖掘出植株后就地摊开晾晒，他们自己的脸面和手臂也现出手下庄稼的颜色，皱纹在无遮无挡的太阳下摊开。我写下了一句诗：

我晒到了北纬 39 度的阳光

到达北京近郊，景物倏然变得不同，和斑驳楼群一起出现的，是分布于铁路两旁的大片灌木丛，挂罥无数的塑料袋和垃圾随列车裹挟的微风飘动。我知道这是一座大城的序幕，但还是对这种邂逅有些不适应。

到北京的当天晚上，我住在六铺炕附近一家招待所里。扭开门把手时我被电击了一下。躺在床上，头往铁床架上靠的时候又被电了一次。伸手去揿床头灯，再次被金属按钮电了一次。我的心恐惧起来，似乎来到了一间四处漏电的房屋，稍不留意即会身亡。我翻身起床小心地开门，叫来了服务员大妈，告诉她屋子漏电。她面无表情地看着我，似乎看着一幅难以理解的画面，没做出任何解释便离开了。

后来我终于明白，这是北方的静电，是每一个从南方初来北京的人都曾经历过的恐惧。

秋天在清华园里安顿下来，宿舍里的主要陈设是两张铁架子床，倒不再时常经历皮肤一激灵的恐惧，或许北方干燥的空气渐渐接纳了我，架子床上层书籍的尘灰安抚了静电。

我每天在走廊尽头的大水房里洗漱，有一段时间学着电影里“混社会”的样式，省去洗发精用洗衣粉洗头，水流到眼睛里，龇牙咧嘴，仰头浇上半天冷水。大水房朝向西边，夕阳照射下，远处的山脉依稀连绵，近处的院落也现出参差，像是深宅大院，常常让我生出无端幻想。我能了解这座城市的多少内情，它过往沉积的秘密，有几分会与我有关？这似乎是我来到北京的缘由，眼下却阻碍重重，无从穿越。

校园里有一条弯曲的人工河流，淌着黑色的污水，一直往西边流出校园，进入北大的地界。我顺着河流走去，离开宿舍区食堂、林荫道和百年大礼堂，穿过河边的灌木，后来发现到了校办殡仪馆，那里有火化炉的烟囱。四处隆起小丘，深秋树木荒凉，感觉园子已经死去了一百多年，又仍旧在活着，有一种回声，想到那个不久前铊中毒的女生，似乎自己也会不经意遇难。

去到师兄居住的单身宿舍，进门像是一间库房，书籍堆到了屋顶，只给人留下穿行的缝隙。线装书陈年的气息统治着这里，不论如何泛黄、落灰、虫蛀，书籍是这里真正的主人，师兄不过是书页中一条蜗居的虫子，等待出头之日。我明白了一件事情：我不想待在这里，成为另外的一条，从生到死被安排妥当。

我经常在远离校园的地方奔波。在有限的待在宿舍的时光里，我常常拿着新出的报纸，上面有我的一整版稿件，对着铁架子床一字字地重看，依稀闻到印刷机的油墨味。这似乎是一种保障，但我的身体却又微微颤抖，意识到自己即将做出一个决定，改变自己三十岁往后的人生轨迹，或许会像抛物线似的坠落。

同住的室友在台灯下看马克思主义哲学的参考书，往他那台紫光电脑上打读书笔记，他入学前来自山东某个市的团委，想着博士毕业后回去上调一级，进入省团委，眼下这算是仕途的快车道。他的家人都在山东，每晚要用 IP 卡打长途电话联络，有时我能听见他儿子的牙牙学语。我感到我们完全不同，身体中微微颤抖的希望，不知如何对他讲述。

冬天的末尾，我搬走了铁架子床上的被褥和书籍，离开了清华园。

二

我们八到十个人群居在金鱼池小区的一幢复式房子里。那时还没有“群租”这个名词，八个人都是新京报的同事和眷属。我住其中朝北的一小间，另一个同事住朝东的一小间，其余两个同事合住朝南的一大间。有时候老胡的老婆带着丫头从石家庄来看他，有时则是小韩的女友来同居。楼上有一个女同事独居一小间，另有两个男同事合住长条形屋顶倾斜的阁楼，屋顶低的那一边只是摆了一张行军床，被长期出差的小李作为偶尔回京的安身之处。因为总有人在出差，屋顶下满员的时候并不多。

房子是回迁房，眼下叫“金鱼池”的这个地带，就是从前老舍笔下的龙须沟。龙须沟固然早已填平加盖，名字中的金鱼池也不见踪影，从来没人提起它在文学史上曾经显赫的过去。

房子具有回迁房的一些特征。譬如造型不错，外表看上去清爽白净，但墙壁单薄，里面却是冬冷夏热。户主没有装空调，冬天也没有顶事的锅炉暖气，而是早早装上了电暖气，一开闸电表数字呼呼上蹿，各家分摊时必有抱怨，每次受不住了稍微开一会儿都有负罪感。阁楼屋顶有个地方漏雨，慢慢变成很大的一块斑渍，一些石灰渣子落到地上，总担心那块地方有天会整个掉下来，在它最终可能掉下来之前，我们集体搬离了那里。

这里离虎坊桥的报社不远。时近午夜，我离开主管编辑那间烟雾腾腾的楼梯间，走下光明日报社老楼的八层阶梯，已经没有公交车，于是顺着永安路慢慢地走回去。街上的老式路灯永远电力不足，带着朽红的光晕，路旁有一处处塑料小灯链扭成的“串”字，下面升腾烟雾，两三个晚秋仍旧穿着汗衫的北京爷们在吃喝，脚边已经躺了一堆空酒瓶子，小桌上还竖着一打半打，他们真是尽量打算把一年中的日子都当成夏天来过。街面空空荡荡，却不时要小心绕过一堆形态可疑的呕吐物，让人胃里一下子揪紧起来，一直紧到喉咙。

除了这样的时刻，我的心里大抵是带着一种倦怠的松快，终于交掉了稿子，又若有所失。似乎在北京，除了在有着一个大后脑勺的台式电脑上码出来的一篇篇稿子，没有其余可靠之物。一个房子里租住的同事们也大抵如此，老胡虽然在石家庄有家属，却似乎不大希望她们来，一个看上去不能再普通又有点憔悴的北方女人，一个有点像老胡的胖丫头，带着一副混不吝的神情。老胡一开腔大抵是叱骂，有时会因为淘气揍老婆，可她像是从来也没怕过。有一次老胡还当着室友的面揍起了老婆，大家连忙去劝架。老婆虽然哭了，但对于老胡和妻女，这似乎也并不特别，只是他们一种通常的交流方式。

我会想到，自己已经三十岁了。从前浓密的头发已经微秃，自从在清华园的水房里用洗衣粉就冷水洗头之后，这个过程倏然加速，顶门心已经感到深秋的凉意。和那些在街上留下呕吐物的人们不同，我没有穿着汗衫坐在发光的“串”字下彻夜吃喝的权利。早晨在昏沉睡意中可能接到一个电话，我立时挣扎爬起，背包去两千公里外采访。

和老胡合住的室友与女友同居了，我把底层的小屋留给他们，自己搬到楼上，接手了那张行军床。行军床原来的主人在外出差越来越久，我和他也类似，可以彼此不妨碍地共用这张床。除了这张行军床我还拥有一张桌子。有段时间我把一张照片搁在桌子上。这是一张遗照，照片中人的父亲是我在奉节县采访中认识的一位爆料人和向导。儿子在唐山铁矿里触电身亡后，他给我打来电话，在虎坊桥路口旁的四川小馆里，他拿出这张照片，小心翼翼地摊在看不出颜色的塑料桌布上，怀疑儿子是电击致残后被故意弄死，希望我帮帮他。

我没能帮到他，只是把照片放在我的桌子上。照片上死者躺在冰柜里，耳朵和紧闭的眼睑旁边有凝结的血块，浑身显出紫疳色。有时洗漱之后，我提醒自己看一眼照片再入睡。

那天我从报社归来，发现照片不见了，问室友老宋，说是撕掉扔进垃圾堆了。“太吓人了。”

我险些跟他打一架。

我们不想待在这套房里等待第二个冬天，决定搬到报社附近的小区里去。这是一片老式的规规矩矩的居民楼，地段名叫禄长街，还有一条相邻的巷子叫寿长街，又开着卖花圈的铺子，让人有一种和字面意思全然相反的联想。

我仍旧和老胡一家合租一套两室一厅的房子，也是从前的新京报同事腾出来的。我住次卧，房间里除了一张床，还有一个小小的书架，房子正像老式居民楼那样不新不旧，有种淳朴的感觉。但是我忘了书放在什么地方，和在金鱼池时一样，它们离开清华园的铁架子床之后，就失去了上架被打开的权利，应该只是待在纸箱里，码在床脚，现出令人不适的轮廓。

院子里有一棵大树，枝梢伸到了窗前。但我没有看到想象中的那棵盆栽。这是房子的前任芸告诉我的。她说有一株植物在窗台下面生长，一直延伸到了她面前。她似乎还让我给植物浇水，叫我不要冷落了它。

后来我才知道，她说的就是这棵大树，她住在这里时是春天，大树的枝梢透出不可重现的清润，尖端抽蕊发芽，似乎不属于厚重的大树。我们因为这株植物交谈起来，芸告诉我她刚到北京住的地方。当时她从上海过来，挤在一个高中同学的铁架子单人床上，在报社附近找房子，一时没有合租的人。下班时一个摄影记者对她说，我们那里有一个地方，你去看看，要是不嫌弃可以先住一下。

芸去看了。那儿称不上是一个房间，只是一个缩进去的空间，够放一张床，睡觉需要从床头爬上去。芸接受了这里，住了半个月。从那个洞里，芸每天清早接到派料，起身去采访，有次料来得太早，她没有洗脸刷牙，就冲出去跑了一天，傍晚才回来，也并不觉得辛苦。

她感谢那个摄影记者和他的室友给她提供了这个地方，直到她找到眼下我住的这个房间。她在这里住了半年，又跟着合租的室友搬去陶然亭，那对情侣希望住的房间新一点。

我去过芸的新房间。

那是个新建的小区，芸和室友租的房子临街，在那条只是铺上了沥青，显得没有完全整饬好的路上，依稀可以看见她的小房间。半斜开的窗户，里面的一丝微光，似乎带着蓝色。后来我一直怀疑，是她台式电脑的鼠标发出的。当电脑关机之后，这个光电鼠标还会一闪一闪。

她似乎需要这点闪烁，陪伴熄灯后的黑暗。房子在七层，有电梯，但有次停电了，依靠摩托罗拉手机的一点点光亮，她在漆黑中一层层爬上去，感到是在一口井中。中间在台阶上坐下来，想象这时有个北方的男孩在身边，摸摸她的头发，她的眼眶湿润了，像是那株窗外的植物被浇灌了。

同居的一对恋人时常吵架，看起来每天都可能分手，可是他们有了孩子，后来结了婚，去了海南。报社看起来像几千口的一大家人，各人在屋顶下还得找各自的归宿。

三

半年后我离开了北京，芸也从那家报社离职，去了上海。再次回到北京，我住在联想桥附近的一套一室户里。

我请一个朋友帮我找房子，她用诺基亚手机发照片给我确认。那时候北京这样的房子似乎还很多，价钱没有涨得太贵。我的单位在中关村附近，骑自行车可以过去，离地铁远些不是大问题。

房间比禄长街那间要再旧一点，有些地方墙皮都剥落了。床头墙上有一副前任租户留下来的镖盘，我没有取下来。窗户外边也是个院落，高大乔木下有个废弃的花圃，几株花卉陷落到了坑里，在坑底继续生长。

比起我和芸在上海华师大后门租的那个房间来说，这里太安静了。那个房间面临十字街头，几乎就是在“人”字形街道的中间，面对一整条街道上汹涌的车流。似乎只有在上海才有这样的房子。为了适应街道交叉的方向，房间是椭圆形的，像船舱的头部，悬挂着几副落地的旧绒窗帘。芸说她喜欢这间房子的形状，“住在这儿感觉像公主”。

芸从来就不是公主。她只是下岗的纺织厂工人父亲和尚在经营的搪瓷厂工人母亲的女儿。母亲很忙碌，她只是父亲的公主。

从第一刻开始，街道的喧闹声似乎要把房间抬起来，两层玻璃完全挡不住。发动机沉重而粗犷的轰鸣，疲惫后释放的叹息，掺杂着喇叭忽而尖锐的杂音，似乎全然不受管制。这种杂音特别刺激听觉，像是一个个刺客从那条汹涌的河流上忽然跳起来，穿破纸一样单薄的窗玻璃，杀入耳朵。

夜晚随着路灯变亮，河流的样式更加清晰，车声越发高亢起来，在十点左右达到高峰，像是这座城市的夜生活，午夜过后也不甘于寂寞，从未完全平息。清晨太阳早早升起在街道尽头，热力穿透了窗帘，车声又周而复始地高涨起来，喇叭声尤为刺耳。

不知我们是怎样适应了这里，在洪流之上酣然入睡，也不知芸的父母是怎样适应了她回到上海而不归家的事实。我见过一次那个沉默的男人，在长宁区某处的街头，看着他骑老式自行车过来，穿着一件电工的工装，无声地把一件东西交给我，多年下岗打零工的生涯完全磨灭了他任何尖锐的神情，即使对于我这样一个带走了他女儿的外人。

芸把台式电脑从北京运来，搬到了这间屋子里。当时没有笔记本，我们背着台式电脑的显示屏和机箱辗转，不以为沉重。能有一台平板的显示屏已经不错，但那只光电鼠标不见了，消失在奔波途中。夜晚窗帘无法全然遮蔽马路上的灯光，无须蓝色的小小光亮。

在那间房子里的时光不长。生活和心境未来得及安定下来，又要离开。我回到了北京，一个人待在联想桥的房子里。

小区在一条巷子的深处，巷子的墙壁和路面是灰色的。巷子里长期停着一些废弃的车辆，蒙着厚厚的尘灰，喷漆已经剥落，露出锈蚀的内情。其中有一辆，常春藤蔓从车头的变速箱里长出，冒出了锈蚀的车头，车灯的窟窿也缠绕翠绿之绳，探寻空气，整辆车和植物不可分割，变成了半是死去半是活着的一种东西，让人想到它为何被抛弃在这里，时光已逝去多久，却永不会有人探望。

有天晚上，我在巷子口看到一个乞丐。他垂头背靠废弃的小汽车轮胎坐着，对于随时向路人乞讨失去了兴趣。路灯的晕黄灯光落在他身上，也渲染了植物的蔓丝。我忽然生出一个念头，在他面前蹲下来，问他叫什么名字，是哪里人。他面无表情，显得这类问题对他毫无意义，或许也没有答案。我掏出一张百元钞票，带着票面的微红，搁在他眼前的空缸子里。奇迹发生了，他刚才麻木的表情忽然有了变化，露出了一丝微笑，像是打开一个豁口，带着惊讶和因此而来的羞怯。我在这一道豁口里走开了，想象他幕布后面的情形，我们都是一样孤独的人。

芸也离开上海来到了这里。我们去市场买了几株盆栽，其中一种叫猪耳朵，生出长长蔓丝，顶端触须微微卷曲，总是习惯穿过相邻绿萝的茎叶，缠绕无从分解。我们也像是这样的两株植物，但最终，我们在这间屋子里分了手。

芸搬离后的那个上午，阳光依旧不错，我坐在屋子里，看着空荡荡的景物。镖盘仍旧在墙上，带着黑黄分明相间的刻度。我用剩下的最后两只飞镖扔了一次。扎中了靶心，但依然没有什么被改变。屋顶下结着一幅藏文的祈福经幡，是我从纳木错湖边解下的，上面有很多匹奔跑的马，寄托了系经人的祈愿，或许我为自己的冒犯遭到了惩罚。

窗台上的猪耳朵衰弱了一点，似有灵感，蔓丝依旧穿过一旁的绿萝，清润中透出一点蓝。我为它只拥有这么个名字感到抱歉。我也将要离开，不知如何安置，只好将它们留在这里，祈望下一任房客的善待。

四

我在通州住过一小段日子。

是在华联家园站的附近，并排几幢现代风格的小区，外表带着一些装饰图案。房间是不区分厅卧的大开间，统一装修，“拎包入住”，专供在国贸、大望路一带上班，暂时还买不起大房子的白领。八通线地铁刚开通不久，这种需求多了起来。我租的就是一对先前在国贸附近最高的写字楼里上班，结婚后又去美国读书的白领的房子。

这是我在北京第一次真正独居。晚上我会失眠，听见小区保安在楼下走近，又走远。围墙附近的杨树随风飒飒作响，下雨前树叶翻滚，现出一团亮光。深夜，保安的脚步停息了，我在单人床上敧侧，枕边放着一本《荷尔德林诗集》。在北京，我拥有的只是这个身体，和荷尔德林①在一起。

小区门外的街道比较安静，到底是新的社区，附近一片小树林中，我意外看到摆了几十个蜂箱，有人就着一片槐花养蜂。这是我第一次看到有人在城市里养蜂采蜜。晚上在带着晕黄的路灯下，有几处出摊卖碟子，我吃饭后沿路搜罗过去，买了两张回去，在我新近拥有的带光驱的笔记本电脑上看。这个笔记本电脑有些沉重，但对我来说仍旧是一大笔支出。这是我第一次看昆汀·塔伦蒂诺的片子，对于他让一个个看上去很有魅力、像是主角的人物很早死掉感到不解。在我的故事里，我总是做不出这样的取舍。

有时我在午饭后走到附近的火车站去，这儿主要是一个货运站，没有什么旅客上下，只是堆着许多原木。它们大约来自遥远

---

① 德国著名诗人，古典浪漫派诗歌的先驱，作品有诗歌《自由颂歌》《人类颂歌》《致德国人》《为祖国而死》等。

的关外，长途跋涉之后现出棕红，隐约散发着松脂的气息，现着浑圆却称不上宽大的轮廓，大约那边的家族都被砍伐过一茬了。只有极少的时候，才能看见巨大的原木，一节车皮似乎只能放下几根，似乎最后的孑遗，让我想到家乡传说中藏在四岔河和神仙湾最深处的黑林子，却也让人怀疑是否真的存在。火车站紧挨着八里村，属于地铁的上一站，破破烂烂的几条巷子，带着想不到的各类名目的招牌，有一种完全不讲究的热闹，和华联家园附近完全两样。

在这个村子里，我见到了研究生时期的同学胡勋。自从八年前毕业分配，我们没再见过面，完全没想到他会住在这里。

他的身份是社科院的博士后，社科院在这里有一处单身宿舍。他和女友同居，和另一对伴侣合住。

屋子的内情令我意外。房间的中央部分被布帘隔了起来，我们顺着一条环形的过道，去到属于胡勋和女友居住的部分。这个半段环形的空间里摆着一张床，另外还安置下一副灶具。房间不怎么透光，白天需要开着电灯。

这无法和我独居的公寓相比。灶台下面搁着几株有点萎缩的青菜，胡勋说是赶在菜市场关门时去买的，菜价大打折扣，一块钱一大把，够他们吃上几顿。

他的女友是新加坡人，随胡勋来中国后没有工作，两人靠胡勋的博士后津贴生活，租不起房子，只能住在这样的环形单身宿舍里，胡勋每周三次赶地铁去花家地的社科院本部上班。地铁到了八里庄基本上不去人，他就走一站到苏荷时代外边的地铁站去排队，三轮之后大约可以上车，贴着车门赶到大望路换公交。我想到从前在上海读书，胡勋说起每次坐火车回贵阳，买不到坐票，在车厢连接处蹲下来，或者找个洗脸池窝上去，事先吃两块巧克力，四十多个小时不下来，也不上厕所。

他女友看上去清秀温柔，两人在一起的神情显得肖似，胸前悬挂着相同式样的小小十字架。比起在学校的时候，胡勋像是变成了另一个人，天生和女友匹配的。

我们穿过那些墙皮剥落的巷道，去菜市场门口吃烧烤。胡勋一定要请客。烧烤很便宜，但我有点过意不去。地上吹着微风，纸屑微微飘动，胡勋咬着一串抹了辣椒的烤茄子，对我说明年一切都会好，他们会去美国，那里有足额的奖学金。她并不需要找工作。他女友不大听得懂汉语，她的烤茄子上没有抹辣椒，恬静地微笑着，间或听胡勋转头用不大熟练的英语跟她说上一句什么。

我想到虽然他们住在这样的环形房子里，傍晚去即将关门的菜市场买菜，却是幸福的。

远处隐隐传来货运车站的汽笛声。

五

两年过后，我从家乡回到北京，住在《城南旧事》里写的香炉营旁边。

香炉营已经拆迁了，那些年北京拆迁的进度还不那么迅速，多数住户搬走之后，每条巷道还剩下一两家钉子户，整个街区空荡荡地摆在那里，暂时没有人来翻动，看起来是要一直搁下去似的。我有时想到，它是否该作为历史古迹被保留下来，但联想到林徽因梁思成旧居被拆事件，便知道这是不可能的。英子看人摇动辘轳汲水分水的那口大井台，也早已不见踪迹，更不用说水光泼溅的情形了。

晚上我喜欢在空下来的几条巷道里转，路灯的电路没有切断，迁走人家的门牌号还在微微发光，连同一些“文明户”“五好家庭”之类的小金属牌额，让我想到家乡的“十星户”“计划生育放心户”之类的牌子，往往挂着牌子的农屋已空无一人，瓦屋顶也要从中段塌下来了。

我住的小区大约就是居民的回迁房，房子是杂志社租下来给一个高层住的，他的衣服虽然成列地挂在柜子里，人却不常来，我有幸与他分享。这位室友是一名退伍军人，在杂志社的身份有些特殊，当年与社长一同在部队，两人有些私人关系。他没有成家，似乎常年在外边替杂志社跑一些文化产业项目，譬如说投资拍电视剧，却从来没有成功过。

他偶尔回来，大抵总是酩酊的状态，不知是否工作的应酬，不大跟我说话，似乎对于有下层员工和他分享房间感到不愉快，一个人待在屋子里，有时看上一会儿电视，在客厅的茶几上留下几根烟蒂。

房间光线不足，天气暖和的时候，我宁愿待在院子里的几条长椅上，读一点书。我记得仰躺在长椅上读亚里士多德的《天象论》，亚氏写到恒星是一类永恒的生命体，虽然不及永生的神，但也拥有不灭的灵魂。书页上方是晴朗的北方天空，带着一点白云，我找不到恒星的痕迹，但它们在蓝色的某个深处隐藏着。这么多年来，我似乎第一次发现北京的天空很干净，像是被英子记忆中的井水洗涤过。

我常常在单位的写字间里待到很晚。单位就在宣武门路口附近的庄胜大厦楼上，那里有更多人的气息。有时候我和熬夜的同事一起下班，在大楼底层拐角的地方道别，背身在风口里点一根烟，抽上两口。我的技术不过关，无法在风口里点燃香烟，也不太想抽。经过香炉营走回小区，一步步更浓厚地闻到退伍军人的气息，我的双脚沉重起来。

我打算另外去找个房子。

有个合租信息是在广安门外。这和我理想中的地段有些距离，但仍旧抱着试试的心情去看了看。

信息上说是三室一厅的房子，去了我才知道，主卧有三个女孩合租，次卧里也住了两个女孩，都是打工妹的样子，留给我的是第三间卧室，位置是一进门，过道一侧是这间卧室，另一侧门对门是全屋的厕所。几个女孩眼巴巴地看着我，看来她们出于微薄的工资，很希望有人来分担房租，并且不在乎合租者的性别。

有一刻我很想租下来，体会和一群打工妹相处的感觉，即使这间三卧的价格定得和主卧差别不大。但是想到门对门的厕所，关着门仍隐约闻到飘散的气味，早晚和她们轮番抢厕所和淋浴的尴尬，不能在家穿短裤打赤膊的忌讳，我还是却步了。出门的时候，我和她们一样感到某种遗憾。

看了几处房子，我交了一个月中介费，租下了手帕口附近一间合租的次卧，结束了和退伍军人合住的日子，也离开了英子记忆中的香炉营。

六

这间房子在一个极其老旧的居民楼片区里，几乎称不上是小区，要穿过曲折小巷才能到达这里。街巷像是包上了厚厚的甲胄，不知道它的来历。但是房间内部经过装修，铺有复合木地板，看上去很新。

我把行李和经过辗转剩余又新添的几箱书带到这里，跑了一次二手货市场，让它们有了再次摆上书架的权利。房间不大但也够一个人住，除了地板和空调，自然也少不了北方的老式暖气。虽然窗户朝西，但夏天过去仍旧留有余热，我还是有了拥有一间房子的幸福感。同住的是一个早出晚归上班的男生，总是关着门。客厅很小，类似一个过道，我们见面的时间很少。

夕阳停歇在一片老旧平和的屋顶上。床上铺着一个女性朋友帮助我采购的碎花被子和枕巾，她还承诺绣一个枕头送给我。这让我对这儿有了一点家的错觉。我不用那么经常逗留在单位的格子间里了。

每次去单位，需要走过那些像是包着厚厚甲胄的巷子，穿过叫里仁街的一条短短街道去搭公交车，街道一旁新开发成了小区，和周遭有一条清晰的分界线。有两次打的回来的时候，被司机听成女人街。后来我知道，它的真实身份和这类想象截然相反，叫作半步桥，一个我在沉重的近现代史册上屡次翻阅的名字，那座小区从前是半步桥监狱和看守所的地盘。

半步桥的起源不明，自从修了民国第一监狱，似乎衍生出了“奈何桥”的意思，流传下来一首犯人唱的歌《七笔勾》，大意是过了此桥，便会将爱恨情仇、烦恼牵挂、人生抱负一笔笔勾销的意思。逐段唱下去，终究勾销完毕。最后被勾销的大约是桥本身，眼下已和当初的监狱一样杳无踪迹。但在那里仍旧有一丝气味隐藏，我似乎也理解了旁边巷道墙壁和屋顶如此厚实的来由。

很久以后我走进小区，看到赭色楼房顶楣有小天使的浮雕，显得特别，联想到狱内设有刑场，民国和新中国成立后处决过很多犯人的往事，猜测小天使大约是意在拯救含有怨毒的亡灵。因为这个缘故，这个小区的房价也比周围低一截，据说开发商都因此破产了。在小区的一侧，保留着监狱曾经的大墙，砖楞和陈旧的高压电线被爬山虎覆盖，显得和平，围墙中段矗立一座岗楼，没有了值守的身影。

冬天来了，里仁街上变得更为寂静。平房奂突四处冒烟，被风压贴着屋顶，路边也似乎烧有煤炉。路面积水成冰，小区外停的几辆车底盘上挂了凌条，这种家乡屋檐寻常的景物，我在北京却第一次看见。屋子里暖暖和和的，但那个女性朋友的刺绣枕头还没有到来。

在里仁街的出口，能看到不远处的南三环，夜晚高架桥下灯火闪烁，似乎穿过那个路口是另一世界，更为荒凉空旷。我的租屋在这条界限内不远，不知哪一天会越界，落到更荒凉的地带，像地上偶然的纸屑，痕迹被一阵北风带走。

室友的租约到期了。他是把整套房子租下来，再转租一间给我的，我从来没有见过房东。眼下他想搬走，却不愿放手这套房子，不肯让我直接跟房东续签，打算仍旧当二房东，并且把我住的房子租金提高了两百块。当初租住时他给我瞟了一眼合同，我发现这间房和他住的主卧条件相去甚远，价格差别却不大，眼下更无法接受他的涨价，因此只好散伙。但我的合同是比他晚一个多月签的，还没到期，想让他分摊一个月的租金，因此第一次去了他住的房子，逗留了比较长的时间，却没能成功，他保持着沉默，似乎一种其奈我何的态度。

我回到自己的小房子里，生闷气，小房子也似乎失去了从前的好处，显出各种不起眼的缺陷，譬如冬天的暖气不足，阳光又偏偏和夏天正相反，转到了南方去；木地板铺的时间还不久，有些地方却有翘起的迹象；说到公用部分，卫生间太黑太小，没有通风口，也没有专门的厨房，做饭的心情不大；电视老旧了，彩色像是事后涂抹上去的，看纳达尔在红土上的网球比赛，难以分辨网球落到了哪里，而这是我晚上不想入睡时喜欢上的一个节目。

想到这些，更觉得自己吃了不小的亏，简直想要找个办法报复他，脑子里出现种种的方式，调动自己可能有的一些能耐和关系，似乎办法还不少，一时牙咬得紧紧的。转念又发现，自己想出来的这些方式，没有一种是一定会见效的，代价也都不比半个月的房租小。毕竟我和室友一样，只是个漂在北京的外人，才会来租这样的房间，他大约也是看穿了这一点。

想到后来，最现实的是放弃这间房子，按时搬走寻找下一处。好在冬天已经过去，找房子搬家的奔波不用那么苦寒。我也实际这么做了，在一年差一个月的时候告别了这里，去向下一个住处。

七

我请一个同事来帮我搬家，他新近买了车，一个后备箱加上后排座位，正好把我的家当全部装下，从半步桥迁移到了三里屯附近。

那些年三里屯正值繁华，但南街已经开始拆迁。我租的房子在南街往东一点的一处老家属院里，和酒吧街隔着几排老房子和半个街区的距离，几幢高大的建筑挡住阑珊灯火。合租的是一个腼腆的男生，看起来有一种温柔感，和前任室友差别很大，也不是二房东。当然，他和所有先来者一样住了较大朝南的屋子，留给我的是朝北的较小次卧，光线和冬天的温度都不如主卧，不过价钱也着实便宜一些，毕竟是跟房东签约。

这是我自从离开金鱼池之后又一次租朝北的房间。不知为什么，它特别让我想到老狼的那首《流浪歌手的情人》，“我只能给你一间小小的阁楼，一扇朝北的窗，让你望见星斗”。或许因为从窗户里看出去，透过院子里几株大树的缝隙，晚上真的能看见几颗星星。

房间里除了一张床，主要的家具是一架连带书桌的白木书架，式样和颜色淡雅，看上去很不错，也是我选择这处房间的原因之一。我把装在同事后备箱里带过来的书都上了架，摆得满满的，在桌前坐下来，打开黑乎乎的笔记本电脑，有一点幸福感，打算在这里认真写个什么。

但是过了不久，书架部分忽然没有征兆地塌下来了，差点打在我的头脸上。我把书都拿下来，书架没有复原，内部连接的铁钉子都崩开了。我只好请房东过来一趟。

房东没有找我的麻烦，毕竟他当初保证过书架很牢实，可以插满书籍。“宜家的东西不经用。”端详一会儿之后他说，我才知道书架出自一向不熟悉的宜家品牌。

我想不到什么补救的办法，最后把书架拆了下来，只留下桌子。这样我的书又回到了纸箱子里，摞在墙边。好在书桌显得宽敞了。

晚上我离开小区，走到三里屯酒吧街上去。这里和隔着半个街区的我的租屋是两个世界，十字路口人车堵塞，无尽的喧嚣和灯光汇合流泻。路北一排酒吧，路上密密麻麻地站着身姿前倾神情急切的女性，随时拉人入内，倒没有人烦扰我，大约注意力都在车主身上。酒吧里面灯光迷离，人影晃动，那是我来北京之后未曾进入的世界。

我穿梭而过，到了使馆区。使馆区严肃安静，四处围着铁丝网，设置路障，却也让我明白了刚才酒吧街热闹的一个来源，这里有很多的外国人。我顺着一条开放的横街走入，经过两个警卫，他们纹丝不动的站姿像是出于一种使命，有的在铁丝网的暗处，只有走近了才能注意到，让人心里一紧，他却保持着面无表情的姿势。

我走入竖街，两旁斜伸出浓密的树木，在上空合成穹庐，成为压低了的另一重天空。这是一种修长乔木，含有特别的青翠，似乎属于南方。另一条树荫的街道遍种柿子树，眼下也饱含青翠，我喜欢顺着这两条街走一个来回，再穿过酒吧街，回到沉寂的小区，我的拆去了书架的桌子前边，面对笔记本上敲下的文字，属于往昔黑暗深处的时代。

有时候我没有走得这么远，只是从小区大门外往北走，进入这片街区更内部。路旁有一所技工学校的体育场，隔着铁丝网，零星有人在晚饭后健身。穿过两家打烊的餐厅，迎面有一所外表黑沉沉的建筑，黑暗中闪着一些明灭的小灯，隐隐看出下面的装修，带着浮雕和护板的线条，是一家夜总会，叫名门夜宴。

它似乎没有窗户，四周包裹得严严实实，完全不知道它的内情，入内的是些什么样的人。它的名字让我想到最近冯小刚的一部电影，不由联想到里面可能进行的诡谲的权谋与情色，所有的欲望和金钱在这里复合、发酵、膨胀，或许有天会爆炸，带来难以预料的毁灭。但眼下，它保持着黑沉沉的名门气度，和渺小寒碜的我完全没有关系，即使走近一步也感到心理压力。

许久以后，听说它果然在“天上人间”的风波中被一并封闭，我再次路过那幢建筑时，它已变成了一家商场，封闭的门户都已打开，外墙的浮雕护板显出破敝，像病人发黄的皮肤，底层似乎变成了两家快递公司收发货点，毕竟它不当街，门面价格上不去，当年豪门的气质不见踪迹。

那些夜晚，我从名门夜宴往回走，回到家属院中，院落里几株乔木掩蔽，下面裸露着北方的黄土，没有精心修整过。空地上莫名地摆着一只旧沙发，布套已经破烂，但还保留着一只沙发的模样，或许偶尔有人小坐。多年后我看到刘若英拍的电影《后来的我们》，周冬雨拉着井柏然从院子里抬回去一只旧沙发，就想到了这只。不知它在院子里究竟摆了多久，近年北方的雨水增多，它在够不上遮蔽的大树底下，能够耐得起几番风雨和潮气侵蚀。

小说没有写完。也许它太陈旧、寂寞，在结束掉书中人物的性命之前，我的性命会先行终了。有天深夜，室友出差未回，我坐在出租屋的马桶上，忽然感到腹部剧痛，连续腹泻到虚脱，坐在马桶上无法起身。有一刻我觉得自己会就此死去。如果这样，将像落在水泥街道上变脏的雪一样，被成吨的工业盐融化流入下水道，不发出声音和留下痕迹，无声地来，无声地走，失去性命很久才会被人发现。在卫生间的下水管道上，有一队迁徙的蚂蚁，永不停息地上下穿行。我的性命比不上它们中的一只，尽管被叫作“蚁族”。

我又一次离开了北京。

八

2010 年秋天，我到了眼下的住处燕丹村。

那之前的一段，我想去住地下室。一方面由于身上仅余几千块的资产，另一方面是遗憾没有这类经历，似乎缺了一块。

我去过几次地下室。一次是在双井附近，去探望一位上访的大姐。顺着台阶下去，通道顶上横亘着热气管道，两旁是排列的小门，像是一个个储物间。大姐住在其中一间里，一张单人床外刚够靠床头摆下一张小桌，桌上摆着电饭煲，床位摆一个案板和碗筷，其他东西都装进塑料袋，挂在墙上。大姐说冬天不冷，夏天也不热。就是洗衣服有点费事，挂在廊道里阴干。另外一次，是有个朋友来京住在建国门附近的地下旅馆，走下去以后像迷宫，拐两个弯才找到他住的房间，推开门是一副床炕，炕上铺的床垫横顶在门上，人要站在门外爬上床去，顶头墙上有一台九英寸的小电视。

我在网上搜了几间半地下室，打算去看其中靠近四惠的一间，又有点犹豫，这时接到了一个朋友将要退掉他在燕城苑租的房子，回陕西谋出路的消息，过去看了一趟，价格不贵，就放弃了继续寻找地下室的打算。虽然房子没有装修过，但通透不缺阳光，我住的房间外边有两棵银杏树，叶子正在变得金黄，偶尔有一两片无声飘落。

房子离天通苑地铁站有五六站公交的距离，我第一次去赶上晚高峰，等公交的人黑压压排到马路中间，似乎调来全北京的公交也挤不下。在新京报时做过一组报道，叫:《十万人困守天通苑》。不想今天自己成了其中一员，且走得更远。后来我坐了路旁吆喝三块钱一位五块钱两位的面包车。

上车之后，知道不是三块钱一位这么简单。对面两条长凳座位，先上的人还可挨茬坐下，后来的在中间加小板凳，再后来的转不开身，近于被加在两旁人伸出的膝盖上，头顶车顶，车门最后是贴着人的脊背强行关上的，像是听说过的号子里塞人的情形。车子开行，黑暗中人们看不见彼此，但听得清呼吸，关节和人体的旮旯彼此屈伸搭配，最大化利用空间。有几位不知怎么替胳膊找到了缝隙，仍旧在看手机，屏幕的微光照亮了巴掌大的一片脸。车厢外风声呼呼，感觉是一具夹心面包在运行，一旦翻车，只能挤压成肉泥，似乎在这条路线上的人谁也不在乎安全保障，把命交给了这个上车的机会和三块钱的价格。

房子实际在燕丹村地盘上的一个小区里，据说是当年燕太子丹的封地，也是供养死士荆轲的地方。除了一些附庸故典的对联，刺秦的往事自然渺无痕迹，但我在小区池塘边目击了一起刺杀事件，今天仍历历在目。

那天我饭后下楼，正待走进小区公园去散步，听到那边人群骚动起来，有人喊着杀人了，从公园那边跑过来两个警察，跟着一个小区老保安，在楼下观望。老保安说是嫌疑人刚才从栅栏上翻过来的，不知上哪座楼了。正在这时，一个男子的人影出现在对面三楼楼道，招手喊“我在这儿”。两个警察立刻跑上楼去，过一会儿押着一个小伙子下来。小伙子穿着白衬衣，经过我面前的时候，他的一只胳膊露着，从肘部到手指全是鲜红的，在阳光下触目，我想到了“沾血的手”这样的名词，但眼下不是沾血可以比拟的，没有什么可以替他洗刷，他显出一副听天由命的神情。

后来知道，他是租居在村里的外卖小哥，刚才杀死的人是他女友。女友提出分手后，他请求约在相邻的小区池塘见最后一面。见面时他准备了一把刀，当最后恳求无效后，他把刀插入了女友的心脏。女友失血死亡后，他还在旁边坐了一会儿，被散步的老人发现，直到派出所的人到来，他才如梦初醒似的翻越栅栏开始逃跑，却又放弃了。

我没有看到他女友的遗体，公园封闭了几天。再次开放时路过那里，地上还有褐色的斑点，心里一阵发瘆，似乎触碰到了一个完全不同的世界，含有致命的禁忌，不由自主地加快脚步。过了很久，这种感觉才渐渐消除，和地上的斑点一样被人遗忘。这件事的流言也渐渐平息了，像是根本没有发生过，没有人关心那个青年的结局。

我想到他在阳光下被人挟持着走来，伸出那只洗不干净的血手，全然盖住了常年沾染的饭菜气味。虽然在耀眼的阳光下，却处在无法解脱的内心黑暗里。

小区北边有两大片田野，据说是燕丹村村民预留的回迁房地基，我初到燕城苑的那个秋天，它无所事事地开着大片的苜蓿花。苜蓿花是紫色的，有点像豌豆，深得像是可以藏住人。花田中被人蹚出两条小路，成了我日常散步的路线。苜蓿田尽头是苗圃。有时我会有种不加价住到了公园附近的感觉。

秋深的时候，收割机开进了苜蓿田，田野四处飘散着新鲜草茬的气息，刈割过的草地空空荡荡，散落着从收割机后身断续吐出的草捆，在运走之前会晾上好几天，让我想到英国乡村草场的情形。经过一个冬天的沉寂，春天苜蓿宿根自行发芽抽枝，开放花朵，引来蜜蜂嘤嗡和养蜂人在附近落脚，等待秋天的刈割。

这样周而复始的情形持续了好几年，直到有一年的秋天，耙地机的履带隆隆地开进了打草过后的田地，深深掘开泥土和其中的苜蓿宿根，打上了百草枯。那一片田野被拉上了围栏，土地完全变为黑色，裸露深壕，似乎由富有生机的床铺变为墓坑，准备在处决后掩埋一群沉默的人。准备去散步的我耳膜嗡嗡作响，感到我在这里的好日子似乎是结束了。

但日子仍旧持续下去。谜底揭开，春天田野里下种了玉米，玉米缓慢又按部就班地生长起来，在夏天的烈日下似乎面临焦枯，完全不像会有收成的样子，却终究在入秋后成熟起来，有了第一季的收获。比起苜蓿田的开花来，不知算是有所得还是遗憾。

没想到我会在这座屋子里住了九年，直到电线老化，水管滴漏。近两年酷暑，小区总是免不了短路停电，据说是有人私自给村里的门面接了电线。超过负荷时，池塘边的电压器发出一声巨响，刺耳又难受，冒出一团火花后，小区顿时漆黑一片。更多时候是跳闸，电工房只好安排一个人值班，随时跳了闸随时推上去，一晚上折腾数次。

2017年7月中旬的某天，晚上黑云低压，天空没有一丝光亮，闷热难忍，似乎世界就要窒息。小区再一次短路断电了。我从外面回来，看到小区大门口聚集了黑压压的人，堵住了马路要求解决问题，坐车前来处置的区委干部被包围在人群中，紧闭车门不敢下来，四周的人喊着说，“我们的老人小孩都快热死了”，他们在车里吹空调，有两个赤膊的人试图去堵住车底的排气孔，被家属拉住。一会儿天空发出震耳的雷鸣，布满了奇怪的闪电，像是一个个首尾衔接的花圈，又像劈开大地的一道道创伤，瓢泼大雨随即洒落下来，似乎完全是黑色的，伴随着愤怒低沉的雷声。大雨过后气温回落，临近窒息的人们总算感到了一丝清凉，小区的电力恢复，小车才得以脱身，一场群体性事件渐渐平息下去。

最初合租的室友离开之后，青来到了我的生活中。当时她住在天通苑的一个群租房里。我去过她那里两次。三室一厅的屋子里有十个人合租，青住在一个客厅的隔断间，有一个假窗户，一张床，床头抵着电脑桌，桌上有一部座机，她在这里打电话采访和写稿。大白天屋里开着灯，光线完全透不到这里，我担心青骨头里的钙质会日渐流失。我把她接到了燕城苑的房子里。

我们在这里一起度过四年，后来青离开了北京，但偶尔还回来，再后来终究剩我一个人了。我开始听一首花粥的歌《远在北方孤独的鬼》。那些日子，我再次听见保安的自行车在窗下深夜定时经过。再后来装了摄像头，自行车的轮毂声才终于消失。两居室的屋子无人合住，因为寂静显得有些大而无当了。

我感到自己需要一个充气娃娃。这是从一个朋友分享的文章引发的，文章的作者是他的中学老师，老师北漂了三年，用一个充气娃娃陪伴自己，临走时才恋恋不舍地将“她”扔进了垃圾堆。

虽然燕丹村里有成人用品商店，我还是按照偶尔听说的，从淘宝上订购了一个。我让它在空下来的卧房里待了两天，才拆开包装。略一试用，我感到了后悔。“她”只是一坨塑料，不管如何设计得像人的样子。

处置“她”成了一个问题。我不想把“她”扔进垃圾堆。感觉需要在田野上找个地方埋掉“她”，毕竟“她”陪了我一会儿。担心土地坚硬，我另外网购了一套园艺铲。从前我希望购置一套农具，像有些居民一样在苜蓿田周边开拓一小块土地，撒上菜种，现在却是用来埋葬。

晚上我在田野上寻找了不短的时间，不知道在哪里挖坑好，思考着哪片土地至少在近期不会被翻动。后来我选中了一片苗圃中两棵树中间的位置。如果人们移走树苗，看起来也不会涉及这里。我挖了一个坑，把娃娃泄了气，手脚蜷曲地放入包装箱，有些委屈地埋了下去。

我以为这年春天“她”总算是安全的。但过了一个月左右，我一时起意去查看，苗圃已经大大变样，新挖了许多大坑，以前的树木被起走，新栽了一批树木，坑挖得比我想象的大很多。我有点提着心走了一圈，没有发现娃娃的头，稍微宽心之余，发现娃娃的学生制服裙挂在一棵新的小树上，不由心里一沉。再在苗圃周边打量，在荒芜的灌木丛里发现了两只塑料腿。看来是被挖掘机的利齿斩断，被工人抛掷在这里的。

我明白了，这片土地上没有任何一块地方属于我，不论是播种庄稼蔬菜，还是仅仅埋下一个充气娃娃。就像我住了九年的出租屋，并不会和第一天离我的关系更紧密一些。

这个夏天，也许我将离开它，再次迁徙。

▲▲

候车室

一

黑压压的人群，一进屋就变脸，拿出彻底严酷的形相来。这个与我没有任何共同点的庞大之物，如果离得太近，会在哪里忽然伸出一只脚，不动声色地踏灭我。我远远地望着，找不到连成一体的黑色背部上一条缝隙。窗口又是那样的小，一开始就断绝了任何希望。

那些挤到窗口近旁的大人，他们的机会也如此渺茫，说不定一开始就根本没有票。肩背有力的他们，面孔在窗口面前却是完全被动的，几个人只能同时挤下半张脸，随着里面的声音应和。他们脸上现出的神情，正如孩子在父亲面前一样。窗口穿过厚厚的墙壁，是一个通道，在通道的那头，有一种不可知的命运在操纵着这边，除了那些走关系的人，没有一个人能够穿过墙洞，触到那边无可置疑的权威。售票室里的世界似乎和这边永无关联。

在这里，我第一次领会到人生中的绝望。

屋子外面停着不少车，但哪一辆都与我无关。一切只能看父亲的安排，他带着我们在县旅社大楼住了两天。我参加完中考，现在正在屋里的人群中，我已经无法在一片黑色肩背里找出他，只能老实地在这里等待。只要我走开几步，我会就此和父亲相失，失掉和熟悉的世界联系的线索，我出生后的一切都变为未曾发生。这是我人生中第一个性命攸关的时刻。

后来父亲不知怎么弄到了票，院子里来了一辆卡车，大家拼命挤着爬上去，就像是根本没有票的人。因为是拉人的车，两边的车板加高了，大人们可以爬上去，对我却显得高不可及，以往坐车是站在车门踏板上，第二步踏上水箱的台阶，攀到车斗里去。这时只能从车后面，由父亲在上面扯着，用尽了力气从人流中挣出来，到达车斗里的世界。车上的人挤得比候车室里更实在，在房子里还能挪动，这里却连一只脚也放不下来，我只能搁下一只脚，另一只含含糊糊蹭在别人脚踝上，似乎刚才候车室所有的人都爬到了这个车斗里。有时候怀疑，一辆卡车上怎么能挤下这么多人，如果是平时运牲口的话，不可能装这么多，像是插笋子。

车开动了，院子地面不平，车上的人立刻偏倒起来，开始向左倒，紧接着又向右倒，中间的人都没有地方扶，像头重脚轻的芦苇一样毫无依靠地倒过来又倒过去，只是比芦苇重得多。两边的人，还像笋子一样别在车厢板上，承受着整车人一反一复倒过来的压力。幸亏爸爸留心让我挤在当中，要是这时挤在车板边，一定会被压死的。我担心车厢板会被压破，这样的话半车人会飞出去。但是大人们却似乎毫不担心，他们从进入候车室开始，就变得无所畏惧。

院子里的坑洼是各种车碾压出来的，似乎那时县运司没有客货运的分别，所有的车又都一样沉重。人车互相穿梭，除了上车下车，很多人是去厕所，这似乎是每个进站的人应尽的义务。厕所在院子靠里的一排，里面气氛和候车室一样严肃却更沉默，一排大人面朝尿槽站着，背后一排人等候他们让位，个子低矮的我，也夹杂在候补的人群里，轮到位置，认认真真地对着尿槽尿完，一点也不像在家里大池塘岸上，伙伴们站成一排，比赛谁尿得高的随意。我第一次领会到，尿尿有时也会是一件庄重严肃的事。奇怪的是完全回忆不起尿槽里的骚味，似乎那种严肃的气质，压倒了其他可能的气息。

院子旁边有座招待所，墙壁是淡黄色的，似乎带有格子纹。朝着院子有三层走廊，每层走廊和楼梯拐角有路灯，不是普通的电灯。因为这些灯，我一直以为这里并非接待旅客，而是为司机提供的。司机是和我们身份很不同的一类人，在乡下的煤矿，每当他们一只脚踩在车头上，显得非常随意地就站得很稳，接过下面的人递上去的镔铁桶，熟练地给车厢两肩的水箱注水的时候，显得那么高，像是我们永远也无法够到的一种人。他们总是故意注满水箱，让溢出的水倾泻下来，这样就显得他们像是在高处浇灌仰视的人群，包括我们出了神的姐姐们。直到后来卡车的肩式水箱改到了肚子下面，这个场景才渐渐消失。

有时候在车站一直排队到傍晚，走廊的灯亮起来，给石灰墙壁添上了柔和的黄色，楼门口光影落到院子里，像是一张看不出质地的床单。我曾几次站在这张床单上，望着宽大的楼梯口，想着走上去会是什么样，和院子全然不同的生活，我只想得出来一只漆着花的热水瓶，一股洗澡后的香皂味儿，是在一个偶然上楼的旅客身上闻到的。这和我们身处的院子多么不同。

那些年，车站是县城最重要的地点，其外有印象的只是县旅社大楼。我记得中考那三天中床铺上方低垂的帐子，每个床位一个，比乡下的小很多，像网兜一样挂起来。走廊穿透整个大楼，从这里一直走到那头，有很多岔路，走失了就回不来。旅社大楼砖墙背后带着很多管道，有些地方听到呼呼冒气的声音，像是一半化为了活物，让人莫名畏惧。还听说有个大锅炉，似乎一场即将爆炸的灾祸已在眼前，那人们为什么把这么危险的东西安在楼房后面呢？似乎有种我不知道的必须，又含有吸引，踮着脚远远观看，不能看进黑暗里。这幢我们住进去的大楼，和平运司院子的招待所，完全没有相像处。

二

多年后，我和母亲站在岚皋车站里，找不到下脚处。院子里全是墨水，人群无视地来往，不顾及头顶和鞋袜被打湿，只是偶尔躲避车轮。墨水是他们与车轮一起亲脚踩出的，消灭了一切成形的东西，连一团污泥也不能幸免。我从来没见过一块地方，被践踏得这样彻底。这像是在一场葬礼上，所有的人身着黑色，无人出声，看不见却无处不在的雨水，消除了一切声息。

母亲说不行，这样不行，她必须吃点什么，不然肯定会在车上呕吐。我们踩着墨水穿过院子，买了两个饼子，不是烧饼也不是煎饼，像这个车站里的其他事情一样，分不出质地，也分辨不出味道。我和母亲坐上了车，我们一人一个慢慢地吃着，我发现我和妈妈的习惯是一样的，上车前一定要吃饱东西，这使人安心，又似乎有些抑郁。雨水隔着脏玻璃流下，旧的水流痕迹沾在了玻璃上，新的水流洗不掉。这个院子里也有一个厕所，厕所里的气氛较为宁静，我注意到附近院子里的一个水龙头，水龙头地下裂陷的石板长了苔藓。不知为什么，在车上我感到特别难过，似乎是诀别。我开学从八仙下安康，母亲与我同行。我其实有些不习惯，却不能表示出什么，似乎隐隐感到，这是最后的一次同行。

从安康回县之前，她提出去看火车。

我并不情愿，此前她在院子里的水龙头下替我洗衣服，已经使我有些难为情，那个院子正对着女生宿舍的后窗。为了拆洗被褥，她似乎还去找了伙房借东西，洗衣台人来人往，我所有的同学都会看见。那时候，有个母亲来看望似乎总有点损失面子，把自己不容易长大着的年龄往后推了几岁，何况母亲来自乡下，连县城都不是。这也是她要去看火车的原因。我也没有看见过火车，虽然在城里偶尔能听见汉江对面的汽笛，拉长的尾子到这里还剩下一点。母亲的提议使我的好奇心减弱，但她微笑着，似乎很坚持，我很少在母亲脸上看到这种神情。

我们走上了去火车站的路。从兴安门出城经过汉江大桥，顺着去西安的公路，一直走到一处大斜坡下面。我穿着布鞋，不适合这种水泥路，脚趾有些酸了。这是父母没给我买球鞋的结果。他们只知道布鞋或者解放鞋，父亲认为穿球鞋就是为了踢足球，实际上我也是这样想的，这是他不赞成的运动。我想买的其实是网球鞋，这更说不出理由，学校里根本没有网球。

斜坡上头似乎有些建筑，有些人往上走。母亲说，是这上面吧。我却坚决认为不是。

我不知道自己为什么坚决地认为不是。我也许看起来并没有生气，只是有一点严肃，母亲却带有一丝微笑，这微笑显示出母亲知道我的心理，我感受到了这一点就更严肃。我的理由是火车站会建在江边，铁路从坡上往下走，离江岸越来越近，等到距离消失就是火车站了。没有把车站建在高坡的道理。我的这个理由不知从何而来，但在当时却似乎有确凿的根据，我带着母亲往前走，一直走了好几个路口，母亲似乎认同着我的定论。看到了坡上植物缺口处的铁路，甚至驶过的火车，铁路似乎确实离江边越来越近，其间母亲似乎也提过一两次小小的质疑，我自顾往前走，她也就跟着我。但我忽然明白没有希望了，火车站不在前方。

脚酸变成了崴痛，我停了下来，我想到母亲的脚同我一样，她也穿着布鞋。这个想法更让我生气。我知道自己真的生气了。并不是为着洗衣服，穿布鞋，或者刚才的错误，只是这相同让我生气。母亲仍旧温和地笑着，看着我，虽然以往她并不是个一直沉默的人。我知道我没法发出火来。我们又往回走，一直走过了汉江，到学校时双脚已失掉了知觉。

以后想起来，那天我们走了二十里地，却没有走到火车站。但在一处山坡缺口下，我们看到过桥梁上的火车。在几株植物的掩映下，火车一截截的身体奔驰而过，看上去是严肃的铁灰色。在看不见的地段，火车发出的鸣叫像是动物，却又不是任何一种家养的牲口。这是我和母亲第一次看到火车。这大约也是她微笑的原因。母亲那一辈人中，没有人看到过火车，连同修三线的幺舅和舅娘，他们卖劳力打好了路基，连铺铁轨都没有看到就回来了。母亲去世多年以后，幺舅和舅娘被表弟接到深圳，坐了火车，还乘了飞机。幺舅娘重复地说，坐飞机感觉好，像在地上一样平。

那时我知道，母亲说的是对的，斜坡上头正是火车站。只不过那天往回走的途中，我们没有去证实。这架斜坡实在太长了，跑车站的三轮只送到一半，到车站要多加三块钱。不管带着多少东西，我们通常是慢慢走上去，一直到看见迎面的“安康”两个行书大字，镌在候车室的正面，车站似乎是和洪灾后的汉江大堤同时新修的，显得很气派，实际上是把一座黄土的山头削平了。

有几次，我站在安康城一处亲戚家屋顶上，隐约看见火车从对岸山坡驶过，拖着长长的车厢，进入隧道之前鸣笛，像是虫子入土，发出一种远大于体格的锐声。高中期间，我没有再去过那里，听起来那是一个凶险之处，发生着宰割、抢劫和火并的故事。从城中心到车站，无法开设公交线路，长年被三轮车把持，说不清那些司机的来源和身份。他们就像是从脊背上控制着这个城市的一帮人。

暑期回家，哥哥讲了他一个同学的事。这个同学叫辣子瓣，在“斧头帮”老大“和尚”犯轮奸案坐牢之后，就成了县城第一高手，曾经拿一条桌子腿单挑“高氏三雄”。一次他路过安康火车站，在候车室等车，遇到几个恒口地痞调戏一个姑娘，追到辣子瓣面前。辣子瓣起身干预，还没怎么动手，对方手指缝里藏着刮胡刀片，冷不防捎了辣子瓣脸腮一下，辣子瓣脸一冷，手一摸已是一条鲜血，不由大怒。放开拳脚，不一会儿几个地痞都前仰后倒，警察赶到，辣子瓣捂着脸申明情由，不料姑娘已杳无踪迹，幸亏周围人作证，警察平时大概治不了这帮小流氓，乐得顺水推舟一并押送到派出所，还给平中打了一个电话，称辣子瓣为

"有正义感的好青年"。辣子瓣回到平利中学，受到了学校表彰，当年高中毕业招兵，辣子瓣虽然脸上破了相，仍旧挂红花入伍，风风光光地离校了，成了"斧头帮"高手中修成正果的一位。这个故事，却更使我对火车站心怀敬畏，以为非辣子瓣那样的高手，是不能稍有言语举动的。

直到考上了大学，第一次经过候车室。最清晰的印象，是厕所小便池壁铺着瓷砖，一排细长的水柱流下，永远在无声地冲走人的混浊，瓷砖却依旧洁净。厕所屋顶是斜的山墙，有处墙体似乎受潮了，年代一久，透出青苔的底色，使我感觉离开了车站，回到记忆中的某个地带。这和汽车站的厕所不一样，那里的厕所挡板上总是有和生殖器有关的涂鸦，又在敏感点添上烟头的烧灼，似乎是在实行着某种私刑。后来变成黑乎乎的一串传呼机号码，再后来是手机号。我后来知道，火车站的厕所挡板内容也一样，但却总去不掉那幅无声瀑流的印象。

候车室的房间很高，屋顶挂着的吊灯似乎从没有亮过，但室内依旧敞亮。座椅上各样的人，衣服大抵是不起眼的青蓝，整个像是一块打着各色补丁的大布。人们说着来自各县的口音，有着大致相同又区别于安康城内的音调，倒使我有同类的安心。似乎安康本城的人多数不活动，倒是我们这些外县的人围绕着来往。有次听着一家口音熟悉的人，看上去是一个知识分子家庭，要走到极远的地方，有种奇异的亲切，似乎预支了他方偶遇的乡愁。

没有料到，严峻的记忆来自候车室之外。第一年寒假收假，大雪封住秦岭，我提前一天到安康买票，售票厅的人头让我又想起了县城的候车室，这里虽然叫作厅，其实也就是一间大房子，比县城的候车室大上两倍，却容纳不下全地区的出门人，人一直在广场上排成了扭曲的长队，最后收成几束，进入挤爆的大厅。人群太挤，广场上也感觉不出寒冷。等我终于排到了售票厅里，还没有进入近乎象征着购票保障的单行铁栏，在售票窗口出现了拥挤，似乎人们突然发现只剩了一张票，立刻拥挤起来。这时我看见几个警察蹲踞在铁栏上，手里拿着类似短棒的东西，后来我想大约是警棍，但当时感觉起来更像是类似洗衣棒的棒子，向着忽然骚动起来的人群头顶打下去。我心中强烈地震动了一下，似乎售票厅里马上会一片骚乱，浪头会扑灭那几个蹲在高处的警察，与其说我是为人群不平，不如说是担心他们。但是情形相反，涌动的人头顺从地被几根棒子打下去了，像是在一个正常孩子身上突然发作的羊角风被大人强力压下去，人群继续安静地买票，刚才的骚动无影无踪了。

我得以继续排队接近售票口，心里却想到，要是刚才我在那群人里，棒子是否也会落到我的身上，虽然我是一个大学生，看起来不是扰乱秩序之辈。刚才那股涌动起来的人头里面有些什么人，或许并不只是背上扛着蛇皮袋铺盖卷的民工。但他们此时也全归于无声。我排到了窗口，警察们继续蹲在我头顶监督着，这时看起来是最可靠的保护者。我注意着自己的举止最合乎规矩，掏出学生证，让他们在心里肯定地说：嗯，这是一个大学生，他不会做任何不规矩的事。

但第二年暑假，我仍旧领略了人生中初次严重的屈辱。我在城中心汽车站搭三轮车，刚站到路边，被强行拉上了一辆车，看到这辆车上只有我一个人，相邻的一辆车上已经有三个，于是心意一动，下车到三人的那辆上。这引起了先前车主的愤怒，立刻来拉我下车，虽然被第二辆车的车主挡住了，他还是站在车头蛮横地骂着“碎㞞，你下来，我捶死你”之类的话，总之是安康口音的骂人话中最毒的那种。高中三年中，我一听到这种骂声就头皮发麻，现在他一边把安康话中所有最恶毒的话都扔了出来，一边又往车上扑，要来打我，被第二辆车的车主挡开，他就把嘴里嚼了半截的甘蔗扔过来，甘蔗和碎渣子扔到了我的脸上，我似乎像被定住了一样，一声不响，心里的惊涛骇浪像售票窗口的人群，瞬间涌起又凝固，就是无法迈出跳下车和他拼命的那步，其间只隔着一条线，却永远也迈不出去。我的脸像安康郊外随常可见的石炭窑子，烧得要燃起来，却终究在心里闷熄了。这就像是一个比死亡还要残忍的过程，只有这辆三轮的车主是唯一的保护者。总算开车走了，车主开着车转头对我说：“刚才要不是我挡住，你今天就着了。”又说：“往后上了谁的车，不要随便下。”我心里这会儿愿意相信他说的话，虽然我上那辆车差不多是被强拉的。刚才的灾祸，不管如何是过去了。

但是车走到火车站广场斜坡的脚下，有两个人却下车走了，他们并不是到火车站。三轮车轰轰地又把我拉了半截，到了平时停车的地方，我掏出三块钱车费，车主并不接，看着我说：“刚才这趟上坡只拉了你一个人，你要多给五块钱。”我说车上还有一个人啊，车主却说：“他是跟车的。”那人也看着我，他虽然是外县人的面貌，却不出声。他脚下还放了一个黑色编织袋，但并没有提袋子下车的意思。我才明白他是车主专门找的外县人，平时就坐在车上招徕生意的。我问能不能少点，车主短促地说不行。我掏出八块钱给他，下了车，一个人爬着斜坡，脚步无比沉重，像是走不上去。心里充满了被骗和自责的难堪，似乎刚才的多付钱，比上车时的情形更屈辱。脸却再也烧不起来，只剩下完全的灰暗的沉重，像是人生中所有的自尊被从此摧毁了。

火车站是个比汽车站严肃得多的地点，这是我不断加深的认识。汽车可以留下来等人，人也可以爬到它的顶上去绑东西，它随时都可以停下来。火车却是一种不等人的东西，我从来都不能想象它在途中刹车，小学课本上学到的火车刹车的情节都和人命及英雄行为联系在一起，是一种让人无比崇敬又胆战心惊的事。但最严厉之处仍旧在站上，在检票口，比起进站，出站的时刻更严峻。

有一次在重庆菜园坝，送完人我有些心慌，因为站台票一时找不到了，担心自己出不去而被扣起来。出站时候被查扣，是火车站带来的另一重畏惧，自从进站上车，一次次地被查票，在车上还可以罚款补票，只要不是罪犯或者带有危险品，都有弥补和含混过去的机会。出站这次却似乎是性命攸关的。整趟路线都走完了，还有什么补救的余地？拿什么证明你的动机？面对查票的出口，像是刚来到这个世界上，一无所有。没有票证，就是罪犯。我曾见过在出站口被扣下来的人，他们似乎还在跟穿制服的人交涉，但我不敢去想等待他们的后果是什么，从此定将完全不同。

站在菜园坝的铁轨中间，我想到如何逃出这个车站，从里侧的陡坡爬上去，坡顶就是两个路口的马路。但这根本不可能，边坡覆盖了光滑的水泥，顶上垂下来几条植物细弱的蔓须，只能供一只蚂蚁，或者顶多一只松鼠攀缘。铁路外边是江，还有围墙，江岸只有极狭窄的缝隙，根本不可能往那个方向去想。我听过有些人说的，顺着铁轨一直往前走，不要泄气，不被铁轨的长度吓倒，最终是能走出去的。可是那样也很危险，有人站在铁轨尽头检查，那时又怎么说呢？比在这里的时候更加无助。那意味着加入另一群人，决心逃脱，再也不会有人相信，你是丢了票。轨道两旁延伸的围墙，有些连接处比较矮，在这样危险的时刻，似乎可以攀爬出去。西安火车站的进口跟这儿特别像，轨道在一个凹槽里穿行，冗长得像没有到达的时候，两边是高出围墙的土垣，似乎围墙不过是向上攀越的借力。可是那样的情形，里面实在含有一种惊心的决绝，我从来没有让自己走到那一步的关口，似乎宁肯束手就擒。

幸好，我的手指在裤兜底部触到了站台票。那些年中丢票的恐惧，一次也没有成为现实，却保留在我头皮下的某个地方，只能缓慢地消逝，直到被在安检口查身份证代替。我发现，我总是那个容易从人流中被挑出来的人，还好我的信息里暂时没有犯罪记录。但或许有了呢？一次不经意的聚会，打了某个电话。怎么知道哪一刻，是不是暗中丢了身世清白的凭证呢？

三

售票厅门口总是贴着几张寻人启事，黑乎乎的字体，带着一张无人能够辨认的头像，指示一个在人流中就此消失的人。

在车站，一个人的消失是容易的。这些人大多是外地的，从四川过来，到某一站下了车，从此丢失了。他们总是有某种疾病，长期或者偶然的，和我们不完全一样。但似乎也有一张写的是一个完全正常的人，到这里下车后就再无音信了，没有原因，他的亲人似乎也因此惆怅。我看着那些印刷粗糙的传单上黑乎乎的照片，常会想到那次在县城的候车室，如果我和父亲走散，就会出现在这样的传单上，而我一无所知。似乎有一种东西，在阻碍失踪者和寻找他们的人，把电线杆子上的传单变成无力的安慰，被风揭下。

去年，我参加一个智障人士权益保护座谈会，见到一个被人贩子卖到黑砖窑当奴工的智障人士。其实他并非智障，只是内向寡言，记忆力却极好。他的嘴上有一个凹缺，我以为是兔唇，后来知道是由于不顺从被铁棍打的，脑袋边上也有块地方凹进去。他起初在三原砖窑里，后来因为风声紧，老板是安康人，将他带到安康田坝乡，伐木烧炭窑，采药。一块儿的有几个伙伴，都是智障，只有他一个是正常人。一个伙伴总是干不好活，不听话，被老板一家人动手打死了，埋在一处坡上。是他和老板的儿子一起去埋的，坡上都是沙土，很容易挖坑。埋了人之后他就又跑了。之前他跑了两次，每次捉住就被铁棍打一顿，嘴上和脑袋上的凹缺就是被打出来的。这次他趁在工地上帮人盖屋，翻院墙跑了出来，钻树林子走小路，问路到了安康火车站。在火车站候车室外边乞讨了十天，攒下了二十块钱，才买票坐火车回了关中。

这次开会之前，他带保护组织的人去田坝找那个小伙计的坟。老板一家人已经跑了，谁也不知道去了哪里。明明记得埋人的地方，在一棵长瘤节的拐子树下面。这种树关中没有，他问过，所以记得清楚。但挖出来只有沙土，颜色浅于周围的，老板应该是听风声转移走了尸体。跟他一块去挖坟的老爹，寻找了两年多失踪的孩子，不知道被埋的是不是，只能在安康火车站张贴了寻人启事。

所有的启事总是印刷粗劣，留着一个有姓无名的传呼或手机号码，注明必有酬谢，令人怀疑的千篇一律。我疑心在亲人心里，启事上的失踪者已经预先死去了。

我有个本家叔叔，原来是个能人，因为砸人家的电站坐了几年牢，出来后精神时好时坏，后来和几个乡亲赶季去新疆摘棉花。走了几个月，家里忽然接到一个甘肃地方火车站的电话，是敦煌还是武威的，说是死在他们站上了，根据遗体的身份证查过来的。婶娘本来和他没感情，家里人也没去认领。多年以后，我听到一个同行回来的老婆子说，当时他中途非要下车买东西，旁边人劝不住，人很挤，下去就没上来。从下车到被发现死亡，中间隔了半个月，他应该一直留在车站，没有人注意。他们别的人去了新疆后，被当地的老板扣起来，用大狼狗和打手看着强迫摘棉花，一天只给吃两顿饭，还说工资不够抵饭钱。他们都欠了老板不少钱。等到棉花摘完了，老板再把人放了，说是免了他们的债。他们都是靠去时身上剩的一点钱，加上逃票说好话回来的。

我在这条铁路线上平安来往，只因为和舅舅叔叔们不一样，我识字，是大学生。但是在每次上车的时候，我的心像战斗片中握在英雄手中的酒盅子被压榨了，从未复原。火车的身影在窗外驰过到站，检票员放人，拿着一小张票使劲地奔跑，那时的票也没有后来大，好像命就这么一小条攥在手里，一不留神就被身边的人撞掉了。有次在西安上车，我的一个包被人从肩上生生挤断，掉到路轨下。我不知哪里来的劲，像拼命那样大吼了一声，身边像疯了那样往上挤的人发了一下怔，在这一怔的间隔中，我佝下身把包从车肚子下扯起来。如果他们这时仍旧往上挤，我也会被他们挤到车肚子下。好多时候，只有这个一怔的时间，我从别人手里抢到了手。可是难道我会永不失手吗？

有两次我在安康火车站站台上，看到有人跳下站台，很快地从停靠的火车肚子底下钻过去。我从来不敢尝试这样做，从一个这样庞大的随时会动的肚子下面钻过去。有一次，一个人从我面前的火车肚子底下钻了出来，他刚出来，火车就起动了。这个人回头和我一起看着火车启动。他忽然对我笑了笑，像是不好意思。

只有坐在车窗里深夜路过的火车站是安静的，像一片栽种着信号灯的庄稼地，铁轨是分出的行垄。信号灯有高有矮，颜色是绿的或红的，还有闪着荧光的蓝色，它们又像是安在铁轨上的路灯，一盏连一盏，总是能让梦想走出去很远很远。我把脸贴在车窗上，在那个世界里尽量往前走。火车什么地方扑扑地冒汽，长叹一声后停下来了，不知道打算停多久。有时又听到不知远近的汽笛声。一辆车起动了，我的心总是跟着这辆车走一走，到了什么地方再回来，又跟着下一辆走，最后再回到自己车上。

我不知道跟着一辆我没有搭乘的车，会走到什么地方。那些在火车站工作的人，有时提着钉锤和板子敲敲铁轨，听听声音。有的只是坐在调度室里控制信号，调动进出站的车。他们的心如果随着车辆走动，会经历多少次出发又折回。他们的外表看起来没有变化，若稍微有心，心里却装下了太多的到达和分离，是所有来去的旅客相加在一起的。我想到一部苏联电影《两个人的车站》，钢琴师被小流氓打坏了脸，又被女人的手抚慰。在其他地方，他们无法相遇，只有在人群不停来去的车站上，他们停下来相守在一起。

有一次回安康太晚，住在车站宾馆，窗下就是排了好宽的一条条铁轨，火车来去的汽笛声，短促得像动物的一声号叫。望着那些延伸出去的铁轨的微光，不知道自己的心到了哪里，也许是未来，却是永远不会真实达到的一种。想象总是走在前头，改变了未知的轨迹。只有永不出发才会留住真实，就像那一对男女主人公做的。

几年之后，我在安康师专教书的时候，认识了一个车站的派出所所长，他每周从那个小站来看妻子，我和他下几盘象棋。据说他在站上是高手，却总是输给我。我想到那个小站的情形，像我在火车上看见的，一排白色和底部漆成绿色的平房，也许前面有菜园的篱笆，爬上瓜豆的藤蔓。一个穿制服的人立正站在空空的站台上，目送火车经过，似乎这是他人生的全部职责。

我想起《日瓦戈医生》里的一句话：火车站是记忆最可靠的保险柜。

在菜园坝火车站的柜子里，保存着我记忆的另一张底片。它的茶座候车室里有很多塑料大树，还挂着真的鸟笼子，里面的画眉对着翠绿的塑料树叶鸣叫。这里的人平时要少一些，今天却也多起来。我们站在一棵树下，听着画眉叫，没有说话。检票时间到了，妻子赵玲和姨妹向着检票口走去。姨妹是听说我们的关系出了问题，从陕西赶过来的。人流缓缓又急切地蠕动，我站在两个票口的中间，跟着她们往前走，从家里开始的沉默延伸到这里，像是那个早上经过空荡荡的车站，完成一种沉闷的义务。

到了检票口，检票员接过了赵玲和姨妹的票，剪掉了，她忽然回过头来望了我一眼，眼睛里的泪水闪着光。我不知候车室里是哪里来的光线，把她的泪水照亮了，这一刻她像是放下了以前的争执和沉默，表明她的留恋。这只有一瞬，姨妹催着她走，身后的人群往前拥，我沉默地看着她。眼光的交换中，却像是有什么改变了，一个约定暗中保留了下来，示意不是生死诀别。

有什么比检票口最后的一瞥更短促又长久的呢？轮轨的坚实，意味着铁一样难以改变的道路。只有晶亮的眼神和信号灯保留着希望。菜园坝的铁轨依山而铺设，在狭窄的地带，延伸出去很远。像是肉联厂前面的车站一样，所有的车次到了这里都调头返回，它的最后几截铁轨长期闲置，浸染了青苔，之间一格一格地长出野草花朵。我在一首告别的诗里写道：

我们在铁轨间采撷，双手提满信号灯，每一次的挥手和垂下，都可让火车开，或停。

妻子坐的火车要拐弯进入隧洞，穿过整个重庆城区下面的山体，到达下一站沙坪坝，也就是火车北站。那里是她离开之前教书的学校，来重庆一年多的奔波后，通过一个丈夫在北站当领导的阿姨，好不容易给她找了这么个代课职位，每天乘车往返，我们的生活看似渐渐安定下来。回想起来，那是我们十几年婚姻中真正安稳的唯一的日子。如果这段时光一直延长下去，似乎也可以接受。可是它忽然间就结束了，从此一切无可收场，像那两条分别通往大渡口和沙坪坝的铁轨，在出站不久分了岔，开始还看不出来，却从此越来越远，无人可以让这趋势停止。

多年后我想到，赵玲在沙坪坝教书的日子，我从来没去看过她。我熟悉那个车站，在沙坪坝步行街的坎下。每次经过步行街，几排有些寥落的铁轨一览无余，却不知道何处是她的课堂。我从来没有熟悉过她的课堂，只听过一两次她的课。这么多年来，对于她最重要的一部分，我没有真正去了解。在检票口，我看见了她眼睛里充盈的泪水，却来不及去懂得。那些年，我心中充满了汹涌的冲动，难以静下心来体会什么。那一刻眼光的约定，它的质地或者比一切水泥和铁轨的铸造更坚实，或者仅仅含有泪水的脆弱。

四

高二的一个晴天，我走到安火路上瞎逛，顺路走进了安运司售票厅，去看墙上悬挂的十大县交通图。

对于当时的我来说，那是一幅过于庞大的黑色交通图，粗大的黑色线条加上一些陌生的红色名字，常让我陷入一些奇怪的玄想。

印象最深的是柞水和岚皋。柞水是个离我们的世界既邻近又疏远的名字，它显然并不属于十大县这个我熟悉的范围，连它名字的风格，也不和我感觉中的十大县类似，似乎那个生涩的“柞”字，属于另一种语言，散发出些许苦味。但在从安康通过汉阴、石泉去宁陕的路上，却分出一股粗大的线条通向它，而且最后在地图的上缘，和通向宁陕那条线一样用粗大的箭头标出“往西安”。很显然，这是一个我们无法抛掉的名字，虽然我所有的亲人们都没去过，包括父亲。

后来我从贾平凹的小说里才渐渐接近了这个名字，他的人物顺着这条经过柞水的大路背毛铁。毛铁正如同家乡人背的盐一样沉重，肩上要压出两坨高出肩膀的肉驼子，正像是两块铁马口，用来承受背篓。爷爷去世穿老衣的时候，肩头上露出两块黑色的徽章一样的东西，人家说那是盐背佬长的记。我不解的是，盐背子生下来肩上就有记吗？多年以后，我因为采访一起幼女被多人诱奸致残案，在重庆菜园坝坡上的棚户区看到一个中年男人裸露的肩膀，他双肩上两撮黑毛齐整地向上生长，颜色油亮，形状特别浑圆，似乎特意修剪过，让我吃了一惊，也明白他的身份是棒棒，也就是我第一次走出菜园坝火车站时上来抢我的行李，惊吓了我的人。只有经过长年光滑又沉重的木棒的碾压，加上汗水的滋润，才会在人的肩上生长出这样完美的两丛毛发。他坐在棚户里的土台上，微笑地辩解着，说自己只是给过那幼女糖吃，没干过其他任何事情。

背盐连带着另外一系列地名，都是在这张地图的靠南边缘上排列的。岚皋是这条线的终点，盐背佬留下了自家吃的盐，剩下的才会背到岚皋县城出卖长钱。但当时这两个字眼，以及那条粗大的线路，没有让我联想到背盐的事情，只是感到在安康通县城路线的背面，有这么一条粗重的迂回的线路，似乎注定不是一件寻常的事。后来也就有了和妈妈坐车下安康的情形。

那天我的视线从地图上移下来，看到几个等车人拥着自己的东西坐着，其中一个人坐在一堆高粱秆扎的扫把上，这种扫把扇面宽大厚实，露出干爽的微红的颜色，比用竹叶子扎的好，本地高粱少，要从外地贩回来。我忽然看到这是大舅。虽然他出现在这里我毫无思想准备，但仍然能确定是大舅，我喊了他一声。大舅看看我，却没有答应，他的脸上现出有些痴呆的表情，使我感到很难堪。我问他为啥在这儿，他还是不回答，我只好离开了，但心里仍然确定他是大舅，他那张宽宽的长长的脸上的高鼻子和额头上几绺头发盖不住的皱纹是我不会认错的。

那年暑假，我回出生的院子去，听到舅母说大表哥和大舅一起出门贩蚕种，在安康车站被骗了钱。他离开大舅只有一会儿，回来时胸前装着三百块钱的荷包却瘪了。他上了要把戏变钱的当。

当时我想到，那时大舅是在等大表哥回来。大表哥被骗了钱之后，在路上待了三个小时。他想不通明明别人的钱拿过去，都是一张变三张，他的拿过去却变成了白纸。连拿了三张，贩蚕子的三百块钱变成了三张白纸。三张白纸他拿了半天，还是扔掉了。他想不出回去如何见爹，只能坐在马路牙子上。大舅这时只能在扫帚上坐等，他的心思完全在没有回来的大表哥身上，这是他面对我一时回不过神的原因。或者，他想不到在这样的环境下跟我照面，他坐在一堆扫把上的处境把平时的甥舅关系破坏了，像两个路人的猝然遭遇。

大舅一直喜欢出门贩小货，另两个舅舅说他有两升燕麦也要出趟门。但我觉得他没有坐过火车，那堆扫帚的体积也太大，挤不上停车时间短促的火车。到我的表兄弟这辈，才成批地出门过山西。春节回家的时候，他们坐南下的火车经过襄樊，在那里倒车，晚点的时候要在广场上过夜。大舅家的燕仔又落进了骗局。

当时燕仔枕着自己的旅行包打盹儿，等买票的两个伙计回来。那些年下矿的人回家，包都是鼓鼓的，多少都有些外头买的东西，最多的是收录机，燕仔的背包里就有一个，垫在几件新衣物的上面，轮廓看得出来。安运司有了候车室之后，开了一个收录机专柜，放着各种各样大小的银白色外壳的收录机，带着彩灯，有的还像过喜会扎着花，整天旋转地响着，循环地播着歌曲。有的民工为了安全起见，到了这里再去一趟厕所，从身上什么地方掏出钱来采购，大致可以保证平安带回家。燕仔是初次出门，没有按捺住兴奋，在襄樊火车站的专柜买下了一部，压在头底下，他已经在想在山村的家里放录音机听了。这比原来那台个头差不多的收音机可强得多，简直就是不能比的两回事。

他止不住站起来，想提着包在人堆中走一走。他刚站起来就有一个人慌慌张张地从他身边过去，和他撞了一下，头也不回地走了，燕仔感觉有什么东西掉在地上，心在胸膛里往上提，连忙看自己的包，还有身上丢了什么东西，一看都还在，松了口气，才发现地上还是多了一个包，是那个人慌张丢的，一个黑色的猪皮包，背上是拉链，肚子上还带着几个圆钮，像是模仿猪奶头的那种，以往是下乡的干部提的。这个包莫名地出现在燕仔眼下的世界里，让他熟悉又陌生，不敢去打开，但又移不开眼睛。他刚刚坐下，肩上被人拍了一下。

那人听口音是个四川人，说刚才那人丢包他也看见了，估计是小偷，忙着逃跑掉了，也不会回来找，不如我们打开包看一下吧。燕仔看着他打开了包，里面是几个纸包，打开其中一个，一下子眼睛都花了，包里是一叠子人民币，十元一张的，摞得整整齐齐。燕仔的心里本来充满了音乐，像是心里有个小喇叭，脑袋有些嗡嗡响，听不见外面的声音了。那人看看四周，提议说，既然不知是哪儿来的钱，那人也不会回来，不如两人分掉。但是怕那人万一回来找，不如这样，你提着这包钱，找个地方躲起来，藏半个钟头。我在这里等着，替你看包，他没见过我，要是回来找，我就说你已经走了。他本来是小偷，找不着人自然也不敢久留。等你带着包回来，我们再平分钱如何。

燕仔想不出什么来，就照他说的做了，提着包转了两个弯，到厕所附近的一个墙角躲起来。手里沉沉的，也不敢打开来看，看着手腕上新买的电子表，担心走得不准，心急火燎地过了半个钟头，回到原来的地方，一看是两个一块坐车的伙伴，埋怨他们死到哪儿去了，都要上火车了。问他们见到那个人没有，伙伴都茫然说没见着，说你的包呢，怎么变成这个小猪皮包了。燕仔心里有点空，弄不清怎么回事，也许那个人不放心，又去找自己了。好在有装钱的包在手，略微解释两句，坐下来打开来看，拿出之前见过的那叠，伙伴的眼也花了，抢过去一捻，露出下面的票子，忽然说哈了，燕仔你上当了。除了第一张十块，下面都是裁齐了的报纸。赶忙拆开其他的几叠，连面上的一张十块都没有了，纯粹就是白纸摞子。

燕仔用一个旅行包的衣服、年货和一个收录机换了十块钱和一叠白纸，成了山村里的一个传说。我知道亲人们都要经过那个车站。那似乎是一个灯光黑暗的地方，有着我看不透的阴影，却也不只是畏惧，有些不会变得清楚的想象，似带来抚慰。大一那年，我和五叔家的女娃子在她家卧房里，看到墙上挂的一个帽子，秀气的帽檐、圆圆的帽顶，款式莫名地和爸爸戴的不一样，女娃子说这是女式帽子，爸爸买给她的。五叔在山西打工，回来时在襄樊火车站给女娃子买了这顶帽子。我让女娃子把帽子戴给我看，她有些害羞，略略地戴了一下，说有点小，马上放下了。那一试戴的短促情景，却留在我心里。

女娃子就是堂妹的名字，然而她从来不喜欢。她有一个文雅得多的大名，叫袁汝丽，但也许是太文气了，没有人叫，我想到这名字是不是五叔自己起的，五叔是个木匠，给自家刷了白粉墙，翻修了一个漂亮的瓦屋顶。那几年五叔总不在屋里，在襄樊火车站买东西的时候，不知道女娃子的头型和身个长大了。女娃子腰身长了，似乎有点超出我想象，肩背莫名削瘦，在光线不足的屋子里，眼睛莫名闪亮，胸前微微尖锐的突起，不时触及了我心里什么地方，引起含有歉疚的颤动。

往后女娃子出嫁，随着丈夫在山西包矿，因为被查封欠了债，多年在矿上过年不回来。老屋的粉墙褪了色，附近又起了房屋，卧房中光线更欠了。那顶挂在墙上的帽子，买回来就小了，不知是否有过再戴的机会。

我每次回来，走到安康汽车站，开始遇到八仙的人，心里莫名忐忑。多年前那幅地图上隐藏的疑问，突然摆在了面前，我是该回县，还是绕那个大弯，经过岚皋城上八仙？哪条是我更原本的路呢？

大学毕业两年后的那个春天，我和妻子从安康上八仙，走到了岚皋，往上道路塌方，要在岚皋住一晚。赵玲成为我妻子是不久前的事，我们还没来得及一起住过宾馆，因此不知道标准间的价格。问了汽车站附近的宾馆，觉得这个从来不熟悉的价格太贵了，八十元。我的工资是三百五十元左右，赵玲是一百七十元。以前上学的年代，我们每次路过安康，是住不带卫生间的三四人间之类。我们选了一个不带卫生间的三人间，包下来三张床，价格低二十块。赵玲说，只要床被干净就行。房间里整整齐齐地摆着三张床，蒙着同种颜色的床罩，显得我们似乎非常富有。她有个大学同学叫李涛，是这个县城的人，我知道李涛在上学期间生病灌肠，赵玲和同学们轮流照料的事。她过来看我们，说你们这是蜜月旅行啊。赵玲就红了脸。到了房间，李涛说你们怎么要了三人间。我说三人间宽敞，是一样的。这时才感到这事什么地方不对似的，有点不好意思，但又觉得没什么。李涛就没有再说。我们分别坐在那三张盖着床罩的床上，聊了一会儿天，出去吃了点东西。

李涛走后，傍晚邵洪波来了。邵洪波是我的高中同学，在这个县城的工商银行工作。大学期间，他在一个电子学院上学，有次我到他那里去，看到一件领口像是西装的外套，觉得好看，借着穿回来，还没有还回去，挂在床铺里边墙上，被谁拿烟头烧了一个洞，圆溜溜的，看得出来是故意的。我就不好意思还回去，后来有天我回宿舍，衣服不见了，舍友告诉我邵洪波取回去了。这是从那以后我们第一次见面。邵洪波一身黑色西装，和大学的样子似乎非常不同了，我才知道先前那件衣裳并不是真正的西装，也并不好看。那件衣服的下落，也就不再重要。邵洪波提到县城的一家卡拉 OK，请我们去玩，这对于我和妻子也是第一次。我们到了卡拉 OK，里面灯光幽暗，总在脸上流过来流过去，我和赵玲的脸也就变了很多种样子。几个沙发簇在一起，就是一桌，有很多桌，要唱歌的人拿着单子点，到了就上去唱，和后来包房式的卡拉 OK 不一样。服务员开场还要先介绍着客人，并且递来话筒，让各桌的人自我介绍，别桌的人会鼓掌。到我们这一桌，邵洪波站起来介绍说："今晚荣幸地介绍我的高中同学袁凌，他是重点大学的高才生，路过我们这个小县城。"我似乎也听到了零星的鼓掌声，脸皮就像一个煤炉子一样从里面热起来。这时似乎才知道，在同学的心里，我的学校因与他的有那么大差距，而值得被如此看重。邵洪波点了一首粤语歌曲，是汽车站白天在放的，我有些吃惊他有这样浑厚的声音，和说话的声音很不同，似乎里面增入了很多力气。

我唱了一首王杰的歌曲，虽然看着那个出歌词进度的小电视，仍旧不是很熟练，不过这是第一次通过麦克风听见自己的声音。以前即使在高中的校庆联欢晚会上表演独唱，手里也没有话筒，要靠自身的嗓音撑满那个空旷的礼堂。我的声音也变了，更为浑厚，似乎并不完全真实，不像是人的嗓音，却又值得信服，这就是麦克风的作用吧！我第一次能够接近车站音箱里播放出来的声音，知道人生还有不同的场合，就像以后我第一次住标准间一样，很多事情似乎变得不相同。那天我们回去得很晚，邵洪波跟我聊到他在银行管电脑，财务流程都从他手上过，他还设计了一个程序。我约好下次去参观他的办公室。

这个约定没有实现，下一次路过岚皋时，给他打电话打不通。忽然听说邵洪波坐了牢，后来知道他并没有坐牢，只是丢了工作出去打工，再也不会回岚皋了。同学们说，是邵洪波的丈人害了他。他在工商银行管电脑，可以利用财务走账的流程，弄些小钱用，还能挪款子出来借给人收利息，到年终查账前还上。他的丈人在跑运输，就要他挪一笔大钱出来给自己进货，到年终结算前还上就行。邵洪波经不住丈人和媳妇的压力，从银行的账户中挪了十万元出来给丈人。哪知道丈人第二趟生意翻了车，货款全赔了进去，邵洪波补不上窟窿，到年终报账时现形了，受了拘留。往上报的话，就要判刑。他的丈人还是有些路子，找到了关系，把邵洪波保了下来，又卖车补上了账款，邵洪波受了开除处分，离开岚皋到上海打工，以后很少有消息。那时我已经去了上海，没有跟邵洪波联络上。

那些年我一直经过岚皋上八仙，几乎不再经过县城。直到几年以后的正月十四，我和赵玲约定在县城车站碰头。

我们是约定复婚的。那次菜园坝火车站的离别之后，我们终究离了婚，是在县城办的手续。这次我回乡先到县城，等她第二天从八仙下来，一早去民政局登记。

到县城的时候是傍晚了，街上人很多，是各镇的文艺汇演。我在老电影院附近遇到了玩船的队伍，街上堵得过不了人，围着一个厚厚的中心，外面的人永远也到达不了，但里面也似乎无甚动作。我向着大桥走，来到桥头车站，这是近两年为了方便城里人设立的，用的是倒闭了的肉联厂的地盘，只发县城到安康市的班车。车站院子里也有一堆人，进去一看是玩狮子的。跟以往在乡下比，摆了一张八仙桌子，自然高出了几个码子。表演的中心不再是狮子抽搐地摇头摆尾，变成了怎么往桌子上腾身上下。我一直看着他们玩罢场，得到红包，又来了一拨玩船的，就是在电影院遇到没有看见的那一班，服装很鲜艳，船也精致，点缀了各样装饰，似乎讲究到每个细节。人群似乎也立刻比刚才玩狮子时候热闹多了。

这比我以往看到的玩船复杂得多，到底是县城水平，自然不只是高一张桌子。除了戴大头娃娃面具的渔婆，主要是船心和童女的模拟，有一种往复无已的青苔，模拟撑船的回旋荡漾之状，这是本地的居民大都没有经历却乐于想象的。在走路的人看来，行船大体是原地打转的。紧张的一段是卧滩了，也就是船搁了浅，这段最展现船队的功夫，船心颤抖得越发厉害，童女手中的扇子也舞得更急促，船心和童女都蹲到了地上，全身却在不住地哆嗦，呈现那激流危船的情状，让人想到汉江修电站之前一些长滩的情形。领头的老船工拿了看不见的船桨，左撬撬，右撬撬，船和侍女也跟着左右晃动，后来忽然一下子撬起来了，于是船心和童女都站起，船队一下子挣脱了刚才的危险情状，变得更为舒展，似乎经过了险滩，轻舟万里的样子。一场船戏到此近了尾声，始终看不见那做了船心的女孩，流了多少汗，出了多少力。但那女孩却一定是要求漂亮的，为了配那船和人的想象。这场玩船是我从来没见过的。我跟着街上看热闹的人群，听着鞭炮声密集和音乐的方位，来回地走，直到几个地方的表演散场，回到宾馆睡觉。这是我唯一参加的县城的元宵节。今年春动得早，夜气不冷，却有了湿润的意思。人群或许是冲着这气息，一会儿向东一会儿向西的吧。

第二天一早，我到车站等她。因为车还没有来，所以到城东头逛逛。

城东一带靠着山脚，从肉联厂背后的一条路过去，顺斜坡一直走到五峰山脚下，到了猕猴桃酒厂，酒厂用的是山上流出的泉水。这股泉水用铁管子在山坡上引过去，耳朵贴在管子上能听见里面的汩汩声，以前我一直以为是县城唯一的水源。后来知道是只供县委少数单位用的。酒厂红火了两年，似乎也停业了，我走过去的时候厂房里听不出动静，只有山壁上白白倾泻的泉水，溅出哗啦哗啦的声响，衬得周围的一切寂静下来。看那山坡上扣着两个大小圆盖子，大约是工厂取水的罐子，我起了好奇心，顺着一条落满树叶的水泥阶梯小路上去，感到路上除了去年的枯叶，已经有一点什么不同，空气也比街上更多一分湿润。往头顶看，密匝匝的一片褐色树叶，暂时看不出什么，但鼻子里的气息是真切的。走到阶梯顶上，两个圆盖子也落了枯叶，看不出什么，也许已经没有用处了。再抬头，却看出那一树荫蔽的褐色里面，开了星星的绛色花朵，像是碎裂的天空缝隙。略微迟疑了一下，想到是一树杏花。那幽微的气息也意会过来了。

今年的春天果真来得早。

树叶还像是去年的，隔着深浅的褐色，望不清楚大桥和桥头的车站。在那里，我到达和等候过许多次，因为是市县专线，没有在陈家坝车站那样的紧张。有两年等车的时候，总是看到路边卖老鼠药的地摊。首先触目惊心的，是塑料布上从大到小排列的十来只老鼠，最大的几乎有小猫那么大，不知道他从哪里找来的，尾巴比身子更长，拖到了摊子外边，让人不敢停下来。另外还有一个小喇叭，循环地用方言播放着“老鼠药（yò），老鼠药（yò），老鼠吃了跑不脱”。很少见人来买那些一小包一小包黄绿色的药，他却一天天维持下去，若无其事。后来就起了传言，说这些人卖老鼠药只是打掩护，真正的目的是放哨探消息。他们和走乡下卖钢筋锅盆子的人是一伙的。卖钢筋锅的都是远方人，走到你门上，先问你国家大事关不关心。跟你聊上几句，说你这个人有知识，关心国家大事，他就把盆子赊给你，随便说一个价格，说不要现钱，等到钢筋锅用破了，世道也就变了，到时候再来收钱。乡下人不管他说的世道变不变，只知道他的钢筋锅质量确实好，等到用破了的时候，他也不一定能到这方来收钱，就都收下用了。后来公安局却来调查，倒也没收走钢筋锅。那一年大地方出了毒鼠强事件，县城和镇街卖老鼠药的人从此消失了，人们想起来，卖钢筋锅的也是自那年再不来了。再说他们的外地口音也相似。两下自然就联系到一起，觉得那个远处的毒鼠强事件不过是国家查案的名目。

地摊消失之后，马路边支起了一排政府搭建的服装摊位，有篷布苫盖的架子，白天衣服挂起来，晚上收摊。我参加工作那年冬天，赵玲的母亲在那摆了三个月的摊。每天黑早，岳母和两个内弟小军、小明起来，推出大车，把家里的货装到大车上，两人扶辕一人拉车，用力拉上家属院里有些上坡路的大门。然后是一气到底笔陡的下坡路，要年纪大些的小军在前面撑把手，岳母和小明在两边扶住，颠颠簸簸地下到车站对面，两个孩子去上学，岳母一个人慢慢地挂起来。卖的都是过年的棉大衣保暖内衣之类，岳母自己有一个小炉子，能够捂着暖暖手心。到下午放学，两个孩子再过来，帮助收摊装车，三娘母再把大车弄回家去，这次是一气上坡路，仍旧是小军在前边用力拉车，两娘母在后边弓着背使力推，到了家里已经是一身汗湿。岳母原来是在大街远一头开店，因为生意清淡亏本搬过来的，这里的生意要好些，但人实在太辛苦，支持到过年就搬回八仙了。岳母的进城计划也从此中止。而我也在那年冬天在这个车站搭车，离开县城到市师专当了教师，扎根乡土写作的愿望就此落空，开始了和赵玲的两地分居。

估计她的车快要到了，我下坡往车站走去。走到肉联厂后面，手机已响了起来。

我们在桥头车站见了面，她的脸上红艳艳的，像是昨晚表演过后，街头放鞭炮留下的厚厚一层红绒。我们踩着沿路的碎鞭炮屑下陈家坝。十二年前结婚的时候，登记处还在城里，在操场坝旁边一家照相馆照了登记照，后来拿证书之前，又被办事员临时要求买一斤喜糖，妻子红着脸，急忙和我奔出去补。上次离婚，登记处却已搬到陈家坝，就在老车站的不远处，租用了修配厂的一处门面。

车站热闹了很多年，当它突然冷落下来，很多处显出不适应。车站院子里有座水塔，水流从顶上溢出，周身滋生苔藓，像是一座纷披的喷泉。现在却停了水，成为一个残破的水泥柱子。车站外边有一排居民自建的楼房，都挂着小旅馆的招牌，后来换成悬垂的灯箱，正是电影《盲山》里县城车站的情形。楼上一格一格的小窗口，曾引起我的想象。马路上有一条三只脚的狗，它的一只前腿不知怎么弄断了。它用一种兼走兼跳的办法来去，对任何人类都躲得远远的，从地面的灰土中求生。这只狗在车站搬迁后也消失了，和那些来不及反应的车站旅馆一样。车站院内的招待所，似乎陡然显出了它的残破，原来这么多年残破一直埋伏着，只是在这天突然拿出来，黄色的墙壁大片褪色，路灯瞎眼，楼下水泥台阶剥落碎裂，裂隙里长出青草。有次我偶然走进老车站，站在招待所的三层台阶前，感到过去的情景都是不真实的，我甚至并没有做过那些梦。就像结婚证上两人的合影连带公章被剪掉的时候，那个老式设备的照相馆也不复存在，只需在登记处隔壁照数码照交钱，当下两清。

走进登记处，我们多少有些不好意思，桌子后面还是上次那个年轻姑娘，仍旧忙着跟人发信息。当时我们担心她会像电视里演的那样，提出一堆问题，极力追问我们的感情是否真的破裂，试图进行调解。但她一句话也没有说。我们拿出各自的离婚证，仍旧有些红脸地说明复婚缘由，她像想起来什么似的说："对呀，你是研究生，因为两地分居离婚的吧。"我说是。她点点头，说既然想通了，还是原配夫妻好。我们就到旁边屋里去拍照，一块白布前面一条凳子，上次是各坐一次，这次是再次同坐一条凳子。很快，我们的两张离婚证被剪开丢掉，两人又各自领到一本结婚证，心里带着说不清的感觉，再次走出了那间门面。

我们往大桥方向走，不知怎么又到了山上。

这面山隔河遥对县城，种着一些菜地果木，有些地方有青幽幽的越冬的白菜。我们顺着一条小路往上走，因为躲避一户人家的狗，绕到了田埂中去，走到几棵果树下，看到开放着大束粉色的花朵，太圆润了，透着一种晶莹的质地，出现在这里的土坡上，似乎不真实。我开始以为是樱花，一想小县城不会有樱花。妻子说是樱桃。樱桃是这些年县城的农民引进种植的。

在花束的掩映下，远远地望见县城。我给在省城工作的表兄打了一个电话，告诉他我复婚了。上一次我去北京，他到西安火车站送我，我们在火车站附近逛了两个小时，从老城墙一直走到革命公园。公园里有两个大花坛，周围聚着一大片老年人，嗡嗡地不知在说什么。走近一听，都是给儿女牵线找对象的。表兄告诉我，这两个花坛都是万人坑，民国军阀混战，刘镇华从河南进攻西安，杨虎城和李虎臣守城一年，城中饿死的人上万，没有地方埋了，都收敛在这两个大坑里，西边的是女的，东边的都是男的，遥遥相望。想不到今天成了婚介场所。他问我和赵玲究竟怎么样了，我说隔得太远，还没想好。他说你要好好想想。

表兄在电话里说，这是好事，既然决定了，就走下去。我说也只能这样了。心里有一种释然同时又沉重的感觉。

后来知道，这不是我们最后一次跨进登记处的门槛。

五

有一次，在安康站候车室里，一个女孩走到我面前。她穿着紫色衣服，肩上挎着一个书包，着意地看了我一眼。我一时不明白她为何看我，似乎她早就认识我，眼神中有一种特别的说服力，却又包含着胆怯，似乎这胆怯和诚恳不能分开。她的身形也有个地方很特别，似乎是在已有的纤瘦上，又减去了一分，即使是在当时喜欢纤细女孩的我的眼里。她看我没有反应，就转过了身去，面向我旁边的一个。这时我忽然明白，她是在要钱，同时脑子里嗡了一下，想到她显得纤细的原因，是没有双臂。

她的书包带子很长，顺从地贴在身上，露着一个不显眼的口。她不出声求讨，只是用沉默的眼神看过去，几乎看不出地微微鞠一下躬。我一时不知如何举动，似乎倒是她刚才眼神里的深切阻挡了我，和她之间不是一个真正的乞讨和施舍的关系，使我胆怯。只是看着她一路沉默地走过去，每次只是看人一下，连头也不点，似乎少去了双臂的同时，她的眼睛里因此多了一些什么，只此已够了。

以后我在安康火车站，总会时常想起她，却再未见过。我一定是欠了她一点什么，为了当初的那一眼。也许再一次见到她，我仍然不知道怎么办。但我再没有见过她。似乎她决心只出现一次就失踪，把一份欠缺永远留在那些没伸手的人心里。

直到去年的一天，我想写一篇关于候车室的文章，想起在网上搜索那个无臂女孩的信息，竟然找到了网友多年前拍下的照片，照片上女孩穿着紫衣服，正是我在车站遇见的。

只是这张图上没有平静示意的眼神，倒是湿润闪光，眼泪马上要坠下来，或许由于面对镜头的效果。我知道那次的遇见，并不是她在火车站的唯一。

索性再用心搜索了一回，发现去年有人在北京一家书店拍下了一张无臂少女的侧面照片，穿着黄色短衫，露着一丝微笑，除了缺少双臂，应是一个漂亮大方的姑娘，一时无法和候车室里那个紫衣少女联系起来。但文中标明了来自陕西省平利县，显然是同一个人。

不知她怎么由安康来到了北京。我在北京只碰见过一次平利人，是在地铁 13 号线上。当时听见两个年轻的打工仔说话，是家乡口音。家乡的八大县口音是近似的，凑上去一问，竟然是平利人，一个是县城的，一个是冲河口的。我告诉他们我是平利人，他们并无表示。我的八仙口音和他们的也不完全一样。她是西河人，网文还写了她的名字。我想到一个在县政府工作的朋友，他有一个习惯，经常中午骑摩托车出去遛一趟，我设想他一直骑到西河，找到她家的门户。

他听了很热切，说先打电话问问。第二天他的消息过来了，说她是十岁那年，因为爬上台子去摸变压器，两只手臂都切掉了。她们家在当地很出名，听说并不穷，还盖起了房子，大人带着她长年在外乞讨。并且，听说她还出嫁了。

我想到她在书店的照片，秀美的脸庞、微笑，全然褪去少年的苦涩，依旧清亮却少了潮润的眼睛，胸前柔美地隆起。虽然缺了双臂，或许仍有人愿意爱她。候车室目光的相遇，是埋在年代深处的一抹紫色，苦涩中尚含亲切，却难于轻易取出了。我没有想过在北京去找她和她的家人。在过于宽广的北京，她不需要再待在车站候车室，我在各条地铁上也从来没见过她。那么她究竟是在哪里，在做什么？也许，我们会在过年回乡的时候，在北京西站的候车室里碰见？

有一年，在北京西站旁边一处站牌下，赵玲的二叔接我们去良乡玩。二叔是当年当工农兵地质大学生走的，单位在周口店，在良乡安家十几年了。家乡的头一门离了，现在的二婶是良乡本地人。二叔有好多年没有回乡了，听说是二婶怕他回去花钱。奶奶过世那年二叔回去，给了幺姑家两千块钱。那年二叔的岳母正好搬回八仙，知道以后心里不平，叫岳父写信给二叔，说家里开店亏了本，两个娃子上学经济困难，要支援一下。二叔就又给岳父寄了两千块钱。谁知道岳父收到钱并没有带回八仙，自己买了一件带羊毛里子的大衣，别的钱打麻将输掉了。岳母还以为二叔没寄钱，说他偏心，岳父才承认了，岳母气得了不得。那次之后，二叔就再也没回过乡。

二婶也不喜欢家乡的人到二叔这儿来。饭桌上，二婶提起张勇儿的事。张勇儿本姓侯，他母亲早年听信了人口贩子，被拐卖到河南，后来逃回八仙，带着勇儿嫁到张家，勇儿也改了姓。张家头一门有两个孩子，勇儿自小喜欢在岳母家玩，有时晚上给岳母打伴。他十五岁就出门打工了，人聪明，在加油站里当过保安，在北京开过蒸面馆子，有一阵在良乡一个餐馆里做，常常到二叔家来，一来就喊叔叔婶子，经常带些凉菜，说是馆子里剩下的。二叔退了休没事情，身体也不好，勇儿还能陪他下下象棋。二婶见他嘴巴甜，又总带东西，也不好说什么，还给他介绍了对象，是二婶一个远方的侄女海霞，海霞有些老实，是独生女，家里要招女婿。结婚的时候，二叔还当了证婚人，当时照了一些在餐馆办婚礼的照片，寄到岳母的店里，勇儿穿着西装，打领带，胸前戴红花，脸上有些玻璃的反光。

可是勇儿忽然被餐馆开掉了，二婶打听到人家说他偷东西。勇儿对二叔解释说，海霞喜欢吃包子，老是要他从餐馆带，带多了就被发现了。勇儿说自己打算继续开蒸面店，夏天来了不愁销。有天勇儿带海霞来玩，骑了一辆新自行车，二婶就怀疑了，说他哪里来的这样的自行车，一定是偷来的，可要小心连带上我们。问海霞也问不出什么。二婶就硬要二叔去派出所反映，说他要真没事，你反映也不要紧。派出所一查，车真是偷来的，勇儿参与了一个专门的自行车盗窃团伙，派出所还来找二叔，感谢二叔是个好同志，治安意识强。勇儿被拘留的时候，二叔去送过一次衣服，带的食品也不让送进去。放出来以后，勇儿没上二叔家来了。可他还给赵玲姐妹写信，多年来他一直给她们写信，她们从来不回，他却一直写，最后一封信说到他离开了北京，去河北下矿。去了没两个月，他就赶上冒顶了。好容易才扒出来，眼窝和鼻孔里的煤都洗不掉了。虽说是招的女婿，这边也无人主持，骨灰送回了家乡安葬。勇儿离世的时候，海霞已经生了一个孩子，她嫌孩子闹人，带孩子再嫁麻烦，从赔偿款里拿出一部分，请勇儿头一门的哥哥抚养。

这两年海霞一直没嫁出去，她又想儿子了，又心痛那八万块钱，想回八仙一趟，把孩子要回来。她这两年不常来，勇儿死的时候都没给信，好像是怪我们薄待了勇儿。可是这回她怕回去要不到娃子和钱，又想到二叔了，要请他一路回去主持。“我就没答应。你二叔这么大年纪，头发都白了，身体又不好，怎么敢再跟她回陕西奔波？”二婶说。

二婶又说：“张家勇儿的事，是我叫你二叔报的案。可是毕竟是他自己犯了法啊。一个外地人，到了北京还不守规矩，可不就乱了嘛。”

二叔不说话。

去年末尾，我和妹夫走在羊坊店去北京西站的路上，手里提着张勇儿的骨灰。他是妹夫同地不同天的兄弟，在唐山的铁矿里修机器被砸坏了。妹夫到唐山去谈赔偿，带他的骨灰回去。

妹夫说，还没出事的时候，他人其实已经在回去了。

半年前他最后一次回家，说：“这次回来我是专门来看孩子的。”孩子在乡下父母家里。流天暴雨，他硬是当天把孩子接回了县城，一块待了两天。

出事前半月，他在打给媳妇的电话中说：“朋友，今年我回来，你要给我另租一间房子住。我不和你们一起住了。”媳妇以为他在开玩笑，虽然他从来不是这么个爱开玩笑的人。

出事前一晚，父母听到有人在火屋里拖板凳，来回拖个没完。

在给媳妇的那个电话里，他还说，今年回来，一定要把户口办好。他十六岁离家到县城学艺，在人口普查和重新承包土地中，村上下了他的户口。出事之后，开户口证明遇到了很大麻烦。

现在，户口终于办好了。但是立刻也就注销了。

我想到张家勇儿有封给赵玲的信里说的，他虽说在外招了女婿，可是户口还在八仙，挣了钱，一定要回来起房子住。

张家勇儿的骨灰埋在邻居家的柴山上，是用补偿款买的地皮。装骨灰用的是一副花柳树料。

手上提的这袋骨灰，昨晚放在羊坊店路一家地下室旅馆的床位下，因为太贵没有用骨灰盒，一件他生前的衣服包起来装在提包里。妹夫害怕地下室的气氛，到我的租屋住，让他在地下室里独自留了一夜。

隔着布我按到了骨灰，其实不是灰，是骨头，大大小小的，触到的可能是半圆形的膝关节。很沉，有五六斤，也许生前的重量并未消逝，凝结进了这包骨头。

在安检口的 X 光机下，这些骨头会显出什么形相。或许，有一个灵魂的阴影，飘忽地掠过监控画面，平生第一次成功地逃了票？

在县城

一

2011 年秋天，我第一次去到河南腹地。

整个地区笼罩在雾霾中，经过开封的时候，我只能影绰地看见包丞相府的标牌，其余一切隐没在晦暗中。出京时就是雾霾天气，但这里的浓重依旧是我没有想到的。

来到兰考县城，最显眼的是焦裕禄陵园和广场，但我不是为了追慕模范来到这里。一个叫袁厉害的本地女人收养了几十名弃婴，收养的地方叫“花园”，外人看来是垃圾堆。前一段时间按要求搬进楼房后，却发生了火灾，烧死了大部分弃儿。

我在车站街尽头的旅馆住了下来，往袁厉害和孩子们的花园走。这是一条尘土中的大街，每隔不远的距离就有一堆垃圾，似乎来自一个打烊后放弃清扫的市场。雾霾掺和了某种本地的成分，变为了橙色。

我忽然理解了为什么花园里的孩子们活得像垃圾。因为这里的生活无处不在垃圾之中。

垃圾箱完全被堆覆在身上的垃圾堆吞没了，完全失去了理论上的集纳功能，但人们仍旧不停地把垃圾抛向它的依稀位置。有些清晨，这些扔向它的垃圾中会包含一具小小尸体，他们是在花园或者别的地方死去后被抛弃的婴儿，因为当地医院背后的一条河岸上已经埋满了计划生育中处理的弃婴，没有地方容纳外来户了。隔河的乱葬岗坟土也不容擅动。

有时候花园帮忙的大爷只好骑着三轮车，把孩子带到更远的袁家田地里去埋葬，挖一个深些的坑，把包裹的婴儿放下去，像埋一个整齐的布娃娃。来年春天，埋葬处会长出比别处浓烈青郁的麦苗。

我去到这片麦地里，没有麦苗和孩子埋葬的痕迹，只有暮秋裸露的地皮，像是从来没有开垦和生长过有活气的东西。附近的乱葬岗，杂乱的坟墓掩蔽在稀疏的松林里，有些只留下一个陷坑，让人担心失足，有的露着腐朽的黑色木料，不敢凑近去看。只有乌鸦远远近近地飞落，似乎是为这些敞开的坑口诱惑。

出事的楼房夹杂在一大片毫无差别的砖混三层居民自建房里，巷道狭窄，巷口附近拉着警戒线。绕过警戒线可以看到被熏黑的背面墙壁，让人想到十几个从这里逝去的弱小生命，其中有不少白头、兔唇、先天性心脏病和脑瘫儿，脑瘫儿的结局往往是被放弃。不停有弃儿从隐秘的巷道来到花园，又从花园分流去向垃圾桶，幸运一些的是在田地和乱葬岗。花园和这片楼房的丛林里没有一朵花，一株植被，整座县城看起来没有一丝绿色，只有橙色的雾霾和垃圾，夹杂着包裹真相的传言。

主人公袁厉害躺在病房里，太阳穴上贴着膏药，间歇地念叨着“我的娇儿啊”，这个当地方言中的词句，和现实的间距似乎太远，在这里没有什么是娇弱的、贵重的。即使是陪在身边的两个半大孩子，受到她些许的偏心宠爱，当初也是因为白化病和兔唇被弃街头，在花园中活下来，像报道说的“命若垃圾”。

尽管焦裕禄广场领袖的题词散发着镀金的光泽，公交车上本地人一对外来者开口就是这个名字，我却只记住了这个县城的雾霾，它掺杂了别的成分，是橙色的。

近年中我走过很多这样的县城。它们往往像那条通向花园的街道，隐没在记忆和世事的雾霭中。

二

在移民新城行政大楼门前的地砖上，暗红色的陈迹还没有完全消失。

这片痕迹是属于县林业局长的。不速之客堵在他下班的路上，用一把砍刀袭击了他，现在他仍旧待在医院的 ICU 病房。小半年之前，城建局长的车子连人一起翻越了长江大桥护栏，坠入二期蓄水的三峡库底。

迁移后的奉节县党政单位处在老虎包上，是新县城最坚固的地块。但在有滑坡之虞的商业街和居民安置楼的环簇之中，它并不能高枕无忧。两起未曾侦破的案件，是地面之下断层透头的裂隙。离开了世代生息之地，县城还难以在新的地段上安顿下来。

老县城还没有沉入水下，它在留守的地方呼出最后几口气。走上老街，被巨大的烟尘和噪音吞没。高低残垣上是赤膊的人和锤击的震响，耳膜微微颤抖，眼睛被没有征兆的闪光刺痛。相比新城的人气寂寥，这里显出鼎沸的热闹，足以感动一个像贾樟柯这样的外人，但却是镜头下热闹的死亡。

老县委县政府的大楼还立在下半坡，作为没有达成安置协议的移民过渡点。它虽然已经陈旧褪色，但两翼张开的造型还保留着某种过往的权力感，住在其中的移民们却全无领会。他们在过去书记县长各科室的办公室里支起发黑的蚊帐，摆开锅碗瓢盆挨着期限，为了新城某处半坡上有沉降裂缝或者采光困难的房子不安，闷热的天气增加了楼道空气的重浊。他们似乎决定将“钉子户”的名声坚持到最后，直到江水上涨没过脚面，锅碗瓢盆在楼道里漂起来。就和这座在江边待了几千年的老城一样，他们不惯于移动。即使是在新城有一个位置，有些东西也永远被改变了。

在二层楼道，一个赤裸着上身的老妇佝身迎面走来，她的两条乳房像干瘪掏空的袋子耷拉在胸前，嘴里叼的烟杆系着一个同样耷拉的烟袋，面对擦身而过的外人目光，她脸上毫无表情。在这幢奄奄一息的大楼里，性别可能完全失去了意义。就像对于这座县城，从前的记忆和身份正在腾起最后的烟尘。

县委大楼面临过去最靠近江面的一片繁华城区，已经全部拆除，一两条野狗在轧平消毒后的废墟上嗅着什么。最靠近水边的地带，却有几幢楼房孤零零地立着。其中两幢只剩了半边，一些居民房的门窗被拆除了，留下张开的大洞。楼房入口被木板封死，人们又破开一条缝隙出入。完全不知道它们为何没有被爆破。

我寻找的一位爆料人住在四楼。原有的住户都已搬空，门洞后地面或许遗落一二物件，一枚微红的儿童发夹，或者墙上撕开裂缝的奖状。爆料人住的房门只能打开半扇，随时可以从里面拿桌凳抵上防御。没有水电，到江边去提水，晚上点蜡烛照明。他不知道这是谁的房子，也不知道能栖身多久。在他因风症微微颤抖的手打开的塑料袋里，是半袋罂粟果实，这种被禁绝的作物来自县城周边山区，或许是行政中心大楼前地上血迹的原因。

这种黑色的果实让我不安。走在新城行人稀落的街道上，我怕被拦头坠下的什么重物砸中，留下一摊很快陈旧的痕迹。半夜住在旅馆，几名警察突然闯入，查验我的身份证件。这是过去未曾有过的。半年前一位同事前来采访局长座车坠河案，其间匆匆撤回，现在我领略了他的恐惧。

一年多之后，爆料人用他苍老又有几分兴奋的声音给我打电话，说奉节的移民纪念塔被炸掉了。在贾樟柯的电影结尾，它曾化作一枚火箭腾空而起。江面已经到达三期水位线，老城全然沉入水下，连同爆料人最后栖身的几幢江边废楼。自从被迫离开遍植罂粟的山区，他在县城里没有找到长久落脚之地，眼下在新城一处缺乏光线的屋顶下租住。对于这座小城发生的一切偏于晦暗的事件，他本能地感兴趣。

我想到和他一起住在瞿塘峡口对面的宾馆里，像电影里的人一样拿出十元人民币的背面来比对，眼前的峡口矮了很多，完全没有了杜甫诗中的意境。白帝城和临江的码头阶梯还在，也没有了李白早晨乘船出发，迎面感受江上清风的喜悦。

三

一个夏天傍晚，我在新晃一家旅馆里住下来，在几年中走过了很多县城以后，我感到这座小城有点什么不一样。或许它有一种紧凑的气氛，没有像很多县城那样整体翻修过。

晚上我沿着街道行走，有种热闹和寂寞交错的感觉。一直往前，就到了一座铁路桥下边。一时没有火车经过，桥下的江面沉寂缓慢，看起来像是绕着弯子，要把整座县城包进去。桥墩上写了两行涂鸦，是内地常见的假币迷药之类。这些线索似乎通向另一世界的入口，危险而不乏吸引力，我从来没有尝试过。就像我此时不会走上铁路桥，去灯火稀落的江对岸，那边的世界对我没有意义。

江边有一个小广场，我顺着台阶走下去，到了水边。水位很低，似乎被什么截住了，看不出流动，灯光给它染上了一层淡黄色，像是白日里的水草。我用了很长时间分辨上下游，往铁路桥方向走一点是两条水道的交汇处，斜岔水道的流动很清晰，甚至带着暗暗的激动。往里一点是道水闸，水从县城深处出来。

原来这座县城的内部有一座电站。

我走回城中，到了水坝面前的桥上。隔着铁丝护栏，另外两个闲人和我一起看水，听闸口后隐隐的轰响，几个小孩在玩滑板。空气里有点隐隐的闷热，我不想回宾馆。我顺着街道，一直走到县城的另一头，想要寻找水坝的来源。

街道尽头是一座廊桥，通向另一处江岸。我分辨不清这和铁路桥下的江水，是否属于同一条，看起来它是绕了一个大弯，把县城包了起来，电站来自截弯取直。这里是截流的上游，水面显出自然的淅沥流动。廊桥顶装饰着民族风情的木楼塔尖，黄色的光晕透出斗拱。在邻近的乡镇我看到过这种风雨桥，只是没有如此繁复鲜亮。这是一座公路桥，桥上有卡车轰隆穿行，我沿着步道走过桥面，稍稍站到对岸地面上，又往回走。

我不知道水系从上游何处进入，穿过了整座县城。居民楼和小卖部建筑于隐秘的流动之上，变电器细微地嗡嗡作响。几年以后我得知在相隔几个街区的一块操场地下，埋藏了一具被杀害的教师的身体，不肯苟且的灵魂叠压在大石块之下，人们像通常生活在小县城的人那样，口口流传又一致遮掩着这宗隐秘，直到出人意料地重见天日那天。

我觉得这座县城跟我会有一点关联。两年多之后，我又来到这里，住在跟上次相距不远的一家宾馆里，走上风雨桥，天气有些清冷，桥上的车流少了很多，看起来像是一座步行桥。桥面外侧装饰着灯光，染亮了天鹅或者白鹭的雕饰，又落下江面。江面比夏天流动得更缓慢，显出磁性的纹理，似乎在深处有让人无力挣脱的什么。在对岸山上，月亮刚好升起来，开始以为是一处山火，熊熊燃烧，使人想到要报火警，后来显出楼阁的形状，似乎是一座祭台，供人间祈拜，直到仪式完成，缓缓脱离岭际线，清晰分辨出月亮的轮廓。金黄的颜色落在整个江面，填平每一处磁性的褶皱，似乎涂敷。这是我第一次在南方见到这样的月亮。

在桥上我接到一个女孩的短信，说她头天弹钢琴时，微风吹动窗帘，感到一年前去世的父亲在窗外凝视，今晚她再次弹奏，却没有感应。她觉得失望。我告诉她，与逝者的交流像是追慕恋人，不能要求每次的付出都有回应，即使是父亲。

我到了桥的对岸，沿着滨江栈道走了一段，电动大水车已经停转，我想到白天在水车下就景点洗被子的几个妇女，她们戴着塑胶水套，不顾及水冷；邻近龙溪古镇的街头，保留着西南联大学生投宿的旅栈，三岔街口有一处清末的金楼，显出风雨剥蚀的斑驳黑色，墙皮起皱脱落，像是褪尽了荣光的一副骨架。老街深处保留着一处青楼，桐油涂敷的门板变得纯黑，虽然和金楼一样挂着文物标识，难免被居民占用，门面倾斜，据说三兄弟长年在外打工，都没有娶到媳妇，几年不归。二楼不带回廊的格子窗口紧闭，过去的尘世热闹杳无踪迹。

回到宾馆，对面有做生意的人在熬夜打麻将，我睡得不实在，似乎浮在一层梦境的表面，没法沉下去。第二天清早起来，去江边的农贸市场。这天逢集，长长的巷道清早已经拥堵，马路填塞到了道路当心，堆满各种四乡来的物件，没有一种是顶值钱的，这里也没有一项大宗的交易，却又充满琳琅之状，缺一不可。

一个农妇带着两只老母鸡，正像沈从文的湘西小说里那样，鸡站在一方铺地的编织袋上，面对汹涌人流显得不安，老妇不时轻抚它的头，也掩饰着自己内心的某种不安，似乎在对自己手底下长大的母鸡说争气，场子要撑过去。一个用手势显示自己是哑巴的和尚，把许多张命理属相的单页从布袋里掏出来，铺在一方地面上，展开“两元钱一张，报属相自取”的标牌，小喇叭里循环播放着“南无阿弥陀佛”，在市集的喧嚣里只是隐约背景，手持一根木杖，当有人报出自己的生肖，和尚就伸出木杖指点地摊，让人拿起属于自己的单页，投入一个黄色的化缘袋里，半天也收纳了不少一元钱的纸币。我要了一个单张，上面标明我的五行属于“桑柘木”。

我把单张叠进裤兜，走到风雨桥头，这里的江堤上摆满了一溜卖烧胎治病的，附带着卖中草药，几个老头老太忙着发火，灰白的发丝混合着烟气，铁盆中黄纸的火焰带来一丝暖意，他们都是从乡下来的巫祝，每个人有固定的白圈标出的地盘，一个推着架子车想要来卖几件玩具的年轻姑娘刚刚停车，就被客气地劝走了。他们用鸡蛋烧胎，水碗化符的手法，和我童年经历的没有什么不同，只是那里早已不允许公然设摊经营这种“迷信”。

我捏了捏裤兜里叠的命理单张，走到廊桥上去。回想昨晚的事情，发了一条告别的短信给昨晚的女孩，又在朋友圈贴了几句诗：

亲近地面
注定疏于飞行
专心数蚂蚁
就顾不上星星

自由的福利
不能强求有份
在文字的集中营里
要以命换命

但命运还有别的意思

四

在上海的时候，有天我和阿甘约好，去黄浦江步道走一走。我们在阿甘住的世纪大道附近见面，一个月之前，他从浦西出租屋的床上惊醒，和室友一起被女房东赶到了浦东。错过了公园大门，穿过一道铁丝网和灌木丛，好不容易摸到了江堤上。望过去，对岸的上海城区显得比岸这边热闹很多。我们在一半荒废的湿地里走了小半天，碰到一条长椅就坐下来休息。不知怎么说起中国的地名被改坏的事情来。譬如夷陵改为宜昌，我家乡的金州变成安康，襄阳改为襄樊又改回去。“最著名的当然是兰陵改为枣庄。”说到这里我想起，兰陵，也就是枣庄，是阿甘的家乡。

阿甘却不以为然。“你说的是李白的诗吧。”现在那里没有什么葡萄美酒，只是两个大煤矿而已。枣倒是有一些，不过似乎打下来带着煤灰味儿。

我说还有兰陵王、兰陵笑笑生，说明你们那儿确实出过不少人物。“现在又有了你。”阿甘撇了撇嘴，作为一个不出名的二本学校工科男，他毕业以来干了不少奇奇怪怪的行当，譬如加油工和雪地靴业务经理。不过幸亏煤矿倒闭，他好歹不用顶替父亲的矿工职业，小时候，这似乎是县城唯一的出路。

县城最显赫的是两座煤矸山，小时候没有一栋建筑高过它们，所有人都生活在煤山脚下，每天随着卡车来卸料，煤矸山就加高一层，虽然整天有大人带着阿甘这样的小孩在山脚下拣煤渣，山仍然越来越高，抬起头的时候，整块天空都变黑了，阿甘总是害怕这块黑暗的天倒下来，压在所有人的身上。

后来它真的倒塌了，却是先变成了红通通的一片，县城的天空第一次亮起来了。

倒塌的前两年，已经有一些迹象。煤矸山堆得太久，里面的温度越来越高，拾煤渣时能感觉到热，渐渐地脚底发烫，要穿着厚底的布鞋才能去。后来山顶上开始冒青烟，像是父亲矿上的大烟囱。人们知道煤矸山自己燃起来了，但也没有办法，只是看着。煤矸山脚下依附着一溜窝棚，多半是没在煤矿上找到工作的人，那些窝棚里的人也和大家一样，每天看着煤矸山冒烟。那缕青烟倒是让阿甘有了一点想象。

有天半夜时候，阿甘睡梦中被一声巨大的轰隆声惊醒，像是父亲描述过的矿洞里打炮的震动，不过那里颤抖的是地面，这次是屋顶颤抖起来，一会儿刷刷地像是落下一层什么东西。轰隆声又传来了一次，母亲带着阿甘兄妹们披衣服出门去看，县城的半边天红起来了，是煤矸山的方向，消防车姗姗来迟地叫了起来，大家说是煤矸山爆炸了。

阿甘感到极大的恐惧，又有隐隐的兴奋，意外的是发觉妈妈也如此。天明煤矸山矮了半截，上面半截的一部分在爆炸中化为粉尘落在了县城每一家的屋顶上。山脚下的一溜窝棚也消失了，崩塌熔化的煤矸石严实地覆盖了它们，连同窝棚下面熟睡的十几家人，如同课本上火山爆发的场景。阿甘的一个女同学在这场爆炸中失踪了，骨殖没有找到。

北边的半截天空现出来了。似乎就是从那一次爆炸起，煤矿的经营开始不景气，后来渐渐地停下来了，煤矸山减慢了增长，再也没有回到以前的高度。阿甘去济南上大学的第三个夏天，回来时发现它们近乎消失，被继续拣煤渣的人差不多拣完了，连同那座当初没有爆炸的山。县城的很多人下了岗，煤矿也近于枯竭，只能烧煤渣的人越来越多了。

阿甘的父亲也下岗了。身上带着两次工伤的他，没能等到病退的一天。下岗之后，长年在乡下的父亲回到了县城，被煤块砸过的背始终没有挺起来，直到那年被表哥叫去珠海搞南派传销。

阿甘知道消息时，是因为接到父亲拉自己入伙的电话。阿甘打电话给母亲，知道父亲带走了家里的四万块存折，就请了三天假去珠海。

阿甘在一套条件不错的三居室客厅里见到了父亲，跟他想象的架子床地铺不同。父亲对于阿甘的劝说很反感，说自己在这里很好，要做大事业，一辈子好不容易有这样的机遇，让阿甘不要挡着他的路。父亲说的很多话阿甘听不懂，譬如说他们是国家“一带一路”倡议的一支别动队。父亲当时和表哥的关系已经不大好，因为表哥答应给父亲的高级经理去掉了高级二字。

至于表哥，一个人住在一套两居室里，房间里摆了一整套据说是红木的家具，表哥的一只手抚摸着红木沙发的雕花扶手，一边对阿甘谈起他的人生规划，比父亲的更为宏伟。阿甘有些恍惚，想到这位小时候一起去矸山上拣煤渣的伙伴，后来早早辍学，变成县城网吧和街道上游荡的青年，人瘦得像鬼，似乎舅舅家里不再给他提供伙食。后来美团到达了枣庄，表哥骑着摩托成了外卖小哥。现在坐在阿甘面前的，却是一位现成的伟人，提示着阿甘自己人生的失败。

阿甘回到上海两个月后，听说传销窝点被捣毁，父亲回家了。四万块存折变成了一张卡，余额为两元五角。春节阿甘回到县城，一个下雪天在街上碰见了表哥，他戴头盔骑着摩托车，正在匆匆送一份外卖，头盔的接缝黏了一层雪粒。那个在红木家具沙发上出现的伟人，凭空消失了，就像父亲侃侃而谈的口才，回家后也无影无踪。

县城没有了煤矸山，但也没有什么新的景致出现。我想到每次坐高铁回京，火车会路过枣庄但不停车。县城的制高点似乎是两个烟囱，其他是一排平房，有一两处地方似乎有酒类广告，不过也并不是本地出产。至于枣树，似乎也没有看清过。

在很多地方纷纷恢复古地名的风气中，枣庄在网上颇为走红，现实中却不为所动，“李白那两句诗，跟它实在没有一分钱的关系了。”阿甘说。除了过春节的必须，他从来没有想过回去，即使在眼前的黄浦江边，我们走累了，只能坐在长凳上休息一会儿。

五

那年夏末，我和女友从西安去柞水。

这是一时起意，我从来没去过这座和家乡同处陕南的县城。早年只在贾平凹的小说和安运司购票大厅的陕西地图上看到，让人想到柞蚕，一种相比家蚕寒碜、瘠瘦，结实干巴可怜的生物，似乎出自土质稀薄之地。以后西安回乡通了火车，路过柞水匆匆一瞥，似乎总在冬天时节，只见远处一座青黑色山体，穿青布衣服的人们匆匆行旅，似乎符合名字的印象。至于一个水字，近乎完全忽略了。

乘大巴穿过秦岭，在柞水出口下了车，一进县城，印象却全然不同。

这是一个在荫蔽中的小城，柳树似乎覆盖了全城，气温一下子低了。尤其在临河的街上，到处是飒飒阴影，河流带来了沁人肌肤的凉意。河道是弯曲的，现出依偎情态，被橡胶坝分为一叠一叠，每一叠处显出坝体青绿和水口的雪青，潺然铺展为河床，保留碧绿质地，令人想到濯足其中，刚好浸过小腿，脚底感觉到石子。岸上有人倚栏垂钓，只见钓丝垂拂，如同柳丝，却无人操心。这是一个无人操心的小城，街道上几乎无车驶过，房屋都安静。对岸靠山坡的几幢别墅周围开着花朵，阳台临水，让我动了心。

也许将来买一幢，住到这里。想到一直待在北京买不起房，这似乎也算一种可能。但离现实却又太远，像是从北京坐火车到西安，再换高速来到这里的距离。

住在汽车站旁边的一家旅馆里，靠外一面装着大玻璃。望出去车站广场没有几个人。旅馆隔音效果差，一拨客人在谈着打山货的事情。我想到了小时候生产队分熊肉吃的记忆，在镇上待的几年时间，我听到一个豹子闯进邮政所院子被打死的轶事，会想到去做猎人，跟着一个老猎人翻越山岭，走向延绵无尽的远方。本来我想去柞水溶洞看看，一听交通很不便，似乎只在县城转转也可以。

有另一条小河穿城而过，大部分隐没在封闭的下水道中。顺着小河往上走，到达一个山口，小溪从山中出来，看起来可以走到县城背后。

坳口里的夏末气候更明显，暑季最后的布景正在上演，溪岸旁半青半黄的柳树像是一半晒熟了，余热并不逼人，树叶和枝干上有无数的蝉声，全都奄奄一息，以致失去了逃避的意图，顺手就可捋下两三只，完全不用费力，松手固然尽力向天空飞逸，也飞不出多远，有的直接掉落在地上。蜿蜒走上去，到了三岔路口，溪水倒像比出口丰足，旧年水闸容纳不下，但也还没有人手来利用发电，白白地漫溢在阳光下，泛着细碎光线。

这和上下游的情形不一样，沿途的河床近于干涸，水流都已纳入电站的暗渠，缺乏在阳光下露头的机会，像是我来时经过的高速路隧道，将轰鸣隐藏在山体深处，缺乏在阳光下露头的机会。只有县城这一段被单单留下了，这是我昨天在领受河道阴凉时也心知肚明的。

整修过的小路变为台阶，辛苦爬上去，果然山脚就是县城，平和地铺展在河谷中，河流变得不显眼。小路台阶伸向更高的山顶，繁盛已极又衰败的植被覆盖了一半水泥路面，遇见一条穿越路面的小蛇。青色的带子，身体保持湿润，完全和白灼的路面无关，最初一刻发怔，似乎含有通灵征兆。到了山顶，亭子护栏剥落，四面山脉延伸，向家乡方向望去，只见隐约山背，黄绿渐化为靛青，又想起当初路过柞水的印象，只在某处重叠。

在这里，我接到一个陌生电话，接通是家乡口音，问我还记得他不，说从小一个生产队的，在山西金矿上得了尘肺，肺里气不够用，干不了活。十几个人凑路费去找金矿索赔，老板置之不理。去世的接二连三，这群人也拖不过很久了，希望我找媒体报道。我嗯嗯地间或应着，一边脑子里过了一遍山西的同行，实在不认识谁，只能含糊答应着。

我们慢慢往下走，离开夕阳进入青黑的松林，以前是一片坟地，整修过仍然露出痕迹。我知道，对于打电话来的矿工们来说，我远在北京的某个身份才是真实的，我来柞水的临时起意，刚才遇见的青色小蛇，昨天在河边感受到的阴凉和雪青，在小屋里安顿下来的想法，和刚才在山背后小道上顺手捋下的蝉声，以致眺望家乡远山的方向，都是不真实的，即使他们是在用着这个眺望的理由和我联系。

离开的时候，发现柞水没有到安康的大巴，虽然地理上两者相距比从西安回乡更近，现实中的距离却遥远。只能改乘火车。去到城郊距离不短的车站，候车大厅修得敞亮洁净，人群鱼贯有序，厕所却关闭着不让人使用，只好出门按标牌到场坝外玉米地，一个男人拎着裤子刚起身出来，绕过遮挡的芦席，头脑顿时为之轰毁，如同洪荒之初天火劫烧，无法再看第二眼，转身逃回，心中惊诧刚才提裤子出来的男人，还有另一边席棚中的女人，是如何向那片地狱大观蹲下身去。心中想着发两张照片晒到微博，谴责一下这座勒索人代谢功能的火车站，又作罢了。

火车站也没有空调，暑热从出城那刻就恢复了。火车从西安方向到来了，黑压压的人群拥向站台，下车的人却极少，蜂拥的人堆攀向绿皮火车，站台似乎深度不够，火车在很高处，似乎根本没有攀登上去的希望，手里攥着的两张车票也是老式的窄窄纸片，固然不能丢失，却也完全提供不了保障。前后推搡之下，不知怎么竟然上车了，有种回到过去的梦幻之感，坐火车是一趟触及灵魂的肉身考验。没有地方坐下，只能笋子一样地站着，等待车门关闭稍稍活动，为身体挪移出一点空间。

车厢像一条铁皮长廊，气温似乎比车下高出好多，立刻有一种中暑的感觉，总算轮轨传来嘎嘎声响，车身启动了，吹来的却是醇然热风，没有一丝凉意的掺杂，使人震惊之余有些说不出话来，只能全然领受。除了车顶一溜风扇的呼呼转动声，车厢里没有声音，所有人似乎已经中暑。

这真是一趟铁的旅程，我明白，只有此刻的暑热不折不扣，这样的回乡之旅是真实可靠的，先前小城河道的阴凉，只是轻重得体地保留给本地人的安慰。我和这座县城像当初一样疏远，也许不会再来第二次。发烫的诺基亚手机在我汗黏的裤兜里抖动起来，显示出在山上接到的那个矿工的电话号码。

六

我坐在周师傅的三轮摩的上，向漾濞县城后山颠簸驶去。

这是一座不起眼的小城，虽然和大理相隔不到一百公里，却完全不曾分有后者的余光。县城有一条不大的河，和两片楼际线不高的城区。

后坡下端经过了一片坟地，坟墓是两头平齐的圆拱形，像一只只装满了东西的皮箱搁在地上。这是少数民族的坟地。再往上是一座沙石场，山脚被挖出一方大缺，以上的松林之下是汉族人的墓地。周师傅在这里停下了三轮车，我们往上走了一截覆着棕红松针的砂土小路，在一座不大的新坟前停了下来。这是周师傅的女儿莉莎，得蓝嘴唇病去世半年了。

我们在坟前站了一会儿，周师傅给女儿冲上一杯香飘飘奶茶。将最后一次作文得到的奖状，按照女儿的遗愿拿来坟前烧给她了。

城中莉莎的房间里，依旧排列的书册上留有她像散落花瓣的笔迹。窗下有一片小菜地，远处依稀望见围绕县城的小河，和一片低矮的瓦屋，只是偶尔掺杂一两座楼房。走到城边去，瓦屋当中有一副青石板街面，沿着河边延伸，青石板带有雨槽和陈年马掌印记，是茶马古道的一段。

老街不寻常地安静。两旁屋子里似乎完全没有了人，门户里偶尔一瞥的人影，像是过去人世生活的影子。石板路像一副微微拱起的背，到了背部又向下低落，最后接续到河边，铁索桥头有一方说不上形状的大石头，是以往被洪水冲垮的桥墩。过铁索桥就出了县城地界，古道继续向远方延伸，直到穿越滇藏边界。站在桥上，想到像水潭层层沉积的往事，都失去了波纹。

我知道这城里除了周莉莎，还有其他的病患少年。一个弱视的少年，摸索穿过自家办粮食加工的院子回家，这里不像在县城内，倒像是在某座储藏的村庄深处，机器停转落灰，剩余粮食散发着谷皮气味。一个在山坳大核桃树林深处的少女，有气无力地端着饭碗，热昏了的苍蝇和她一样失去了对干结饭粒的热情，血液在她的脉管深处变淡，凌乱的被褥间有一本打工的堂哥寄回来的《儿童文学》，我们讨论着病好了下半年去上学的前景，却在第三天接到她已去世的电话。这是一个季节性缺水的地方，虽然山坡荫蔽核桃树，县城还是显出营养不良，似乎总是青黄不接。

一个下过小雨的晚上，我从还没有收尾的饭局离开，坐在宾馆的院子边缘，面临坎下小河。小河从县城深处而来，看出有一点点变了，不复初时模样。但也说不上是脏，掠过暗绿水草和零星的垃圾，努力维持底色，还是从前发源的那条。我想到家乡的县城，有一条比这大一些的河流，经过了堆满熟煤渣和垃圾的河岸，也流过了造纸厂。有时候变得乌黑，有时又依稀恢复旧观。就像我离开了生身之地，经历诸般的人事，几许脏了和旧了，有了一张洗不大干净的脸，直到今天坐在这里，带着身上的火锅味儿，和头脑中饭局荤段子的残迹。但我还是从家乡发源的那条小河出来的，是从前那个人。

如果有天我走得太累了，愿意像那些孩子，随这条小河就地躺下来，慢慢流尽。

中卷

我仍想象先前隐匿的火苗，
属于何种的族群，也许比我们更微小、深默，
保存我们遗落的路径，或许只是依稀的线索，
却仍旧值得付出一生。

西安往事

一

上大学的头一个冬天，坐在苏联援建的老式教学楼里，原始的暖气散热片像一个煮沸的饭盒，呼呼地喷出热水，有时正在上课，会忽然从一个缺口呼哧地喷出老远，吓得女生一声喊叫，连忙挪座位躲避，后面几排无人敢坐。朝北的大扇窗户上蒙了一层浓浓的水汽，窗外晦暗得像黄昏。隐约可以看见的北方，现出一个半圆形的城垛，连带着一截砖墙，似乎是孤立的，起初有点不明白是什么。

后来反应过来这是西安城墙。学校在城外，看见的是城墙西南角，其余部分隐在雾霭中。

那些年头，西安的冬天就是这样，说不上有雾，只是气压低，像是积存太久的年份起了尘灰。

有天在大学南街路口，车辆行人穿梭，一辆三轮车过街时猛地颠了一下，掉下来一个小女孩。小女孩跌落在地上，保持着刚才坐在车斗里的姿势，没有发出任何声音。蹬车的男人下车过来，却没有佝身查看，只是呆呆地望着自己的小孩。人群稍稍围了上来，没有人出声，街口的场景在这一刻定住了，连车声也消失。小女孩忽然哇地哭出来，并无太多疼痛，却含有极大的委屈，或许是她长于忍耐，弥补刚才的惊吓与沉默。男人猛地醒过来，立刻俯身去抱孩子，人群也活过来，议论父亲怎么这么不小心。父亲把孩子抱上三轮车，让她坐好，自己又上了车，跟刚才一样蹬走了。车喇叭加倍地撳响起来，街口恢复了先前的嘈杂。

开学后很长一段时间，我走出校门，顺着城墙的南沿走，去看钟楼。城墙脚下有一个环城公园，隔着铁栅栏望见干涸了的护城河，只剩下黑色的泥浆，有一两处缓缓回流着污水，就像河道底部遗存的活物。

这情形使我惊讶，人们让高大端庄的城墙，整洁的环城公园和黑色的河道待在一起。这超出了我的理解范畴。

许久之后，我和恋人待在渭河之岸的酸枣丛，坡下黑色的河水迟缓流动，有一股隐约的臭味。我从来没见过这么黑的一条河，或许理应震惊。但那天我们只是拥抱着，没有分心去想这条河，如何从姜太公钓鱼的谚语，变成了眼下的样子。

不知道是在哪个地方，看到过一幅“八水绕长安”的地图，感觉那些地图上缭绕的河流，比我家乡的更丰富，却不知去了哪里，或许是在太厚的土层中流失了。眼下却似乎触到了地图下的真相。

那几年，西安处在极度的干渴中，就像一个戈壁中走不动的人，再没有接济就死亡了。

但似乎先使人窒息的，是宿舍楼厕所里大便的臭味。

大便干结在槽里，无水可冲，高温天气下发酵，传出令人晕眩的气味。一个解完了大便的同学，无畏地从蹲槽上站起来，慢腾腾地走出来，就像他已经被那种气味催眠。我对他坚忍的耐力感到佩服，我自己总是要跑到一楼，去碰碰有水的运气。水房里所有的水龙头都拧到最大，却没有一个出水。大便的臭味冲出水房，充满走廊，进入对面的宿舍，离厕所水房近的宿舍全天关死宿舍门。

整个夏天，保洁员两三天来一次，提着一桶水，使用工具把槽里硬结的堆积物冲掉，开始下一轮的循环。我对他的坚韧一样感到敬佩。

有一次，我在南郊一片紫色桐花覆盖的原野上闲逛，偶然走近了一口机井[②]。那以后我才知道了何谓机井。宽大的井口有一丈见方，周围并无护栏，看下去深不见底，洞口过于浑圆宽阔，井壁过于光滑了，使人感到面对一个容量巨大的深渊，将要吞噬掉洞口外面的一切。我知道了晕眩的感觉。所有求生的危机感在那一瞬被唤醒了，赶忙离开，但或许地面的一切终将坠落下去，无人幸免，连同这座像发掘文物一样求水的城市。

情形一直延伸到西安引来秦岭中的黑河水，像在项羽的焚烧或者黄巢的劫掠过后一样，它再一次借助南山的生气缓了过来。

走过了几条街，看见南门的城楼，从青砖砌的高大的门洞下进了城，车辆和行人嘈杂交错，奇怪的是，在车辆这样永不停息

② 利用动力机械驱动水泵提水的水井。

的穿梭下，城门洞还保存得好好的，似乎并无损坏。我从来不相信，这样的穿越是没有代价的，就像博物馆地下室里禁止的拍照闪光，每一次将使原作褪色细微的一分。

出了城门洞，看到的是一条又气派又有点旧了的大街，宽大的带着庄重大屋顶的楼房，仿古的绿色，就像它是真的古代建筑，属于那个年代的权威模拟，带着官家的自信。遥遥地看见钟楼，处在十字路口的中心，被四面车流的尘灰笼住，看起来是很久没有清洗过，使人没有接近的心情。第一次进城之旅结束了，回到校园时腿有一点瘆。

去钟楼的路上，经过了两道城门，其中一道是朱雀门。后来去古旧书店，从这里进去。朱雀门没有城楼，只是城墙里的一个拱门，使我意外。想象中的这个名字，总是连着另外一个高大轩敞的城门，即使是眼下的南门也不能相比，一条宽广无尽的大街，可以无限地走下去，没有任何障碍。

据说唐代的朱雀大街宽达一百五十米，称为天街，直达南山脚下。由于太宽用不上，人们便在大道的两侧种菜。我把这条大街的想象写进了一部小说，李白从斗鸡场上出来，囊空如洗，在显贵马车扬起的尘土里，第一次领略到人生的虚无。

但眼下只是这么一扇拱门，藏在这背静之处，只容一辆车进出。它和那个伟大时代的显赫城门，真的有什么关联吗？如果有，它怎么变成了眼下的样子，只是剩下了一个名字？从门外看过去，看不清内情，似乎是和南门进去完全不同的一个世界。

城里是一片高低不等的黑色的楼房，因为长年没有苫盖而破敝了，让我想起小镇上的牛毛毡屋顶。路旁一块空地围着席棚，刘牧说是一片新开出的施工大坑，过于靠近会失足。

很久以后，我看见了大坑底部的情形。南郊的一块桃林，挖出操场大小的深坑，在阳光下现出微红的光，像远古洪荒。几辆挖掘机开进了坑底，伸出长臂操作。它们身陷其中，似乎渺小而处于绝境，却一刻未曾停息。我感到这其中有一种危险，像那次面对宽阔的机井口，有什么是无法避免的。我的想象中，这片崔护来迟的桃林，位于大雁塔和外语学院之间，必将变为高楼林立之地。

古旧书店在一个岔街上，招牌是一块长木板，有两层门面。我没有在其他地方看到过这种名目。架上插着大开本精装的书，似乎是不能轻易拿下来的。同行的刘牧说，这里只卖古书旧书。刘牧是长安县人，对这一带似乎很熟悉。连他的姓氏和名字，似乎也天生属于这地方。他熟练地在书架上下浏览，像是在乡下戏台子下面听着熟悉的秦腔。而我第一次听见秦腔是在区公所的黑白电视上，对于一个人一动不动地站在垂下的大幕前哼唱，以及尖锐急促却又似一成不变的音调，实在困惑之极，和电视带来的新奇感掺在一起，使我不愿离开又昏昏入睡。

刘牧说更多的书店在书院门，是新建的文化一条街。我们从这里过去，顺着城墙根一直向东走。

城墙根是一带煤渣路，厚实的城墙隔开了城外的环路，没有声息传来，显出这里并非内城的边缘，倒是最深的地方，到这里，也就到了西安城中最久远的过去，却没有完整的情节。附近的房屋像是未完成或是拆除了半部分，剩下的部分仍旧有人生活着，里间的门窗变成了门面。但住户们似乎尚未对此适应，很少有开着的门和露面的人。

刘牧说这条街是新拆出来的，原来居民的屋顶就近搭到城墙上，省下了一面墙，甚至嵌进墙土中，在孔穴中占着油灯，储着粮食。

眼下整修过的倾斜墙体上，看得出一些地方完整的新砖和残缺的旧砖的界限，旧砖从里面现出了斑痕。但那些新砖也旧了，似乎在这样一座庞大的整体中，任何新的东西也会立刻变得陈旧。零星的几幢新楼改变不了浑朴的天际线，新的东西落在里面，像是消失在一个沉沉的大海里。

在煤渣路上，脚碰到一只破口的茶杯，冬天风会擦出声音，像本性如此的完整物件。刘牧说，冬天的夜里，历代的过世者会在城墙上吹埙[③]，见不到他们的面目。

埙这件东西，是被作家贾平凹重新挖出来的。他的新书《废都》里面“此处删去多少字”的空格，是大学二年级最热门的话题。

但我并没有去买来看。更喜欢的作家是路遥。有两年，有线广播里一直播送着《平凡的世界》的情节，听到田晓霞被安康的洪水卷走的段落，以及孙少平从矿井下出来，踏上煤堆眺望，我和那时还不认识的恋人就同时掉泪了。自然掉泪的还有听广播的其他很多人。

似乎只能听到广播里的故事，作家本人却隐匿了，就像主角藏在幕布之后。后来听说他写完小说就得了癌症。过了很长一段时间，我见到了路遥。

还是在那间电教室里，我听着这位作家的讲演，感觉和那次

---

③ 吹奏乐器。多用陶土烧制而成，也有木、骨或石制的，多为上小下大的鸡蛋形，有一至十几个音孔。

听城里女孩们唱《恋曲 1990》一样，之间只是隔着几步，却是似乎永远也迈不过去的距离。他说到自己刚写完一个长篇散文《早晨从中午开始》，记录下生病期间的生活。他说到肝区迟迟不肯散去的隐痛，触到死亡的感觉，和瓦罐里飘出的苦涩的中药气味。他相信这气味的效力，能够使他完全复原。等到病愈了，他打算再用三到五年时间写一部长篇小说。同学们为他的这个愿望鼓起掌来，似乎这件事毫无疑问会成真。不料这成了他最后一次公开露面，半个月之后，报纸上出现了他去世的消息，似乎使人愕然想到，原来瓦罐里飘出的气味并不是万能的。我想到那天在我和讲台之间几排座位的距离，并不是名声，而是生死。

来到书院门，果然有很多家书店的招牌，还有横幅和标有“文化一条街”的三角旗帜，似乎开张的仪式刚刚收场。但人们的神情一律地慵懒，书的种类也平淡。我们看了一会儿就折回到碑林，进馆要收门票，只能在院子里看看。

浸染了苔藓的地上，我第一次看见了成列的拴马桩，苔藓爬上了石桩头，桩耳似乎雨水滴凿而出，从年月深处而来的缰索，已经解开。后来知道，这是西安城中最常见的文物，因此只能集中在博物馆的屋檐下，受着屋檐雨滴。

很久以后，我才在碑林的地下展厅里，见到了脱缰而去的马匹。它们奔腾的姿势忽然凝固，嵌在六块石板上，保留着毛发和蹄爪奋张的情态，讲解说它们来自唐太宗的墓前，我知道这是历史书所说“昭陵六骏”，不知何时被安置在了这里。中间应有曲折的故事，也无从探究了。这处像地下陵墓一样的展厅里，真的摆着几副石头棺材，一具叫作“李娃墓”，是一具小孩的棺材，像家乡未成年死去的“私娃子”一样，似乎含有悚惧。这使我感觉真的走进了一个陵墓，初次触到地下世界，或许这里才是西安的真相，却一直来不及探寻。

我只熟悉其中一座，在咸阳城北的五陵塬上。表哥在这里的一个财会中专念书。

在食堂尝了半碗水，表哥说比西安的咸。似乎领略到“咸阳”这两个字背后枯瘠土层的意味。

我们往学校背后走去，田野逐次升高，层次清晰，土质似乎比西安的要含砂多些，添了水的味道。田埂上的草只剩下根，风比西安的硬，不过相距几十公里，却像那个遥远而暴力的秦代，和我们之间隔着不能通行的障碍。第一次坐汽车来西安的路上，在田野间隐隐看见一座土堆，听说是秦二世的陵墓，独处城南。在空旷的田野中间，它一点没有显出帝陵的感觉，却像是一个孤零的私生子。暴力能够胜于一时，却会在人心中留下这样的痕迹。

田埂的层次缓慢升高，来到延陵前，荒草中独竖着一个华表，曾经的神道渺无踪迹，完全变为耕地。陵墓中间有些陷下去，是盗墓贼留下的行迹，表明其下已无可窥伺之物，才终究获得了安宁。土山上长满了酸枣树和杂草，我们顺着放羊人踏出的小道爬上顶，感到从北边高原下来的风。不远处，一条新落成的高速路经过，通往咸阳国际机场。车子在宽广的路面上驰过，就像小小的玩具盒子。我奇怪西安为何要把机场造在这么远的地方，是为了以后无法想象的扩展？几年以后果然证实，这片土地上的空白被填满了，咸阳和西安连在了一起。在交界的地段上，还重凿了汉武帝仿造滇池修建操练水军的昆明池。那个单纯的暴力朝代，也就和后来更为繁复的岁月堆砌在一起，像一个被搅乱了的考古发掘现场，分不清地层。

或许是这里的土太厚了，厚得没有什么新鲜的东西能长出来。新的如果要有价值，也得埋进土中翻旧。

刘牧说，整个西安城就是一个文物发掘现场，这也是旧城不敢改造的原因。家家墙里都砌有秦砖汉瓦，挖掘机的利齿下去，可能就磕上了青铜礼器。有一次在学校宿舍楼旁边，看到一群人拉着围绳在地上拿着铲子挖掘。开始以为是历史系的课程，后来才知道是真的发掘现场，日渐加深成了一个大坑，露出微红色的土，嵌着陶片。最终起走了文物，才平复如初。这样的地面上，人们实在不适合轻易现造什么。

左近田野里还有几处小得多的土堆，却也明显不是普通的坟茔，老表说其中有赵飞燕的墓。成帝的墓既然经了盗掘，下面或许空空如也，赵飞燕的墓却引人想象，只是不知犯有惑君之罪的绝色之身，是否能保持安好。这些坟丘里还有班婕妤，生前二人操行全然不同，坟墓却也看不出何等差别。其他的四陵，就不确指了。

大坟上一共有两对人，到了坟顶自然分开，我和女友在东，表哥和女友则在西，偎依在刺刺草丛中，并不感到枝条扎人。北方的风吹过来，似乎化作四面，无遮无挡地来到这座大坟上，对于我们却是无力的。死者沉寂，爱情的黏合剂把两个生者联在一起，看似胜于任何力量。该分开的时候，才会自然放手。

刺刺草的名字是不久以前张燕告诉我的。她的母亲出生在安康城里常被汉水淹没了门面的木板楼上，两个舅舅在那场洪水中是扒开了一段椽子爬上屋顶的。高中时候她的座位在我的后面，我曾送过一首描写紫藤花开的诗给她。后来她考上了和表哥同一所财会学校，我在食堂喝下那碗带咸味的水时，并不经心有个女同学在这里。因此那时我感到孤独。就像她在同学们上操时，一个人偷偷地到田野上去看大雾的感觉。关中田野上的雾没有边际，伸手可以摸到，回到校园似乎还停在手上。后来她和同学们登上大坟，风从四面而来，仿佛要带走身量很小的她，却不知道是往哪一个方向。和她一样身量很小的草，长出了细刺，努力扯碎又想留住一丝风，只留下了尖锐的回响。

她感到这里和家乡完全不同，在老师的印象里，她是南山里面的，似乎山那边并不存在另外一方风土，一个世界。老师很好，给她开小灶补高数，但她始终感激不起来。毕业之后，和老师联系很少，刚调回西安时师生聚会，一个同学说住一百四十多平方米的大房子，老师问张燕，你才调来西安不久，房子应该没有这么大吧？那一刻她知道，在老师眼里她永远走不出南山，虽然她根本不是“南山里的”。

直到不久以前，忽然传来老师去世的消息。老师是咸阳下面一个县的人，全家都进城多年，但在塬上还有所老宅。师母说，去年老师想起来要修理老宅，用了一整年，把大体的工程都弄好了。放了寒假，忽然想到有一块玻璃没弄好。那几天极寒，谁也挡不住他，非要回去，忙活了两天，回来以后吃晚饭，老师高兴地说，“这下好了，都弄完了，往后没啥可操心的了。”十分钟后就从饭桌上趴下去，再没醒来。

有人说，他剩余的命，最后两天已经留在了塬上。回城里只是报个信。

二

大学二年级，我在城里一户人家做家教。

我骑着一辆自行车，每晚从含光门进出，穿过黑魆魆的大街，想到最近的谣言。

据说，在学校相邻的背街上，有人专门收人的头，街上发现了两具无头尸。割下人头的脖子不冒血，不知道作案的是人是鬼。有人说是跟前一个夏天的风波有关，我来到西安时，围墙上还残存着一两处大字的标记，大约出自爱好书法的学生之手。但这和眼下的无头案之间，到底有何关联呢？心底的困惑，只是让我在灯影交替的黑暗中把车踩得更快。

车头的提篮里，放着两个馒头和一包咸菜，是下课时家长给我的。

大约因为补课有成果，女家长偶尔跟我聊天，得知我来自农村，起了恻隐之心，一次下课后，特意把两个馒头装给我。我推让，她说你是穷人家的孩子，就别讲究了。我似乎惭愧，只好收下。这是两个冷馒头，有些硬，不过很白。我不知道那个年代的剩馒头是否很快会变硬。我回到宿舍，请人吃馒头，无人应答，后来我自己吃掉了一个，心里有点堵。其实我们食堂的伙食不比这个差。

班上有几个女生是西安市和其他城市的，和农村来的显然是完全不一样的，精致的物种。开学典礼上，她们站成一排唱《恋曲1990》。这是我知道的罗大佑的歌，却是完全不同于以往的罗大佑。以往我只知道《童年》，和初中浅草的操场水田联在一起的印象，单杠秋千什么的，在我当时觉得稀奇的东西，现在却感到是多么幼稚，她们那个润泽而发光的世界，离我是何等远，虽然只是从大阶梯教室的座位到台上。一个来自陕北的女同学接着唱了《黄土高坡》，她自告奋勇地说唱不来刚才的恋曲，只好唱家乡的歌。她的脸红扑扑的好像向日葵，这样的健康在座位上的我看来有一种难为情，感应到她和我的一致。

实际上，从小时候开始，我就知道城里的姑娘不一样。先是从山村里到广佛镇上，知道镇上单位上的姑娘和村里的不一样，完全是两回事。后来又知道县城的姑娘和镇里的不一样，地区的和县里的又有差别。现在我知道，西安或者咸阳，或许还有我不知名的其他城市的姑娘和我在高中时代以前见到的都完全不一样，她们是来自“市”里的。她们不是我熟悉并喜爱的镇子上姑娘的温情形象，有种我不熟悉的特殊气质。

我没有和班上城里的女生说过话。实际上在高中时期，我就很少和城里的女生说话，有一个女生是语文科代表，有一次似乎是中秋，她喊我去市里广场猜灯谜，我跟着几个人到了那里，却猜不出来什么，觉得自己愚拙，和她也就走散了，后来我忘了她的名字，也不知她是不是安康城的人，去了哪里，她光洁的额头，苗苗条条的身段和有些瘦削的手肘，我却一直记得。也是在那个广场上，一个同学对我讲起女性的“维纳斯丘”，当时轰然震惊，却不由想起前两年在医院里看到邻居穿开裆裤的小女孩撒尿，似乎并没有他说的所谓小丘的东西，又想到邻居家里摆过的一个维纳斯像，一个断手臂的半裸女人，似乎是不小心跌坏了的，比起带我猜灯谜的苗条的她来，实在没有可爱处。

在大学的班上，有个女孩子的肘尖更瘦于她，似乎尖锐地要刺到旁人心里，面目也更瘦削，脸上偶尔带着微笑，男生们议论中的配角，似乎是亲切的，然而也终究不曾接近。只有几次擦肩而过的回想，像地上生出的某种东西，不长起来，也就自然消灭了。

我站在学校门口的喷水池边，手里拿着一个软皮本，里面是我自己写的散文。

喷水池喷出了水柱。我不知道它是从什么时候活起来的。去年我和爸爸来校报到的时候，它没有动静。汽车晚上才到达，我们在小南门汽车站下车，坐上一辆三轮。“五块钱。”车夫说。这个价钱在当时的我和爸爸看来都高了些，从广佛到县城的票价只有三块钱，却没有办法。我们的心理上限似乎也是三块钱，却没有办法。这是省城，轻易就突破了我们的上限。我们把那口庞大的黑漆箱子搬上车，三轮呼呼地跑着，先是往南，接着又似乎往西，努力提防着的我不久就失去了方向感。中间经过一段覆盖着许多松树的街道，让我想到经过的秦岭山地，隐约掠过了一座很气派的仿古建筑，庞大的门廊上写着“唐城宾馆”几个字。路程真像车夫说的不近，最后我们也到达了，把箱子吃力地抬到新生报到寄存处去。自从我由西南城脚步行到朱雀门以后，很长一段时间我一直怀疑自己是否看到过那座标着“唐城宾馆”四个字的建筑，因为我知道，小南门汽车站离西北大学并不远，中间完全不会经过这么一个地方。那个车夫或许是绕了路。直到有一天我在去小寨的路上看到了唐城宾馆，才明白那晚确实经过了这里，车夫为了符合五元钱的价格，拉着我们绕了很远的路。至少，我们坐过了值五元钱的距离，何况还有那口大箱子。在秦岭的公路上，它已经想要找麻烦了，或许是不情愿背井离乡。对于它将来能否回到家乡，我也从来没考虑过，连同那件随着姐姐、哥哥和我身高的增长而接长了很多次的红绸棉袄。没有想到，后来这件棉袄在宿舍里引起了极大的兴趣，人们像传看一件文物似的试穿它，或许它确实在几次的加长之余，还保留着起初的某种精美，或许最初来自一个地主家庭。

校门对面的瓜棚里堆着一直顶起了篷布的西瓜，一毛钱一斤，“大荔西瓜，好西瓜，我们那时候就吃这个。”穿着两条筋的汗衫的爸爸一边啃着西瓜一边说，瓜汁顺着嘴角往下流。这些积压西瓜会在以后的秋雨天降价到五分钱，然后被扔掉。爸爸向来严肃的脸上，添上了一种我觉得是温和的表情，又有些滑稽，后来我明白那叫怀旧。爸爸曾经在咸阳中医学院上过大学，以后却一辈子在陕南的乡下镇子上工作，调来调去就是进不了县城。

我们住在学校的招待所里，是一所仿古屋顶的大房子，就在干涸的喷水池一旁，隔着一条紫藤架的走廊。一间大房子里，每张床上都有一坨缩起来的蚊帐，像悬着一个打豆腐的纱布漏斗，一个或者两个男人赤着上身躺在漏斗下窄窄的铺上，如果是两个人并排躺着就是儿子和护送报到的父亲，像我和爸爸。由于天气热，蚊帐根本不会打开来，蚊子也似乎消失了。一个男人摇着进城新买的扇子，问我是哪个系的。我说是中国语言文学系。我是郑重地说出这七个字的。他不以为然地说，就是中文系嘛。我说就是中国语言文学系，我是汉语言文学专业。他又重复了一次：

就是中文系嘛。

他轻描淡写说出的“中文系”这三个字似乎一下子就取消了我在那七个字上寄托的全部念想。就像他很宝贵地拿着摇的那把新扇子，别人觉得是破的，根本不会有凉快的作用。

我有些犹豫。我曾经拿着一个差不多的软皮本，里面是我写的诗，按照辅导员老师的吩咐，去筒子楼上的单身宿舍找他。软皮本上有一个“作家”的批注。

这个“作家”是我的老乡，在本校的作家班上课，第一次是他主动来找我的。他家在魏汝，父亲是粮站站长，和我爸相识，上次回去听说了我。魏汝是爸爸刚刚调去的地方，起伏低山中一条窄窄的街道，傍着一条水量几乎不敷滩面的河。我才知道近处还有一个作家老乡，于是生出许多幻想，难免告以自己也写诗，并且拿出软皮本来。他拿走了，几天后又来找我，那时没有手机，他只能到宿舍来叫我，软皮本上已有了很多批注，于是邀我去他那里。

他住在西大和西工大之间的两层砖房里，屋子矮小，这似乎使我体会到他在宿舍说的羡慕我科班出身，而这是我全然少有体会的。他住在楼上一间，屋里似乎有个沙发，桌上摆着一些稿纸和两本杂志，却没有多少书，这和我早年的印象不同。那时我曾去一个区上的文学青年的房子，屋里靠墙一排大柜子，带着玻璃门面，里面挨次插满了书，无法轻易抽出来。我们聊着些别的，似乎到了这里，文学倒不再重要了，这使我有些不习惯。他后来说到自己的妻子，原来同在魏汝的一家单位，现在离婚了。他为她写过一首诗，这诗已找不到了，只是在我心中唤起了青石板路的样子，一个女子闪动着腰身，挑着塑料桶下坡去河里汲水，不知是他提及的一两句，还是我自己的印象，疑惑他们是怎样离婚的。他说过年回去，父亲不想见他，语气有了些沉重。我隐隐地感到一些自己的年龄领会不了的东西。

终于提到自己的文学，他以前在县文化馆工作，曾经连写了九部中篇小说，无一成功。后来贾平凹到平利县访问，他担任接待，趁便拿了自己的小说给贾平凹看，贾平凹指点说你不适合写小说，可以写散文。他于是转写散文，终于投稿成功，代表作是《入山行记》。我看了这篇散文，提到家乡的地貌，总是低山蜿蜒围成一个一个圆，就是坝子，只在眼看要合拢的地方开个口子，放水流出来。高山却是土薄的崖，一个瘦瘦的男人深夜光身子披棉袄出门，去找接生婆，随后是哇的一声啼哭之类，笔调有些学贾平凹。他说，自己的收入不稳定，但给人写篇报告文学之类，一下子可得千把块，于是拿起案头一篇文章给我看，是写的湖北某个公司总经理的业绩。文章是铅印的字，却有一两处钢笔的修改，他说这是清样。

第二次去是冬天，奇冷，大约民房比学校宿舍墙更薄。他正在楼下的一间小屋里，和租住的一个女子捂着小火炉聊天。火炉在我看来极小，起不到作用似的。女子似与他很亲昵，拿手给他看相，我又想起那段青石板路面上的女子。看了手相，他似乎是说有文学天分之类，女子有些受用，他展示自己的手掌，说到哪条是文学气质的纹路，天生搞文学的。女子让他给我看。他拿起我的手来，女子说："他自然也是文学家了。"他却沉默，过一会儿说："形象思维很丰富，但不是文学家。"女子问那他是做什么的，他说是实业家。

这让我失落。

往后很久没见过他，似乎他从此消失了。大约一年过后，他忽然又来找我，穿着西装，看起来很精神，却又同时显得疲倦，带我到他住的宾馆去。宾馆在南门里边的一个单位里边，拐两个弯才到，他说这是金屋藏娇的好地方。房间在二楼，很大，有两张床，像是一间供长期住的客房。我从来没见过这样的宾馆房间。他说自己现在是一家公司的驻西安总代理，于是拿出两张存折给我看，一张上面是一万,一张是五千。我沉默地看着，他说，虽然辛苦，不过再不是从前了。他的脸上放出一道光，人却显得更疲倦。过一会儿他转身进另一间屋，里面发出水响之类的声音，过了一会儿出来，我疑心他是去解手了，但没好问。他留我在这里歇，说反正有两张床，两人各躺在一张床上，聊着这一年他南下的经历，又问我一些回家的情形，他已经三年没回家了。他说得多，我开口得少，似乎可以说的事情已经很少。我鼓起勇气问还写诗吗，他说，不弄那些啦。说完手枕在头下，我们都沉默。

我想解手，他说房间带有卫生间。我起身走进他先前去的那间，在里面没有找到学校厕所式的便槽，也找不到像博物馆里那样悬在墙上的白瓷小便器。在历史博物馆那次，我搞不懂这些挂在墙上的陶瓷容器是干什么用的，直到有另外的人进来，才学着解了手。这里却又不一样。我只是看到了一个安置在地上的有些奇怪的东西，盆子也是陶瓷的，却背着一个方形的装置，又带着一个圈，使我不敢径直朝盆子里撒尿。犹豫了一会儿，他在外间床上也没有出声。看到盆底似乎有类似黄色的剩水，才大起胆子向盆里撒了尿，仍旧出去，心里想着这些尿液积在盆里如何办，很是不安。我担心出来后他会问我什么，但他已经在那张床上和衣睡着了。

第二天早上，我们一起起床上街，我回学校，他到什么地方去办事。我站在街旁，目送他钻进一辆出租车，朝我挥挥手，消失在车流里，想起一句从前看到的他写的诗，开头是：

我置身城市黑色河流中
我们再没有见过面。

筒子楼的单身宿舍里酷热，一个很小的电扇呼呼转动，似乎全然无能。年轻的辅导员老师裸着上身，两腿架在单人床的床头上，我有点想不起来他是怎么保持平衡的。房间里还有一个学生。老师翻了几首我的诗，他显出极度的失望，似乎在说："怎么会这样呢？"转过脸对着那个学生说："他也写诗。"就随便地把软皮本丢过去。对于那个"作家"的批注，自然更视而不见。那个学生似乎也是随便地接着，翻开来看。老师忍不住又向着他说："我就喜欢你的诗，像这样的：我躺在草地上 / 以受惠的心情 / 注视太阳。"

他忽然感叹："我们这一代人，都是吃北岛的奶长大的！"

听到这句话，和这个依稀有印象却又陌生的名字，我心里起了一种悚惧又夹杂惭愧之感。他们谈的名字和话题，似乎都远非我所能及。

走下筒子楼堆满了杂物的黑暗楼道，刚才单身宿舍里的情形似乎没有发生过，只有手心的软皮本沾上了汗。

这次我去找的，是担任班主任的老师。他讲西方文化课，在课堂上拿出一本画册，给我们看一个人站在桥头，举起双手似乎护住自己的耳朵，张大嘴呐喊什么，桥头这边站着一个瘦长的人，似乎无动于衷，老师说这幅画叫《绝望》。这本画册有些太小了，看不清。我明白了这样的状态可以叫绝望，以前我并不明白绝望是一种什么东西。或许和那次从筒子楼一步一步踩着阶梯下来的心情有些像，但只是在黑暗中害怕失重踩空，手心出汗的感觉，没有这幅画上的夸张。现在我在喷水池旁的心情，我准确地知道叫忐忑，像是喷水池的栓嘴有了毛病，水柱一上一下的。

班主任住的楼在招待所后面，似乎是前不久播出的一部电视剧里著名的“半边楼”。电视剧是根据西北大学一位教师的小说改编的，小说里我记得最清楚的一句是“便槽里横亘着一截别人的大便”。半边楼的确切含义我一直没搞清楚，想来是一边有宿舍，另一边只是一个走廊堆着煤球杂物，没有房间的意思。或许老房子有半边不能用了，像偏枯的祖人，却勉力庇护着这些因为知识而干枯了的人。那两年的流行语是造导弹的不如卖茶叶蛋的，大学讲课的不如大街开出租的。我看到过校门外卖茶叶蛋晦暗的摊子，小得可怜，不知道怎么和导弹比。它显得太脆弱，一阵风就会把它从现在的位置带走。但那天他挥手钻进去的的士，确实是一种我无法想象的东西，就和食堂饭桌上放的大哥大一样，它完全不协调地出现在我的世界里。

班主任打开门，首先出来了一条摇头摆尾，冒着唾沫星的黑狗，似乎要扑向我，把我吓了一跳，老师连忙勒住绳子。这样的狗在乡下是见不到的，乡下的狗不会浑身抽动。老师说，它是一条宠物狗，据说出身很高贵，一个朋友出差把它寄在这里两天，要吃肉。看上去他已经有些对付不了它。

这条狗的出现似乎使我不便久留，我把软皮本留下就走了。老师一手还牵着狗，似乎很抱歉地对我说，他一定尽快看，给我一个答复。后来当我想起我从楼上走下来，他牵着狗在楼上目送的情景，我想到了艾略特的《普鲁弗洛克的情歌》描写的一个相反的上楼场景。

老师似乎来自武功县的乡下，那里最出名的是法门寺，没有白水的苹果、剪刀或者大荔的西瓜。班上有同学也来自武功县，说到童年时坐着大车去卖家里养的花克朗猪，和过年吃到臊子面的美味。当我说我们那里养猪自己吃，过年吃掉几十斤肉，他们根本不相信。有一个关中同学每顿只吃馒头和咸菜，却一样长肉。我没想到给我们看《绝望》画片的张老师曾经获得中文系英语竞赛第一名，后来会去法国留学，娶了漂亮非凡的妻子，并成了一个虔诚的基督徒。后来我才从百度中知道，他是咸阳城郊出生的人。

毕业后再一次相见，是在北京朝阳门外一座大厦的宾馆房间里。他从法国归来，经过这里去广东惠州，那里一所大学聘用了他。“没办法，那所大学就在惠州。但是那里给的条件好些，职称、房子什么的不用担心，还有一笔安家费，一去就可以把老婆孩子带过去。”他谈到基督徒对家庭的责任。我想到了当年他寄回的明信片上那个漂亮绝顶的女朋友。对于我身为“北漂”，他表示了忧虑，也提醒我要买医保。“我们在四十岁以前不会想到身体，实际上也不会生病。但那以后就不一样了。”我想到了当年在课堂上翻开蒙克的画，对我们讲解《绝望》的他，还有那座似乎生了病的喷水池。

那个裸着上身谈论北岛的老师后来也去了北京，攻读他梦想的电影。他们和我一样，是省城的过客。我认识的西安市民，只限于我去做家教的这家人。

表哥中专毕业后，被分配到一家省建筑公司，我常到北郊去找他。

那个地方挨近铁路线，途中要路过金花宾馆。这是西安市近年最豪华的宾馆，前两年省长批准修建的，它的大厅外表看起来整个是金色的，金色上又牵着无数细小的灯珠子，发出交错的亮光，实在是我从来没有见过的。老表说，宾馆只接待外国人，每晚举行舞会。我已经在西安见到过外国人，像一种蜡人，但不知道他们舞会的样子。他们住在金花宾馆的原因，我那时认为是来做生意，因为这里靠近康复路批发市场。

老表说起我来西安前一年那次有名的空难。飞机在半空爆炸，坠落在杨陵附近，机上一大半是在康复路做生意，去温州进货的老板，旅行包里带的都是鼓胀胀的钞票，先落下来的是人，断胳膊缺腿，吓坏了当地人，后落下来的是钞票，都是完整的，下了一场钞票雨，都是十元一张，逃开的农民又蜂拥地回来抢。那一场空难之后，康复路衰落了好长一段时间，人们去武汉再也不坐飞机。

表哥的宿舍在公司的一个大仓库里，院子里停满了吊车和大型机械，涂着微红色和钢青色的漆，长臂一直伸入天空，有些机械我从来没见过。像是在一座奇怪的城市里，所有的东西都比我巨大得多，让我似乎回到了童年未长成的身量。

宿舍里对面有两副架子床，表哥住在上铺，两个家在城里的工人不来住，剩下表哥和另一个人，那人的床上挂着脏得看不出颜色又似乎厚了很多的帐子，看不出里面的情形。表哥说，那人有时带一个女的回来，两人拉下帐子做那种事，他在对面床上听着动静，不知道如何干涉。有时候他只好走出去，在院子里那些大型机械中间转转。

表哥是毕业后被分配到本县八仙镇，又立刻返校争取改派回来的。他分配回去的原因，似乎是由于失恋之后不想在这边待了，没有认真地找机会，为此受到了大哥的责备。等到分配到八仙，却发现事情完全不是想的那样，他无法忍受待在那里，几乎一天也不成。八仙和表哥出生的八道隔一座山，当时还是悬崖下一条发黑的街道，孤零零的一座供销大楼毗连着老式板壁铺子，对于八道人来说，几乎就是不可能居住的地方。回到西安，表哥被分配到了这座机械化施工公司。他在和家人的争执中又一次完全失败了。

这一带还很荒凉，近于完全黑暗，只有火车偶尔经过道口的呼啸，和不知何处的狗吠。冬天，窗玻璃抵挡不了北风，缝隙都用纸板塞住，呜呜的风声，像千军万马冲锋，不断地冲击着城市的边缘，又无望地退却。同屋人不在，老表一个人缩在被子里，睁着眼睛回味这座城市的漫长黑夜，梦魇压住了胸口。

我谈了恋爱，对西安的街巷饮食渐渐熟悉起来。女友的学校在城南，附近有一家兰州拉面馆，我看她的时候总是去吃，三块钱一碗。边家村附近有几家羊肉泡馍，我对于把馍掰碎不太习惯，却喜欢鲜红的辣椒和糖蒜。还有一些吃食的名目，是我不敢去轻易尝试的，比如葫芦头或 biángbiáng 面，它们的名字总有一股威慑的味道。有次我们在南门附近的街上，一大早吃糊辣汤加油茶，从挑担的大桶里倒出来，觉得内容很实在，却说不上习惯。这种早点如同北京的豆汁，虽然不见变动地传递了那么多年，却渐渐地也少见了。

我们更多的内容，是在公园和南郊徘徊。大雁塔附近，有一块叫曲江池的地方，刚刚开发出来不收门票，地上安置了很多石头，刻着很多古诗。我一首一首地读那些古诗，想到李商隐的《乐游原》，杜牧的豆蔻年华，也想到韩东写的那首登上大雁塔看了看又下来，别的人也是登上看看又下来的诗。由于门票贵，我们很久以后才登上一次大雁塔，在层层楼梯的转折攀升中，多少领会到老杜的意境。塔顶眺望的视线，自然不能和千年前相比，多少证实了韩东的话。印象深刻的却是，在塔底的地宫里进行的“人体奇异现象展览”的展示，照片上泡在福尔马林药瓶里的各种畸形胎儿，让人周身发冷。在西门外城墙脚下，我曾看过一次这样的展览，不过主角是蛇。玄奘法师若知道自己收藏骨灰的地宫有这样的展览，不知会做何感想。

有一次在兴庆公园里玩，一直走到偏僻的围墙旁边，一座小山丘背后，意外地看到一处泥潭，水分已接近干涸，黑色的树干凝滞在淤泥里，声音也似乎被吸收了。我莫名地想到了玄宗和杨贵妃，兴庆宫燕乐的遗迹荡然无存，似乎他们生前的记忆凝固下来，保存在这个死寂的泥潭里，无人搅动。

有一次假期，刘牧和同一个宿舍的赵万峰约着一起骑车去黄河玩，挎包装回来一瓶黄河水。拿出来看的时候，瓶子里已经沉淀了半瓶黄沙，但那上部的水仍旧不算清澈，完全不能和家乡的溪水和缸里的水比。这瓶水放在刘牧的床下，后来就被遗忘了，像有次被遗忘的泡在盆里的球鞋一样。冬天的时候，有人不小心踢破了瓶子，一股恶臭在屋子里蔓延开来，和当初泡着球鞋的盆子被踢翻的气味一样，我才知道有纪念意义的黄河水，在瓶子里装久了会这么臭。

如果我往前走，去搅动这处淤积在围墙下的泥潭，我也将窒息，陷没，变成这处死寂记忆的一部分，并且发出臭味。

我提脚离开，感到自己的心跳。

三

对于省城来说，我是个过客。

每次坐火车快要到达西安车站，都会经过层层残破的墙垣。似乎所有的东西都被摧毁了，只剩瓦砾，却又立即凑合站立起来，像这里人民千百年的生活。碎砖围墙上刷着包治结巴舌和推销碳铵化肥的广告，灰扑扑地褪尽了颜色。这一段序幕，像是看露天电影开头幕布上闪过的麻点和字母，永远不会更新，像是记忆的幕布没洗干净。两旁的土坡高低延伸，列车越陷越深，像要一直驶入地垄，在土层覆盖下安顿下来。

我从来没有熟悉过火车站，在这里也没有安全感。从一层候车厅的检票口进去，要急转爬上一个陡峭狭窄的楼梯，这样窄的楼梯似乎不是一个正常的通道，每次人流拥塞的时候，我都担心会有人被挤死，那些沉重的箱包在女人老人纤细的手腕里，也似乎根本就不可能被提上去。但人们就是这样硬生生地挤过了这里，开始他们艰难的硬座旅程，发出沉重的呼吸，偶尔伴着惊慌的挤掉了东西的叫喊，谁也没有想到提出质疑。这座庞大的仿古建筑，也卡死在这段通道上，永远不会有改良。

有一次在广场上，一个人忽然向我走过来，擦身而过时蹭了我一下，一个包子掉在地上，他随意抓住我说："你撞掉了我的包子。"我忽然抑制不住地勃然大怒起来，一把反揪住他的脖子，捏紧拳头，"打死你，"我说，"你惹到老子头上来了。"我狂怒的原因，一是有过一次类似的经历，被勒索去五十块钱。另一个原因，或许是因为他看上去比我矮小，虽然我也显得瘦削晦气。没有人围拢来，人们似乎很害怕这里。在拥挤的火车站，我像是一只野兽，露出了原始的牙齿。对方害怕了，旁边出来一个老头，说："好好说嘛。"我注意到他同伙的出现，继续保持我的愤怒，说："他惹到我的头上，我就是要打死他。"那人说："算了算了，我给你们解个和。"我松开了小个子的衣领，注意保持自己的愤怒，整理一下衣服走开去，还提防着他们背后的袭击。在这个危险四伏的广场上，我用自己不加控制的愤怒，赢得了一次小小的胜利。它是对我前一次屈辱的补偿。

我总是坐车去钟楼附近。这里虽然是高价的地段，却残留着一些廉价的角落。粮食宾馆坐落在开元商城后身的阴影里，虽然靠近钟楼路口，却无缘分享热闹，像它的单位一样长年没有起色，成了我理想的目标。我在这里住下，走到钟楼路口的新华书店去翻书，发现它已经不在了。这样我就没能等到这个书店的货架上出现我的书。我走向路口东北角发黄的电信大楼下，和哥哥见面。

一年多不见，在省城的街道上，一直比我胖的哥哥看起来头发更少了一些。他在一个培训班里学修手机。在那个小镇上，由于新修了村村通公路，自己买摩托车的人越来越多，哥哥的摩托车载客生计干不下去了，捡起从前在安康技校里的底子，想开个修手机带卖配件的铺子。哥哥和一个陕北人同来，那人也是学修手机的。我很想问他有关手机那些复杂的结构和零件，是如何包容在一个微小的壳子里的，以前它们比这大得多。在大学二年级的饭堂里，靠门的一排桌子上有段时间竖着一列“大哥大”，不知道为何会卖到饭堂里来，据说是走私进来。它们都像砖头那样大，只能挎在腰杆上，似乎只有电视剧中那些黑白道的老大才能配得上。卖大哥大的人也是一副大哥的神气，使穷学生根本不敢去问价。我拿着饭盆去紧靠旁边的油泼辣子面档位排队，听着一勺油滋滋地浇到面条上的声音，嘴里涌出唾液，心里却想，如果有天能够用上大哥大，就说明我的人生已经成功了。不料它们的个头很快缩小下去，变成“二哥大”，再后来要用一个皮套子包着再挎在腰上，后来又听说对腰不好，没有人再那样挎，个头变成一只手可以握住，终于成了平淡无奇的手机了，我也拥有了一部，换掉了使用几年的传呼。

直到现在，住在小镇上的哥哥也看到了商机。哥哥对我的问题不感兴趣，没有详细地把他在培训班的学习内容告诉我。那个同学也是类似的态度，似乎他们曾经怀着和我近似的好奇心，来了这里之后才知道，修手机没有多少门道。但这当然其实是内行人面对外行人的态度，总要显示后者的问题没有价值，这样我就永远不会了解哥哥的某个方面。我们在新华书店楼下的一家长条大板凳的包子铺里吃了饭，给了他三百块钱。我有些想去他住的地方看看，他和那个同学又都说，大通铺没啥好看的。我目送着他们离开，像十年前在安康师专的校门，目送他和一个同学背着行李去火车站，到东莞去打工一样。

有一次，我陪妻子在开元商场的地下超市里买东西，看到休息区有商场请的歌手演出。大概是最近时兴的。我在休息区等妻子，看到一个女生出来唱歌。她从一个小休息间出来，自己整理好麦克和音箱，坐在一个小凳上开始唱，音域不宽但嗓音还算干净，唱的是徐若瑄一路的歌，装束也素净。我想，她大概是音乐学院的学生，出来挣点零钱。不知什么时候，妻子来到身边，无声地一起听完。女生收拾东西退场，我们搭扶梯去一层，缓缓上升中一路无言，妻子忽然问："你在想她吗？"

又说："要是我当时有机会上学，我也可以像她这样。"

晚上我常穿过钟楼路口，去鼓楼背后的回民街吃饭。这里不知何时开发成了小吃一条街，腾腾的烟雾下面是百年老店的招牌，攒动的人群和各种烤串。这是西安旅游开发的一部分，更主要的则是鼓楼所在的西大街，两岸都改造成了仿古的样式，楼房加上了汉唐的大屋顶，夜晚灯火通明，映着那些反射微光的楼阁。

小吃街上有一个榜眼府，算是这里的文化宅第。若在江南自然算不得什么，但是帝都东移之后，陕西从宋到清代的几百年间只出过一名状元，还是乾隆皇帝照顾西北考生的情绪由第三名探花擢拔的。榜眼自然也难能可贵了。由于要收门票，我没有进去过，看上去是整修一新的样子。倒是后面的大清真寺，我进去过两次。清真寺藏在狭窄的巷道里面，似乎是回民们以聚居紧密围护着，寺内的建筑是汉式的，在宽广的中式殿宇下，铺着暗绿色地毯，信徒们做着一天五次向西方的祈祷。时光漫汜的高大石碑下，长出了离离青草。

有时候我顺着南大街逛到书院街，这是去碑林博物馆的路线，新修了文化一条街，卖着各样的什物，其中有无数的埙。这种溜圆的带着几个圆孔的东西，以前似乎绝迹了，是在《废都》盛行后又发掘出来的。另外一个主角是关中书院，现在是一所中学，我在校门前的碑上看到了它的历史，曾在《明儒学案》里读到孙奇峰李颙几个名字，又联想到《白鹿原》里的蓝袍先生。眼下的两位名作家和他们的小说，代替了以往的文人，成了这条文化街幕后的主角。

几年后在清华大学校园的老榆树下，我和一个女同学谈起了李二曲。她就是大学开学电教室的联欢会上，在城市姑娘们的《恋曲 1990》后接着唱《黄土高坡》的女生，后来我说过她长得像花一样，她问什么花，我说向日葵，似乎她也不反感，或者她本来是喜欢向日葵的。眼下她脸上红扑扑的颜色褪了不少，告诉我工作两年后，仍旧回西北大学读了博士研究生，毕业留校做行政工作，结了婚生了孩子，现在很少回陕北，父母也进了县城，有时感觉心还在那里，只是回不去了。“我们这一代出来的人，注定会一辈子分裂。只有到下一代，像我的孩子，他出生在西安，对于陕北就没有感觉了。”

她这次来清华是开一个关于李二曲的学术研讨会，她的博士论文就是有关李二曲的关中儒学，虽然搞行政，却出了一本这方面的书，算是对自己的一个安慰。

她问到我单身的情况，劝我不要灰心，却也说到人要现实一些，最好能买个房成个家。最后问到有没有可能回西安工作？同学们都熟悉，离老家也近。我说一时回不去。她点点头，说下次回西安联系她。

但我回到西安没有去联系她。

有一次我重新走回到城墙根的老街上，见到煤渣路依旧，住户仍旧少人露面。在一处院门口，看到“东方朔墓”的牌子，吃了一惊，从门缝往里看，却没有什么内情，牌子上写着“碑林区文物保护单位”的字样，心想究竟有几分虚实呢。只有碑林附近的几棵老槐树，初见时使我惊讶，藏黑的树身似乎失去了水分，随时要分裂开来，却仍旧在顶上发出枝叶，像是青涩的新生。这几棵树是西安城中最老的居民了，却又比眼下的我们更年轻，它会活到很远的未来。

眼下几年过去，古树添上了铁箍，防止它们立刻爆裂开来，树身挂上了“001 号”“002 号”的牌子，注明有一千余年的历史。我开始怀疑，这株生于唐室倾覆乱世的古树，度过了无数朝代和人们的青春，也许活不过眼下这个盛世？

有时我住在小寨，步行到大雁塔北面的广场，这里已今非昔比，铺设了数百柱喷泉，最高的可以直入云霄，随风洒落到很远的人身上。音乐是仿古的盛唐音调。以往散步的曲江池也被大唐芙蓉园取代，找不到旧日的诗碑。只有大雁塔沉静如旧。

南门直达南郊的街道下面，地铁已经建成，上次回家我乘坐了一次。二环路打通之后，竖起了几幢高大的建筑，我莫名地发现，以往冬天笼罩着的雾霭，竟然终似渐次散去。

在一个晴朗的秋天，我和新的女友一起登上了西安城墙，并排骑着自行车。城墙顶上比下面想象的宽阔，来往自行车交错没有障碍。城里的风景虽然翻修，多少保留紧凑，城外却在巨变，没有几个地方还找得出记忆的痕迹。我知道城外的这些地点，原来也在一座更大的古城里，一直到我曾经散步的曲江地界。也许因为它开初的命运太不同寻常，以后却难以承受了，在“安史之乱”后渐渐萎缩残破。以往繁华的朱雀大街，成为居民的菜园子。

城墙北面临近火车站的一面，被拆出了大片的豁口，以便利交通。眼下却又以人力补缺，凌空修造，以造成完整的西安城墙。在仿旧的垛子里，看见“西安”两个大字，使我想到每次来往的经历。

有一年刘牧送我到西安火车站，离发车还有两小时，我们在附近闲逛，顺城墙根往南走到了一个公园。近似别处的亭台楼阁，修剪整齐的草坪，意外地摆放着大功率音箱，围拢的一拨人当中，一个业余女歌手敞开歌喉，唱的是当时风靡的《十送红军》。一曲未歇，麦克交给一个男同伴引吭高歌《便衣警察》，自己又脱去外面装束，露出里面的绣花红绸衫，伴着稍显急促的节奏献红绸舞。这使我模糊想到，这里或许是那个叫革命公园的地方。

离开人群行到靠西头，有个关着门的游乐城，所有的设施都停着，似乎某天突然断了电，再未恢复。最显眼的摩天轮有些生锈了。这就是上学时经过莲湖路，从公交车里看到过的摩天轮。那时它高高地超然于围墙上端，载了人徐徐转动着，对于出入城市的我，显出类似“八大奇观”的不可思议。那么这里的确是革命公园了，四个暗红色的楷体大字，就刻在大门上悬着的发黄木牌上，连带摩天轮，使我感到庄严之余有畏缩之感，因而从未想过接近。这次却不经意走入了。

意外的是在西头看到了杨虎城的雕像，似乎还有于右任。水池边有一处现代构思的雕塑，是一本打开的书，上面真的写着字，走近去看，是这座公园的历史简介，一读之下吃了一惊。

我一直以为革命公园是新中国成立后修建，眼下却读到是民国旧名，“革命”指的是冯玉祥的国民革命军，由驻防西安的杨虎城和李虎臣率领，响应北伐军起义，抵抗河南的镇嵩军刘镇华入关中围城，也就是关中人常说的“二虎守长安”。解围之后，由杨虎城下令建造公园，纪念遇难烈士。

路标牌上写有“西侧烈士墓”“东侧烈士墓”，寻找过去，只看见两个大花坛。花坛周围聚着一大片老太老头，像一大团蜂群，嗡嗡地发出声音，混为一体，分辨不出其中任何对话。走近去一听，说的都是为儿女牵线搭桥之事，言之不足加上手势照片，有时一发要争起来。我们两个年轻男人的到来显得有些尴尬。我疑心“烈士墓”不在此地，刘牧却说正是这两个花坛。

两个花坛是万人坑。原来所谓烈士，大多是普通百姓。围了一年城，城中连药铺的药材都吃光了，吃人更不新鲜。饿死的人过了一半，有五六万，没有地方埋了，都收殓在这两个大坑里。西边是女人，东边是男人，遥遥相望，民间呼为“男坟”“女坟”。或许是死者多有未婚嫁的青年男女，死后怨思不散，阴阳相吸，成了今天的婚介场所。牵线搭桥的父母们不以为忌讳，反而生了“灵验”的迷信。

花坛分为两层，内外相叠，植被氤氲茂盛，似乎也看不出男女的分别。“烈士”的名目之下，也难以想见那些为着“革命”

名义在城墙根下倒毙的无名枯骨，曾经有过怎样的微渺悲喜。当初那场惨烈守城的功过，又只有两座大坑里枕叠的枯骨更有发言权了。

我曾去过西安南郊杨虎城的陵园，买两块钱门票进入庄重的园门，修剪整齐的草坪斜坡，砌着“千古功臣”几个大字，展览橱窗里贴着西安事变和小萝卜头的照片。但我从未听过这个伟人杨虎城背后，还有一个玩命死守长安的杨虎城，是地道的关中冷娃，和饿死者的尸骨一起埋存在乡亲的记忆中。而守城的另一“虎”，则无法和他在几年后另一次冒险中的伙伴张学良相提并论。

在齐整的杨虎城陵园附近，是寥落的杜公祠。

从几栋民房之间顺着落叶砂石的小路往上走，经过几孔塌掉一半的窑洞，是没有砌砖门脸的土窑，里面剩下一点点狭窄空间，让人似乎有点失望，并不符合想象中窑洞的样式。又想到《平凡的世界》里面孙少平母子住的某个窑洞，似乎就是土窑。高处有几棵灰扑扑的大树，叶子很厚，像这里农民的手掌。进了院门，看到几株细瘦的植物，似乎才相信，这里的一切，真和那个不遇而干枯的老诗人有关。

檐下不知为何，似乎落着看不出的水滴，方砖上留下了痕迹。闭着的堂门内，几尊塑像都蒙着灰尘，和刚才的土窑里一样，只是泥胎而已，不会有任何生气。似乎在他的生前，生气就已经消尽了，只是靠着身体里存余的水气活着，像一棵被移栽到城里的老树。

但刘牧却说，诗人们仍旧活着。傍晚顺着他单位的后门走出去，上了杜陵原，在庄稼地的青纱帐里，农民歇工晚了，偶尔会听见玉米林深处有人奏乐，吟诵什么，麻起胆子走进去，声音又消失了，一会儿随风飘来，移到了更远处。总是走不到他们在的地方。

▲▲

过秦岭

一

大学第一学期末尾，我在西安火车站的候车室里，看到一幅从上到下挂了一面墙的画，一座山脉高耸入云，填满了整个正面，没有留下任何一笔缝隙。只有一条铁轨从最底端蜿蜒接近，进入一条隧洞中，又在稍高处出现，再次蜿蜒前行，进入下一个隧道，此后再次出现。每一条隧洞位置只是稍稍升高，铁轨却迂回了不少的距离，有时候似乎是在走回头路，编织着一个一个的“8”字。一列微小的火车，行驶在最低端的铁轨上，不知要经过多少迂回的爬升，穿过多少隧洞，最后消失在山脉顶端的云雾中，前途依旧莫测。只看它的渺小和旅程的前景，似乎是根本不可能完成的。画幅右上端的题名中，有“秦岭”两个字，使我下意识地捏紧了手中硬硬窄窄的火车票。

这是我即将前去的目的地。

之前我已经翻过一次秦岭，但并不是坐火车。在安康汽车站的场坝里，父亲和司机一起把我那庞大的行李弄上了车顶，一个显得巨大的黑漆木箱，大约是母亲当年的陪嫁，里面装着一床自家请人弹的厚实的大被子，木箱面上另外有一床同样厚实的垫被，还有一个网兜，扣着洗脸盆和热水瓶之类的用具。对于黑木箱和被子在车顶上独一无二的庞大体格，我感到难为情，心里有些不解，那口黑木箱子为何在二十来年中一直不见损坏，以至于父母觉得它足够体面，成了我的主要行李。从车顶下来的爸爸和我一起看着那口突出的大木箱，似乎心里和我一样在想，它怎么可能平安到达西安而不坠下来。不过司机看起来似乎觉得没事，他留在车顶上，用一面粗缆绳结成的大网兜，把突出的头头脑脑统统都罩起来。只能认为这样就一切保险了。我随爸爸坐上了这辆大轿子车，开始生平中第一次过汉水的远征。

那是个秋天的早晨，也许是由于没擦干净的窗玻璃，我有时近黄昏的错觉。在过汉江不久的田野上，我看到了一座座单独矗立的小炉窑，说是石灰窑体积又要小很多，外面用石头和泥灰之类封得很严实，顶上露出小口，有的冒着红光，可以想到里面的炽热。这些小高炉立在收割后的稻茬中间，是本县完全没有的一种景致，我到今天也没明白它们是做什么的，以后也没有经常见到它们，就像是我在那个早晨的想象。

天明后旅途的印象，是微微泛红的土壤，留在大地上的一条长路，要爬上远方低缓的山岭。有时交叉的一条小路，似乎是在漫长的时间中想要离开正途，去向未知的方向。

在宁陕老县附近的一个拐弯，车顶的箱子果然遇了险。下过阵雨，沥青路面湿滑，一辆小汽车没有减速迎面而来，压了轿车的线，轿车猛力向外打去，车头一个轮子悬空在坎子外，下面是个不高不矮的坡，后半身却被一棵粗壮的老柳树别住。我们只是感觉车身猛地一斜，大家纷纷下了车，看着我们的车悬在路坎上，车顶上的东西更厉害地倾斜着，似乎一刻也不能维持，那口黑箱子和棉被显得比任何时候更为扎眼。人群却因为逃了命，似乎超脱地谈论着这辆车是否会翻下去，甚至是这个意外的局面给了沉闷的旅程一个刺激，连父亲一边查看我们那耸峙的箱子，一边也显出有趣的表情，对旁人夸奖着这棵老柳树。后来由那辆惹祸的小车屁股拴上绳子，靠着地的三个轮子，把悬空的一个轮子重新拉回到路面上，我们的大木箱依旧安居在车顶上，幸亏那面笼罩一切的网兜。

这像是个上山的序曲，不止一道起伏的山梁，每座都比我家乡的巨大。植被是深色严肃的松针，腹地免去了人迹。据说曾有两名驴友试图徒步穿过秦岭，一人饿死在途中，另一名被救起时脱了人形，脸上现出羊的形相。大轿车闷哼着爬上山顶，面对弯曲的下坡路，似乎要进入比出发前更深的底部。父亲告诉我，每一座山梁都超过两千米。它们都比我家乡的山脉伟大，但还不是最伟大的。

以后傍晚经过这道山梁，我看到过一只兔子，很快地消失在边沟的雪堆里。这是我在秦岭穿行中看到的唯一活物。多年以后，我想到一个八十岁的老婆婆，住在竹园沟以前队上的牛圈里，那年还养了一头小猪，瘦骨伶仃。她的脚被烫了，整个脚背快烂完了。她养了一只小狗，打算杀了吃来下火。她佝着腰走到医院去看病，人家说她新农合医保卡上没有钱报销，因为上次领粮食了。她的一个孩子从核桃树上摔下死掉了。她的头一门丈夫在平溪河梁上安电枪打猎，自己踩了电枪被打死了。她就到了这地方来，为第二门生了那个孩子。孩子丢了以后，人家也不要她了。

后来一个六十岁的草药郎中把她接到仁溪沟，说是给他帮忙做饭，旁人说其实是同居。郎中治好了她的腿，她爬楼子上楼翻晾药材，一头栽下来摔死了。

傍晚我们再次下到山底，进入一个似乎在所有山脉最底部的小镇，叫广货街。汽车在这里加水、歇气，爸爸让我明白，它是在为即将面临最伟大的山脉——秦岭做准备。

从广货街一出发，山势就收得狭窄，两边的危岩逼过来，似乎完全没有了道路，却又硬生生找出一条。顺着一条小河谷，几番曲折之后，到了一座山脉的底层，四面的地势似乎在洞中，光线被减去，车厢陷在沉默的悚惧里，唯一的出路在上边。汽车闷了声气，忍着水箱的热度，往上盘旋爬了一段，似乎是扒上了一个矿井口，我忽然看见深渊扯开豁口，向两旁稍微拓展开去，延伸成为两道由低到高的山脉，线条迅急，幅度极其高远，在极高处终于变成一系列锯齿状的尖峰，完全是蓝色，不属于眼下的世界。

我的心像是忽然感到一阵刺痛，就像是多年后结核病的预兆，使我第一次知道自己有个软弱的肺。秦岭。我想。

汽车一圈一圈地绕着之字拐，每一次都脱离深渊一些，光线和视野都在增加，最后终于来到大梁上。难以置信这样高的大梁我们终究也上来了，汽车看似软弱的水箱，以及我的心肺都没有爆裂。一段锯齿状的山峰轮廓线往后倾倒下去，已经落到了我们下面。但最高处的蓝色山峰，依旧是我们难以企及的。一股北边的风从垭口[4]吹过来，司机停下了车。我跟着父亲下了车，人们纷纷走向一块石碑，有人合影留念。父亲让我看上面的两个大字，说“秦岭”。他的声音听上去含有压制下去的激动，使我很多年中头一次感到和他近了点。

这是父亲十几年前过秦岭看到的同一块碑，粗朴的字体，和当年一样陈旧。待在我身边的他，有一部分是当年那个第一次目睹界碑的少年。

我们站在这里还能看清字迹，山谷下面已经沉入夜色，仅余的光线都留在了这座大梁上。但我看到了西安城的闪烁灯火。我生平中的第一座大城市，就这样出现在秦岭界梁的脚下，有些蔓延到山坡上，有些介于星星和萤火虫之间。后来我知道这是幻觉，即使下山，前方还有很多山谷。天已经完全黑时，我们停在一处地方再次加水。我们在四面庞大的山岩底下，似乎无路出去，就像离开广货街时无路进山一样。加水站的灯光落上对岸一座悬垂的山岩，巨大的赭色山体平整坚固，给了我永生难以磨灭的印象。后来我知道，这样庞大坚固的赭色正是秦岭的质地。

出山口之后，平原上很少有人家的灯光。车窗透入的风少了湿润，土地的气味似乎变生了，硬了一些。我看见黑暗田野中的一棵孤树，周围没有任何的景物，不知为何把它单独留下来。没有伙伴和枝叶气息，只是谛听，听见了长安。

---

④ 指山脊上呈马鞍状的明显下凹处。

二

我们的火车向西动了，它要一直开到遥远的宝鸡。对于这个名字我有个地方不适应，知情一点却又更陌生。

在一个同学的相册上，我看到了他身后的宝鸡城。照片是在城郊的一处山坡上照的，季节是冬天，近处一片萧疏树木，远方城市的灰色楼顶隐现。天色阴晦，一个少年站在树丛后面，眼神有种似乎很合适的忧郁。这片隐晦的景致，和那样适度的忧郁眼神，是我没有过的。相册的主人现在已经长得高出我们农村来的同学一头，清秀的脸上留了一点小胡子，熄灯夜话的时间，对我们讲着当年他母亲出差带着巧克力回来，而他竟然不认识，也并不觉得好吃。我听着，心里想到的是我八岁没见过面粉，以为面条就是母亲手里的竹条子，因为大人把打孩子叫作下挂面。后来我见到了面，知道面粉其实是白的，越好的面粉越白。但我怯于说出很多，似乎是普通话不过关。那是一个回忆饥荒的夜晚，而他们仍然占了上风。

其他的夜晚，他谈到自己在紫藤园里接吻的体验，说那个女孩是老手，接起吻来比他还熟。那女孩我见过，小巧清秀的，似乎是在梦境中才会出现，曾经来宿舍取过他的脏衣服去洗，我听到这里就嘴唇发干。这是一个只有他们能发言的话题。我知道即使不是西安而是宝鸡的同学，跟我们之间的差距也是遥远的，我们表面上住在一个宿舍，混用热水瓶喝水，他们还称赞我的黑漆大木箱，说土漆的质量好，实际上我们过的还是完全不同的生活。一个人出生之地总是在有些要点上决定你的一生，即使当初看起来完全相反。

上高中时，老师整天在号召要过秦岭。过秦岭是好学生和差生的唯一分界，是成功和失败，好命运和坏命运之间相隔的绝壁。我们所有陕南的学生，都面临着这一问题。老师的号召似乎在保证，只要过了分数线，秦岭就不再存在。那夜我却初次知道，障壁不是那么容易穿过的，即使是分数比西安的同学们高，也要经过数不清的穿越来回。

这次却像是放弃了回家的前景，一直向关中的深处行驶，从来没有在一片平地上移动这么长距离。整个白天，在没有变动的阳光下。泥土干燥成粉，没有一丝水分，脱离了“泥”的触觉。每过一段距离，有条小路进入地块，伸入看不见的深处，成为唯一区分界限的地标。路口有微小的塑料袋，或者孤零的小树上，搭着一两绺黑色碎布条，像是预兆。这就是关中吗，捧起一把土，将从指缝完全漏下，手心不余气味。和那天晚上不同，不会有任何的机会和幻想。我永不会进入那些村庄安身立命。

土地深处似有闪光，一处隆起的金属半圆外壳，和灰黑的村庄全无关联。这里的一切或将改变，我想到在西安城南看到的一个雕塑展，用烧灼的塑料，大师或塑胶厂工人顾德新，永远不会理解那些扭曲的形状，却无法消除，连同“大师”的名词。

车到往西的尽头，我没有看到照片上的树林，甚至那座山坡下的城市，只是在一个站上停了很长时间。换车头，转向南方，进山时候天已经黑了。一进山地，感觉和在平原上完全不同了。火车像是被黑暗冻住了，开得越来越慢。道轨底下出现了积雪，有的变黑了，有的还是白的，暮色中只是依稀看得见。过了很多洞子，但是我还来不及有像画上那样的感觉，因为最突出的是巨大又有节奏的哐啷哐啷声响。偶然走出一段隧道，路线像是一条迂回的蛇，车头要衔着车尾了。火车越来越慢，让人意外它也会吃力，终于在一段缓慢的上坡路停下。

不知道它为何停下来，也没人想去问，大家只是顺从着火车待在这里。车厢里有昏黄的电力供给的光，透过窗户模糊照亮了一方扇形的雪地，露着一些枯草，此外是无边的黑暗，不知道我们是在怎样的山地里面。人们顺从着火车安静了很长时间，但是列车始终没有动静，人们终于慢慢地活动起来。说话，试图走动，打算去上厕所，过道上都挤满了人，活动起来是很难的。有些邻座的人互相招呼着，一起使劲往上把关死的车窗提了一两个档，因为停下来之后，透不进风的车厢气味浓郁，比起寒冷更让人难以忍受。

人们很快发现，上厕所几乎是不可能的，因为不仅过道上塞满了人，厕所里也挤着几个不愿意出来的人。他们勉强地侧身让两个男乘客撒了尿之后，就再也不情愿了。女乘客们更是毫无办法。既然列车毫无动静地停了这么久，看样子它还会无限地停下去，有几个小伙子就把车窗提得更高一些，在同伴的帮助下跳下车，奔向雪地上去解决了。他们方便之后，还站在雪地上溜达了一会儿，松快一下手脚，然后才被逼人的寒冷催上车来。更多的人效仿他们，那些矜持的女乘客也按捺不住了。

女性自然要蹲得远一些，忐忑地走到雪地可见的边缘，找到一处石头或者草丛的掩护，遮住了身体，脸却需要露出来，盯着火车。有一下，火车突然“哧”地冒了一股汽，动了一下，或许只是打了一下战。雪地上的人立刻站起来，慌乱地朝列车跑来，被同伴扒拉上车，我从来没有想到她们有这么快的速度。但是人上车之后，列车又沉寂下来，停了两个小时。

没有人敢再下车，车窗也关上了，车里正在冷起来。到后来先前积攒的热气消耗光了，座位和车厢板变得冰凉，坐在车窗旁边的人受不住了，和靠里的人调换座位。蜷坐在地板上的人站起来跺脚，大大小小的包裹被打开，能找出来的衣服都披上了。关上的车窗结了厚厚的雾气，外面一点也看不见，手指按上去会黏在上面。没有人说话，似乎已经放弃了车子会开动的希望，多数人半闭着眼睛想要睡过去，可能是希望醒来时车子开动了。就在这样的寂静里，事先没有任何通知，似乎和我们这些车上的乘客完全无关，火车启动了，继续在黑暗中穿行，多数的乘客对此并不知情。我很快又听见了隧洞里哐啷哐啷的闷响，却实在无法想象出那幅画上的全貌。第二天早晨，我们已经在汉中盆地的田野上，有些地方的泥土晚上上冻，太阳出来后很快完全松散了。

后来知道，那趟车晚点了九个小时。

从安康过去的火车，最早经过西乡。车临时停在半途。

在中文系第一次文学社聚会上，我朗读了那首诗。山随着火车前行，忽然歇脚凝固了，留居于此，像是家乡农民，住在地窝子之中，走出来看见星星，却不会越过祖辈地界。麦地深青，是不可复制的陕南颜色，足以遮掩行人。这里的世界比关中深得多。似乎有种预感，在太过长久疲惫的旅程之后，可以就此下车，在其中找到归宿。那首诗得到了老师和同学的称赞，以后我却不想写这样的风格，似乎那份力量中有虚假。有一种东西阻止了我，它成了再也不会重现的偶然，就像第一次乘火车的途中记忆。

铁路折向阳平关，北上经过凤州，我一直认为是甘肃地界，似乎是诸葛亮收姜维的地方，北上到达宝鸡。经过凤州的时候，一般在深夜。

我喜欢在晚上数火车经过隧洞的咔嗒声，和白天似乎不同，更完整、确定，又轻巧，像有人在蹲着拉长的自行车链条，总是轻巧和沉重的轮回，一轮之中不经意地已跑出很远。车厢里灯光稍稍暗下去，隧道壁上的避车洞就现出来，大小相间刻画的一个个圆弧，依次向远方排列，似乎向下开掘的一种洞穴，明明没有多深，却有无穷去向。

我总想看清楚，黑暗又含微光的避车洞里是什么，或许完全不同于外界的生类。

有时最下面一点火苗，似乎有人匿在那里，和我们完全不同的人，我们的人生路不会交叉。但我仍对他们抱着深深的好奇，他们是从何地出发，走上岔路。

后来有过几次，我清楚地看见有人蹲在洞里，抽着烟，手上拿着铁铲，是养路工人。我仍想象先前隐匿的火苗，属于何种的族群，也许比我们更微小、深默，保存我们遗落的路径，或许只是依稀的线索，却仍旧值得付出一生。

冬天，透过车窗看见微茫的雪地，灯光掠过稀疏的草茎，有一条线循着铁轨前行，被照亮了一瞬，又随世上的其他景物消逝而去。那时候的火车显得高，所有的景物像是在铁轨很底下。沉重的车窗是上下启闭的，要两个相对而坐的人用力一齐使劲才能够抬起。车窗落死之后，玻璃上一层浓雾的隔绝里，是凝固到窒息的闷热，时间和呼吸一起近于停止了。只有多余到无法容纳的人体，会汇聚成这样的闷热，不能说是臭，只是一种完全使人体失去感觉的东西，从嗅觉、舌头到毛孔。这一刻生命或许就在失去知觉中慢慢消失。多数人歪斜的口鼻，确实像是已经昏迷。我坐在过道的一张皱报纸上，把鼻子埋进啃了一半的苹果。这个苹果里保留的新鲜气息，在这一刻存续着我的性命，就像在皮鞋粘胶车间里做工的老乡戴着的氧气面罩。我不知道一个苹果里能保存多少新鲜，能够让我的生命存续多久，直到白天来临，终于在一个小站上可以用力抬起车窗，让凛冽却含有拯救意味的雪气能够透进来一小会儿。

有次，我对面是一位坐在粮食口袋上的老人，半夜时分，他从座位下的另一个袋子里掏出苹果，开始一个一个地吃起来。他不像我那样把脸埋在苹果里，要保持一点不同。他只是一个个地吃着那种十块钱一小袋的苹果，像完成任务一样。他那样不紧不慢，一丝不苟地从小口袋里掏吃着苹果，似乎在做着世界上最重要的事情，却又完全和他本人无关。

有一些无座的人拿出几张报纸，用很敏捷的姿势，倒退着躺进了三人的座位底下，整晚再也不出来。根据我在中学学到的二氧化碳重于氧气的知识，座位下的空气比车厢上部更为缺乏，他们在那底下是如何度过缺少呼吸的夜晚？或许他们根本就是在休克中度过旅程，只是在到站前及时醒过来，背起编织袋和脸盆被子下车，这又是一种怎样的能力？我知道我虽然与他们同坐，却永远不会拥有这样的能力，我一次也没有躺到位子下面去，一次也没有跟随复活过来的他们下车，走进地垄深处的生活。我不知道他们的来源和去向，就像对于车窗外地上被照亮了一瞬，随即消逝的草茎。

三

去火车站的路和汽车路在过了汉江大桥后不久分开，汽车要上一个坡，带一个略微的拐弯，这是翻越秦岭的公路起点。

拐弯处竖着一个汽车修理铺的大轮胎，像是道路起点的标志。有一年时间，这个轮胎曾经引起我的猜测，心想哥哥是否就在轮胎下面的修车铺里，这是秦金满表哥给他找的一个工作。那两年哥哥刚刚离开平利县运输公司的修车场，一时无事可干。我见过哥哥头发稀疏的脑袋从平运司修车厂的地沟里一步步升起来，一直想他在这个高大的轮胎下会是什么情形。暑假回家时却知道，哥哥干了三个月离开那里，去了一个林场管电路。就像他当初在平运司的修车场没干多久一样。

接下来是五里和恒口。对于上高中的我，这些江北的地名就像班上两个高个子本地同学一样，陌生而不可接近。流传着那里打架的各种情节。五里的印象大体更平和些，原因来自学校附近几家小店出卖的五里稠酒。这些小店通常是藏在小巷口居家的门窗背后，随便挂一个“稠酒”的招牌，分不清是专门开店还是自家酿酒附带出卖。平时不注意，似乎招牌也收起来了，但在夏天的暑热中，似乎就有一缕气息从招牌后面的坛子里升出来，虽然我很少有去喝过，也许只是绝无仅有的一次，那气息却像一直存在。近于老家母亲做的甜酒，然而浓一点，让人在某处似感亲近，却又不敢轻易尝试。

五里的另一个记忆，是一座古老的飞机场。

古老的原因，是幼年时的记忆。队上何家院子有一个五保户老吴，谁也不知道他多大年纪，亲族何在，只知道是旧社会过来的人。他引起我们兴趣的事情之一，是发现他在墙洞里藏有很多铜钱，大概是他偶然找出来的，有厚实的康熙通宝，薄一些的道光通宝，还有更薄的寡母子钱，据说是皇帝年幼由母亲主持朝纲时印的，因此分量不够。另一件事是据说他参加过小偷团伙，不是什么主角，同伴挖洞进去，他专门在外面负责接东西。有一次同伴刚塞了一包东西出来，他听见里面闹起来了，舍掉同伴拔腿就跑，一气跑回家来了。开始大家都以为他带了一包金银财宝，还有媒婆给他说女人，探口风，吴老汉包不住嘴，才知道是一包衣服，媒婆才罢了。后来我读了《阿Q正传》，觉得老吴的经历像极了鲁迅先生的构思。

我从来没有跟来自江北的同学有所交往。直到在安康师专教书的那个暑假，我已经考上研究生，去五里一个女同学尹雪华家里，送给她一些复习资料。这个女同学我上高中时不熟，只记得她走路时腰身扭动得特别灵活，绕过间隙狭窄的一排排课桌，因此得到一个绰号"摇摆舞"。从陕西师大毕业后，她家里没有人，被分配到安康市第九中学教书，她说实际是五里中学，她是第一个师大毕业分去的人，在那个小学校里受人排挤。有时候她和另外两个分配到安康市里的女孩阮云和王玲一起来找我，聊聊天。听说我过了线，她也想要考研。

我和小絮下了公交车，穿过了铁路线，这条铁路似乎也像是停用的飞机场一样生锈落灰了。来到一个村子，村庄很平常，树下面有一些平房，尹雪华的爸爸和弟弟也一样很平常，不是我以往想象中的安康人模样。她的弟弟极胖，有些失去了形状，使他的一切动作和反应看起来慢一拍。他按照父亲的吩咐，带我们穿过田野间的小路去学校找姐姐。他沉默地走在前面，步子很慢，在我心中产生了一种忧郁的感觉。田地里似乎是豌豆花，还有一些高秆作物。学校在田野中间，像是我家乡那种老式的乡村学校，果然没有市中学的样子。放了暑假，学校里很安静，尹雪华没有回家，在这里看书。她在宿舍里招待我们喝水，说起和同事们很少有来往。父母想让她谈个对象结婚，她也没有这个想法。不管怎样，一定要走，考不上研就出门打工，和我前几个月档案被学校卡住时的想法一样。以前她说过附近有一座山，山势不陡，有时候她会一个人去爬，也约我和另两个女同学一起去爬。这个约定当时看起来很容易，后来却从未实现过。

她考了两次，第二次离开了安康，去了江西一所师范学院，后来又到山东大学读博士研究生。我离开安康之前，她送给我和小絮一串珠子，说是对我的感谢。这串珠子后来不知如何遗落了。

我再也没去过五里。随着育才路一带老街的改造，城里卖五里稠酒的招牌慢慢地绝迹了，我渐渐不能确定那股夏天坛子里升起的幽凉气味。

那个夏天，我在放暑假前的周末坐车去女娲山顶，走一条小路下到小絮的学校，和她一起扛上被子衣服离开那里。这条路线我在几年中反复走过，直到这天再也不回去。

大学二年级的一天，我靠着护城河旁的铁栏杆，守着城南汽车站的出口。小絮来西安参加全省的自学考试，我估计的日期已经到了，她没有到达西安。给她县上的家打电话，说是半个月没有回家。她教书的女娲山学校没有电话。连续三天，我的心情越来越焦虑，想到从学校走到公路那段黑压压的松林小路，林深处厚厚的松针，传闻中以往一个女老师被强奸以后发疯的案件，有一种东西从深处强迫着我。

那是个黑洞洞的汽车站，在一栋沉重大楼的底层，出站口充满了进出班车的轰鸣和气味。经过长途翻越，进站的客车都一身晦暗，似乎濒临报废，使这里看起来像个修车厂。这里的气味和声音似乎影响了我的心情。看着乘客从一辆辆车上下来，明白自己把着的是正确出口，却始终不见她。三天里的这么多乘客，没有一个是她，我的耐性渐渐耗尽了。一定是发生了什么事情，否则这样的情形不会出现。似乎觉得不管是什么，都胜过在这里的等待，需要干预她那边的事态，即使是越过秦岭。

最后一天的傍晚，我等到下午五点，终究在一分钟内决定买票上了一辆夜班车。这辆车是低靠背，只到乘客的肩膀，脖颈后面空着。不知为什么，相比票价稍高的高靠背来，我更喜欢这种，似乎是因为像电影院里的座椅。

夜班车有低靠背、高靠背和卧铺车三种。有次小絮父亲到西安出差，回去时我和小絮去南门汽车站送他，同行的有他一个同事老冯，也是邻居，平时总拖小絮的父亲过去打麻将，不到六十岁头发全白了，脸却喝酒喝得红红的。老冯的女儿在山西上自费的卫校，放假回去总是坐火车卧铺，带很多那边的醋，到了家一年都吃不完，说是山西的醋好。我看见过一次女儿坐在老冯的腿上，小絮母亲有些看不惯，说这么大了还昵父亲。两人像是为坐不坐卧铺打嘴仗，小絮的父亲说你当我老了不敢坐高靠背，老冯说你当我不敢，两人就买了高靠背。过后小絮说她觉得难受，她回去是坐卧铺。

我没有买卧铺，或许是想起了那次的情形。

到长安县暮色已很浓了，平原上的路是弯曲的，似乎也有起伏，像是一条曲折的河流。在一个地方，看到对面有辆班车前来，两边还没有亮起车灯，但已经很暗了，加上尘土很厚，慢慢地靠近，我想到车里或许有小絮。

两车交会，我往那边车窗里望，光线很暗，看不清什么人的面容。我又没有决心跳下车去，并呼唤那辆车停下来。会车就这样结束了，似乎这个会车本身，带给了我一种补偿，不必要再越过秦岭去探寻了。我感到有点后悔，眼下需要面对一整夜秦岭的旅程。

这是我第一次坐夜车过秦岭。黑暗山地里有些地方闪光，起伏隐现。这些闪光比平原上更含着未知的吸引，又像一种安抚。夜深后慢慢减少，仍旧不是完全的黑暗，似乎黑暗本身散发微光，覆盖的远处有个边缘。我在黑暗里始终半睡半醒，似比深睡适意。树林在落叶，整个黑夜含着树叶气息，一种不可挽回的既成事实，似乎抚慰了我心中的不安。

半夜车到江口街休息，加水。以往是白天到这里，在一家饭铺吃饭，是司机定点抽成的。因为要大家吃饭，时间故意停得久些。晚上自然吃的人少，司机只能得到两包烟，停的时间却一样长。饭铺在小镇尽头河口的桥头，就是名字里带的江了。河水深处而来，遍桥下泛滥，让我想到船和码头，这些与江有关的事物。顺着江边的路往里走，几点灯光之后是黑暗，一条河的来源，似无穷尽。

我想到了蔡益之。

蔡益之是我们那里的人，他一生的成败主要来自土匪生涯。抗战之前的十年，八仙尽是土匪，叫棒佬，来源是四川被张国焘打散了的兵痞。其中最大的一股是原来当师长的王三春，有几万人。老百姓见天的生活大半是躲棒佬。蔡益之少年不成材，却偏偏善于与土匪打交道。不管哪路来的土匪，别处杀人放火，到了狮坪街，都给他面子，由他打发，不遍地下手。

他起头是守寨子出名，棒佬围了半个月，寨子里已经没有水源了。蔡益之鬼，想出来一个主意，叫寨子里的男人都撒尿，装成半澡盆，烧开了在澡盆里杀猪褪毛。棒佬看到寨子里还在烧水杀猪，心想寨子里的水充足，殃了气了，人就撤走了。蔡益之从那次就出了名。

那以后蔡益之嫌寨子不坚固，物色地形，在竹园沟山顶上修造铁桶寨，铁桶寨这个名字是他自己起的。寨子造得坚固，也费工夫，才砌好了根基和寨门，抗日了，省政府招募土匪成军抗日，叫“爱国志士”。

蔡益之就想到出头招募这方的棒佬，带到西安去整编，他也好做个司令。土匪大多果真听他的号召，几股合起来有上万人，蔡益之带队到安康去整训。安康行署的专员讲话有些大套，还带着“土匪”字眼，申斥以往作恶的事迹，蔡益之的脾气上来了，当众打了专员一耳光，带队径直去西安整训。那时秦岭还不通公路，沿着安康到西安的官马大道，走到江口街，连遇了几天大雨，住下休整。

住了几天，难免土匪旧性复发，发生了一场抢劫事件，抢了当地经营生漆的大户，还放火烧了老街掩盖。一条临河老街被烧光了。蔡益之为肃军纪，枪毙了两个头目，别人就有意见，说当兵受别[⑤]，上战场去就是送死当炮灰，一块爱国志士的牌子没有坟头挂，只成就了蔡益之的功名，不如做土匪自在。几股人一撺掇，在一天夜里跑了一半。蔡益之只好带着剩余的人到了西安，因为人少不成建制，途中又流散扰乱百姓，当地老百姓投诉到了省上，战区司令将蔡益之一顿申斥，只给他一个中校副官。

蔡益之觉得没意思，一个人转回安康，打算招募更多的人投军。没想到他得罪了行署专员，专员暗地打招呼给县长吴清源，就在欢迎的酒席上摔杯为号，翻了脸，把蔡益之抓了起来，押在水牢里。后来说他勾结土匪想要谋反，在县城东关操场被枪毙了。蔡家把蔡益之的尸骨领回去，安葬在竹园沟尽里头。从那里起坡上梁子，至顶就是铁桶寨。

后来有一年，在孟石岭河边上的一户农家里，听人说到前些年去宁陕割漆。过了江口街，顺着一条大河往上走，那条河似乎比八仙的岚河还大，两岸没有多少人迹，只有一些搬空了的老院子遗迹，像是远古时候有人住过的，奇特的一点是，门窗板都刷成黑的。漆树都是国有林场的，漆是林场的，只能挣手工费。齐抱粗没有开过刀的大树，三角口子一刮漆浆往出喷，几棵大树就是一招。树长得高，要爬到顶头上去割，到了顶地下都看不真了。树是国家的，不兴打漆钉子，会伤了树，只能做绑架，用铁丝两边缠着漆钉子。有人绑得不紧，一脚踩脱，看着就从顶上掉下来了，人擦在漆钉子上，卵孢子挂掉了，吊在树上。要干两个月才能回来，可是那年提早回来了，为了把人送回来，钱也没挣

⑤ 别，意为“约束”。

到。他的卵孢子还留在树上。

我是和忠家公一起，听他的伙计讲古经。忠家公有一本家谱，是最近江西的家族寄来的，那边家族要修家谱，让他负责寻找陕西一支族人。家谱上看到，有一支迁徙到秦岭北麓，在一个叫喂子坪的地方住下来，以割漆打猎为业。后人又翻过秦岭到南坡，成了有名的漆户，每年涨水的时候，几万斤漆装船从江口街直下汉江。蔡益之带队到江口镇的时分，土匪抢的就是姓陈的漆匠家。他们门户的标志就是门窗刷成黑的。从那一次被抢烧就败落，不知下文了。忠家公没有钱去寻访，问割漆的老伙计，也没问出个落头。南江河两岸的老院子遗迹，或许是他们留下的最后痕迹。

到了女娲山，在路口的一处岩壁上，没有看到小絮留下的消息。这使我更相信出了什么事情。通往学校的松林路上，我望着两旁松林的深处，厚厚铺着微红色的松针，寻找蛛丝马迹，一条头巾或者一只遗落的书包，似乎我在畏惧又盼望着什么事。到学校才知道，她是前天下午从学校出发的，到安康歇一夜，坐了早班车离开。

我想起那辆交会的车。永远也无法证实，她是否在那辆车中。

女娲山的傍晚，我们曾在一处牛圈旁边，牛安静地反刍，夕阳落山，染红了无数小小云朵，远近山岭现出微红色，圈栏和牛也被抹上了。山顶雷达站的一口信箱，每天接纳她的信件，却只是每周一次开箱传递，越过遥远的秦岭，我接到时总是几封一起，像是变成了一封加重的信，使我无法轻易拿起放下。那次在学校的操场上，校长、教导主任和我们打篮球，教导主任说，袁凌要是也分到这儿来，真是人的吸引力大过地球啊。

那次暮色中的会车无法证实。我去了一趟县城，知道她没有回家。回到西安时，小絮已经返回陕南。刘牧说，在我坐车过秦岭的当晚，小絮到学校宿舍来找我。由于没想到我会回陕南找她，她没有在路口岩石上留下标记。我们的车再次在秦岭中交会而过。这是一次完整的交错。

四

教导主任的话实现了一半，我分回了陕南。几年以后，我在安康城沿的汉水旁边，对着涨满了水的江面，想着七十年前一个永远无法到达对岸，踏上北向路途的人。

这是我们县志里最早的革命者。在西安上学堂期间，他参加了长安县草滩的暴动，失败以后回八仙的家躲了半年。半年之后，他从八仙出来，打算去西安寻找组织。到了安康中渡台，却得知渡口封闭，严查革命党，连走了三个渡口，都不敢过江。当时汉江上没有大桥，他在汉江边犹豫了两天，只好放弃了北上念头，回县继续自己干革命，开办全县第一所小学，发动农民抗租。后来他被军阀逮捕，在交县界的狗脊关被杀，尸骨不知下落。他没有正式入党，不能算作烈士，后人得不到抚恤。那一次过江不成，注定了他后来的命运。

高中三年，老师一直强调，考得好的进北京，至少也要过秦岭，最差的才是翻院墙，上相邻的地区师专，俗称安大。那时候我们心里一直觉得，我们的中学比安大要“大”。我是过秦岭的一类，现在却又回来，虽说是教书，仍旧像是退了步。像那个革命志士一样，隔着涨水的宽阔江面，找不到北上的路。

我们这里人的祖先不是本地人。李自成和张献忠起义之后，在这里和官军几回拉锯，人就像割草一样剩下不多了。以后用湖广的人填四川，我们的先人从湖南湖北过来，一副担子挑着家当，一头是锅碗被子，一头是孩子。母亲一支的家族来自湖北房州，大年三十习惯天黑定了才团年，忠家公说谚语叫“鸡不叫，狗不咬，半夜团年房州佬”。我们的祖先占了汉水两岸的八大县，中心却被关中过来的北方人占据了。在古代，北方过来的秦国人占领了楚国的地盘，他们始终待在安康城和平坝地带没走，说着一种奇怪的生硬的北方方言，但并不是原味的关中话。但他们受了削弱，只能保住州城和毗邻的旬阳县的地盘。两边方言的交界，和县域一样清楚叠合，就像一个班的同学，明确地分为安康和外县的两拨。

坐在邻桌的李纹，那时我以为是地道的安康人，虽然知道她喜欢文学，常看我写的作文，我还在生日的明信片上写过一首诗给她，彼此间却少有话说。

我分回安康以后，有次似乎在宿舍楼的楼道上见到她。一瞥而过，彼此的表情来不及变化，没有打招呼。这次遇见，不是对过去记忆的接续，倒像是作别，也是我对于安康城里同学群体的告别。

直到最近两年，我写的一篇关于安康洪水的散文被她看到，得知她已经调到西安，两人在 QQ 上恢复联系，且对我回忆了亲历洪水的情景。

洪水遮断了汉江大桥，几十年来，南北的路又一次隔断。李纹是在洪水淹没桥面前的最后时分过桥的。桥栏下涨齐了河堤的一江水给她留下了永远的印象，像一大块被风鼓起的灰色布匹，就要翻过来，把这里以往的一切卷没。她惊讶平时透明清澈可以看见自己双脚的江水，会变成这样近于黑色的灰暗，似乎已不能称作江水。

李纹的爸爸那时在地委组织部工作，刚从白河县调上来。他把家小送到西安妻子的娘家待了几个月，自己在城里救灾。李纹和弟弟过桥的时候，江水已经在拍着桥面的边缘了。她担心着大桥像用火柴杆搭的房子一样，忽然就漂起来，自己也一起漂走了，只能紧紧攥住妈妈的手。父亲站在桥头那边，不敢送过来，担心过来就回不去了。在汽车开往西安的公路上，李纹总想着父亲被一个浪头带走了，和那座积木的大桥一起漂走了。在西安的半年中，李纹重复地做一个梦，那块灰色的大布卷走了以往所有的一切，埋在一个漩涡底下。

洪水一来，大部分干部自己先跑了，行署三个专员跑了两个，有一个回了西安就请了病假，一大批省里来的干部想法调回去了，免了一批，各县的本地干部被提拔上来，以后就成了多数。李纹的爸爸当了地委办公室主任，在这个位置上干到退休。

李纹爸爸是新中国成立后的第一批大学生，西北农学院毕业的，学校在武功县的杨凌。杨凌以前叫杨陵，据说是设立开发区时请一个中央领导题名，领导写错了，索性就叫了这个名字。李纹听爸爸说这是乱拍马屁，那里叫杨陵是因为有隋文帝杨坚的大墓，他上学时去玩过。他第一次去杨陵上学，不是搭车，是走过去的。

李纹说，她爸爸是个小贩家的孩子，后来割尾巴做不成生意了，没有经济来源，上中学一天只吃一顿饭，中午饭靠同学凑。其中最经常凑份子的女同学后来成了她妈妈。李纹的爸爸考上大学，街道给了他十块钱车费。去西安的汽车票要花九块，西安到武功的火车学生票要三块，他没那么多钱，只能步行。

他背了一个铺盖卷，上面扣着两个搪瓷盆和几双鞋。中途搭上一辆拉木头的车，躺在高高的木头顶上走到江口街，遇到木材检查站，因为超高被赶了下来。路上五天四夜，两夜住五毛钱的小旅店，两夜借宿好心人家，就着开水啃馍，在路边长流水中洗脸，翻过了平河梁和月河梁。那时秦岭人户稀，狼虫虎豹也顾不得了。

过了广货街，快翻秦岭大梁子的时候，遇到一个回西安的农民，两人结伴边走边聊，互相借胆翻过了界梁，在界碑上坐着歇了气，又用半天走下了沣峪口，才和农民告别了。到了杨陵，只花掉了五块钱，穿烂了一双布鞋，剩下的钱刚够在学校安顿下来，又用了六分钱的邮票给妈妈写信回来。

妈妈和爸爸是班上轮流一二名。父亲考上大学，母亲却榜上无名。妈妈是跟着姥爷姥姥从西安过来支援陕南建设的，说是三年，来了就回不去了。姥爷是资本家的女婿，姥姥是大小姐，因此妈妈的政审永远通不过，两次高考的试卷都没有人看，这个秘密直到李纹上了中学，妈妈的高中团支部书记才告诉了她，妈妈为此还难过了好几天。

没有机会上大学的妈妈，只好被招工到了公路局，去秦岭山里修公路。爸爸入学走过的西万公路，妈妈和伙伴们负责加宽养护，开山抬石头，住用大张树皮围起来的工棚，几根木头铺上草当床，干了半年才调到机关。李纹想不出来那些树皮是什么样的，妈妈说点火就可以烧起来。干了一年才调到队部做会计。爸爸上学的四年，一直没有钱回家，妈妈曾经去杨陵探望，看到他穿的白衬衫上身都是用小片的口罩布缝起来的，用自己挣的辛苦钱给他买了一件。父亲分配回了陕南，母亲还待在秦岭里，后来母亲跑回了安康，和父亲结了婚。当了几年“黑人”，总算找关系进了一个街道布鞋厂工作，在集体宿舍里怀了李纹。

李纹小时候一直不喜欢安康，总想着离开。她觉得自己不是真正的安康人，不习惯这里比关中话呛人的方言，西关打群架的孩子，和江水年复一年的泛滥。她有种预感，似乎是被姥姥和妈妈从关中带过来的，有天要回到那边去，尽管她幼年很少去西安。妈妈没能过秦岭上学，难过了一辈子，李纹上高中的时候，妈妈也和老师一样，要她至少也要过秦岭。那些年她总担心着自己过不了秦岭，就要像妈妈一样到山里去修公路，住树皮的屋子。虽然树皮的想象也含有某种神秘，却是单薄不足的温暖。后来总算考过了秦岭，却又毕业分配回了安康，大学里有个数学老师，课堂提问时用“南山里的”称呼她，一直留在耳畔。

她丈夫也是她的高中同学，分回安康的第一天，梦想就是回西安。他为此辞掉了公务员，考了建设银行的职员，终于在几年后调去了省行，一同带走了父母和孩子，让孩子在西安上学。李纹独自待在安康几年，却渐渐喜欢上安康，并不想跟随老公孩子调去省城。以前那么亲近的家人，看起来也没有那么必需，倒是自己在这边过得自在，甚至恢复了隔两天就去江边，顺着堤岸走一走，把脚浸在江水里过上半天的习惯。眼前这条江变得像洪水之前一样平静，回到了童年时候。如果再次发洪水，她不想再次过江，愿意留在城里，把父亲送过桥去。别人都离开了，总还需要有一个人留下来吧，她就是这个人。她愿意做这个人。有一天她鼓起勇气，尝试向丈夫提出分手，却被当头一句镇住了：

“小样，你这辈子甭想逃出我的手心。”

她感到无言以对的权威和温暖，开始考虑调往西安，之后终于辞职，到省城后找了一个企业里的工作。到西安之后，散漫的状态立刻消失了，开始为孩子的小升初、家里换大房子奔忙，她像换了一个人，追赶着省城的节奏。所有悠长散漫的记忆，都荡漾在当年浸泡过脚面的江水中了。

我也离开了安康，没有再次北上，顺流往东去了上海。经过无数个隧洞之后，我第一次看到了山的尽头，不像关中平原那样处在不远处的南北两面，总是感到不可撼动的存在。真的消失了，最后一座小山坡，像一朵浪花滑入了平原的堤岸。

我的人生路上，似乎不再有必须翻越的界限。

五

从北京回乡，路过西安，我去长安县找刘牧，他带我搭车经过沣河大桥去秦镇，说这里的米皮最正宗。

这似乎就是梁生宝买稻种经过的那条河。过了河进入山脚地带，略微脱离关中平原的界限，连同秦镇的名字一起，使我感觉亲切。红油米皮的印象倒没有那么深刻。到处是新建的砖房，夹着一两幢落伍的板棚老房子，气息浓厚却不久于世。

老街的面貌保留得完整一些，有些卖米粮酱油菜刀的招牌。刘牧带我到一家门面，光线晦暗，摆着一副锅灶和一个大坛子，也没有招牌，看不出特别的经营，喊了两声才从里面出来，就是他说的卖酒老太。人有点打飘，是小脚，见面还认得他，说给你们温酒啊。刘牧说还是来一壶，老太就去忙，先进了里间，一会儿出来，一边俯身在锅灶上忙活，一边时而转身和刘牧说话。

等会儿拿上桌来，我看到是一个特别的壶，似乎有腰身，还没有看明白。度量很大，远远超出了我们两人的量。刘牧却笑着去拿，提出一个小壶来。我才明白，内里另有一层。

这是一种暖壶，拿起来有些晃荡，像是幼时见过家里分地主的水烟袋。热水装在外边的一层壶体里，酒在里层的小壶中，保持温热。拿出来，只是一个小小的锡壶，两人喝的量。里面还加了姜丝。

老太太忽然想起来什么，过来跟刘牧说，我跟你说件事，给我参考下。老太的口音是纯正的关中口音，咬字温和中带有严肃，只有上了年纪的人，会带这样的口音，像是隐秘的另一种语言。她的疑难是关于这处存身的房子。老太太嫁过两门，第一门男人过世得早，她改嫁时把儿子留在了夫家。现在第二门老汉又过世了，有个侄子愿意抚养她，为她置办棺材，养老送终，将来她过世之后，房子归侄子。

不料现在老街可能要拆迁，第一门的儿子看上了这院房子，说他是啥子“直系继承人”，几次来要，找房产证。前一次房子漏雨，儿子借口说向房管局申请修房补助，要用房产证，她把藏在床铺底下的房产证找出来给他了，儿子拿走了却没还回来，几次索要，只要回来个复印件，听人说是无效的。现在第二门的侄子还是表态，愿意负责她的养老送终，只要按原来的说法，死后房子归他继承，继承一部分也成。但儿子那边想全拿过去。她和儿子多少年不联系，儿子平时也从不来看她，只是听说了这个房子才来的。那次房子漏雨，儿子拿了房产证去，最终还是没修，雨漏到睡房地上成了一个坑，晚上她起夜都怕踩到水坑里，还是侄子找人来修补的。她现在担心儿子拿了房产证，又不管自己。

哪天病了，没人伺候，死了无人安埋。要是真的得急病死了，倒也不要紧，横竖败席总有一领。只是怕一时死不了，瘫在床上。你说咋办。她严肃地问了这句，坐到我们的桌边来，一只手肘搁上已经看不出颜色的八仙桌。

刘牧说你别担心，房产证虽说被拿去了，证上还是你的名字，房子还是你的，儿子拿不走。至于说将来房子归谁，这个除了继承权，你的遗嘱也作数。万一你病了，儿子侄子照顾是一样的，你可以找人来公证，哪个为你生养死葬，房子归谁，主动权还是在你手里。老婆婆哦哦地点头，但看出来她的担心并未消失。

酒喝下去有点发热，似乎也柔和一些，果然和冷酒不一样。老婆婆和刘牧还在聊天，我走进里屋看看。这是一开间三进的房子，门面里边有一条封闭的过道，一个四周完全被隔起来的透光的小天井，里进是卧室，像一个完全和外界隔绝的袖珍盒子。站在旧式格子的木窗前，看到暗中微微反光的泥地，因为几代人的踩踏变得光滑润泽，带着微小的无数突起，和童年父母卧房里的地面一样，曾让我产生深深的好奇，以为是赤脚的脚丫特意踩出来的。屋子里半边是一张床，有些高，铺着青色碎花的单子，有点像粗制的瓷。枕头被子以及屋里的用具都是素色的，想到她十几年在这里清冷的生活，又有一种不真实感。

这是我知道的秦岭脚下唯一的一个老人。不知道她剩下的人生路程，还要独自在这间卧室的盒子和黑暗的门面之间来往多少次。桌上暖壶里的酒，还有几分余温。

大约她的担心是过虑，不管房子归谁，过世之后，总可得到一处安葬之地。毕竟她是本地的人。

我唯一知道葬在这秦岭脚下的人，是忠家公的结发妻子，虽然有棺木收殓，却是寄居外乡，终究抔土无存。

忠家公年轻时在西安做建筑工人，后来因故坐了两年牢。出来以后，妻子也生病死了，留下一个儿子。忠家公进秦岭砍树，卖工换了半车木料打了副棺材，把妻子安埋在秦岭脚下，又把儿子留给兄弟抚养。忠家公回到了安康，落实政策后在粮站工作，却又在粮食局改革时丢了工作，以后又结婚离婚，两个女儿跟着妻子走了。忠家公剩了一个人漂。兄弟在西安，一直在给建筑公司领导开车，忠家公的情形渐次沦落，两人的关系就冷淡起来。我见过忠家公在西安带人承包工程期间，因为缺碗到弟弟家借，弟弟说你包工程连个碗都买不起，碗都是自家吃的，怎么外借，忠家公就使气走了，再也不进弟弟的门。

儿子大了以后，和忠家公有了联系，曾经到八仙来玩，也想把他接到西安去，给他照看一下家。儿子一直没结婚，有爷俩一起过的意思。忠家公过去玩了一次，去秦岭脚下看了妻子的坟，记得大致的方位，到那儿看修了环山公路，一马平川，什么痕迹也没有了。忠家公在儿子家住不惯，又回八仙住在垮台后的粮站里，靠算命看阴阳找些生活费。他说，跟儿子好是好，妨碍人家成家立业。

有一年我在陶然亭公园北边的路上，忽然接到忠家公的电话。说他给自己查了八字，这一年又冲又克，凶险万怪，硬是打不过去。我安慰他不要多想，身体健康就行。后来有一段时间没有联系。忽然有一天，一个女子打电话给我，说是忠家公的女儿。忠家公去世了，骑嘉陵车在下路的时候摔了一跤，当时还没事，别人要他去医院检查，他自己起来就推车回家了。到了晚上，却忽然过世了。她问我，现在办过了丧事，有些花费人情要还，是否知道忠家公以前有什么账目，有没存折之类。我说不清楚，忠家公应该没存什么钱，只有一套道士的经书法器。我问忠家公埋在哪里，她说是在乌鸦山坡上。

到现在，我一直没去看过忠家公的坟。

那年夏天，我和小絮去蓝田县汤峪，想在那边看一套房子。

小区在山口上，打的广告是温泉，已经形成一个温泉镇，好几个楼盘在开工，我们未来的房子还是一片混乱的地基。远山连绵地延伸开去，近处平缓，只有最高处现出险峻气息，似乎和镇子相距遥远。我们先找到了在这里卖楼的小絮一个同事的妹妹，还有另一个八仙的女孩。

天气正热，她们都穿着售楼小姐的白色制服短袖，挂着一个蓝色的牌子，遮阳帽下脸色的白皙似乎是不会变化，却又令人担心。同事的妹妹叫邹冰梅，似乎专为这天气而起的。冰梅领着我们去看楼，麻利地帮我们填单子，又说把总价中自己得的一个点的提成让给我们。售楼处没开空调，很热，她说带我们去一个凉快点的地方等，那是一间还没有装修的底楼，露着粗大的水泥柱子，坑洼的地面上摆着几把折叠椅子，有穿堂风，果然比售楼处凉快些。我们就在这里填完了表格，事后我们请她和伙伴在镇子上吃饭。

饭馆里是一条条的长凳子，要了两扎冰镇的酸梅汤，我们开玩笑地说到她的名字，太阳下的暑热才算消了。看那个年纪小的女孩杨静脸色苍白，本来是个结实的身体，却硬生生被削减了两分似的，聊起来才知道是和冰梅的弟弟谈恋爱，一直挺好的，弟弟却喜欢上一个在外面发廊里干的女孩，一门心思断了这头，那女孩回了趟八仙，两人认识了，就一起跑到广州去，好久才给了个信，杨静大病了一场，刚刚才开始上班。“虽然和弟弟散了，不影响我们的关系，仍旧把她当妹妹。”冰梅说。冰梅看起来年纪不大，神情却有一种特别的感觉，似乎哪个地方超出了她的年龄，说话没有保留，却又像有地方是隐藏的，有一种完全坦诚却又无从捉摸的气质。这是山村出身和多年漂泊的调和吧。小絮说她打工好多年了。先是小絮的同事冬琴，学习好，家里父亲得肝癌过世得早，冰梅就辍学打工供冬琴上学。冬琴上出来以后又一起供弟弟。

弟弟的条件最好，人却学滑了。冰梅说到这里，就叹了口气。当初去广州，还被老乡拉去搞传销，住在四面是水泥墙的房子里。有一夜躲警察，支铺睡在刚收割过的稻田，青蚂蚱往脸上乱撞。幸亏被警察打掉了。后来在厂里干久了，觉得捆人。有个老乡在开发房地产，就到他这里来卖楼。在广州谈了个恋爱，人到这边来以后，两个人隔着这么远，以后还不知怎么办。

在这个秦岭脚下的镇子，她们大概还要待上一年，等这里的楼卖完了，就到西安城里去。

第二天有些空闲，我到峪口里面转转。口上是公园大门，外地人要买票，用了冰梅的年票卡才能进去。洗温泉也是这样，据说以后业主可以办年卡，但冰梅也没有确定说。这些地方总是她言语里的模糊处，似乎有着自己也并不掩饰的无奈。峪口里有个水库，建了一些游乐设施，再走一段，到了一个小镇，附近山上说是有刘秀洞，是躲王莽的藏身处。过了镇子，进山的公路就没什么人了。

我有一种感觉，以前没有走进秦岭这么深，虽然是坐车穿过了的。

两边山体露着白垩色的岩石，是秦岭北麓的地貌，和朝南一面不同。河里的石头也显得硬，水会比我家乡的冷些。标识牌上说沟里有栈道，大约是对岸陡峭的岩壁，其上却难以看出明显痕迹，有些地方像是为庞大的人手动过，崩塌下来了。往里走，拐弯凹处一户黑色的农家，所有的地方似乎是横竖排着的木头，全是发黑的，像是一整张木头的脸，却没有生出木耳。

再往深，不知会走到什么地方。王维的辋川别墅就在蓝田县，或许就是这个温泉峪口？他说随着黄花川往里走近百里，千回百转，一直到水穷云起，是说的这条河吗？眼下的气质看起来过于清冷了些，没有黄花匝地的风景。公路靠近河滩的地方，掬了一把冷水，似乎含有白垩的重量，比家乡的要沉些。我会再次来到这里吗，会在峪口的房子里安顿下来吗？

我不习惯峪这个陌生的字，把山和谷生硬地搬在一起，读着一个奇怪的发音，平添了无限沉重的意味。秦岭北麓所有的入口，都用着这个奇怪的名称，到了南坡，却都去掉山字，称为谷了，似有无尽青润的风声穿透。两边的生活也就千百年的不相交通，要经由沣峪口岩壁上开凿的栈道连接，连李自成攻西安的大队，也在翻山后将要出峪时被打得大败，只得隐入商洛山；诸葛亮也不敢用奇兵出子午谷，只有荔枝和盐粒这些细小的东西，可以经由峡谷幸存往来。

坐火车经过华阴，铁路就贴在华山脚下，地面似乎倾斜了，庞大坚固的山体上，隔段距离有一条裂缝穿入，深处看见微红色的陡崖，没有任何生类可以附着。铁路线北边，冲出巨大的壕沟，其中没有水，似乎远古堑壕的遗存，让人想到“天险”的含义。

有次车过潼关，凌晨醒来，车厢里所有人都还在睡觉，我看到火车绕着迂回的路线，经过一大片倾斜的山地，上下反复，似乎走入了某种阵图，永远也出不去。晨风穿透车窗，感到千百年来依稀的凉意。

因为上学时没有钱和一件御寒的军大衣，我从来没有走入过那些裂隙似的峡谷，触摸微红色的山峰。我也就从来不了解秦岭，直到买下了房子，却没有机会像那个卖酒的老太婆一样，在秦岭脚下住下来。

六

记不清穿过秦岭的火车是哪一年通的。

南北的大隧道一通，路程完全不同了。从南门汽车站发往安康的班车顿时废弃了，没有人愿意再出高价，经受硬靠背上的一整天或者整夜上下起伏的旅程。我不知道那些很久前就看起来将要报废的车去了哪里，那个车站的情形我也不会再经历，还有秦岭腹地里的路线，像用旧了的针线，从此在盒子里隐藏起来。

我一直在疑心，能如此轻易穿过，其中似乎必有一些地方不对。车速仍旧是缓缓的，似乎一时还不习惯，在补偿这段缩短了太多的路程。进洞子之前，车厢会广播，现在我们要经历世界第三、亚洲最长的火车隧道。然后是重复的喀踏喀踏，迅疾又像是被回声拖住，使得隧道一直也走不完。有时突然醒来，会疑心在走回头路，穿不出地上投下的影子。

隧道说是亚洲最长，我觉得是把以往的许多小隧道连了起来。经过似乎超出耐心的黑暗长度，风物迥然改变，一切完全不同。那些最高的山峰，这样被我们轻易经过了，风在北坡被阻拦了下来。似乎出洞口的一刹那，已经到家。

一年春天，我和几个打工的农民邻座。穿过长隧道之后，一个农民凝望车窗，忽然回头来说："你看就是不一样啊，青蒙蒙的！"在窗外掠过的背景中，他的脸有点变成绿的，眼睛蒙上湿润。他是岚皋县的人，在甘肃一个极偏的矿上打工，这时还是结冰的冬天。最受罪的是用水，像刀一样割手，他实在受不了回来了。他伸出手，遍是皴口。

我又担心，单单的这样一条隧道，随着火车携带的气流，也足以慢慢改变原状，使南北的气候差异混同，不再明显。

在那些年代里，火车仍旧保留着冗长的感觉，即使是在这趟四个半小时的路途上。经过柞水、镇安两个站，再出商洛地界，路过石泉，合并襄渝线到达安康。过了大梁子之后，没有再翻越二三道分水岭，列车似乎一直顺慢坡下行，穿过无数余脉，似乎一直数不到头。

两个商洛的县城是我不熟悉的，似乎还兼有北方风物。一两条青黑的街道延伸向远处，四周几处微薄的山。有一座山倾斜而出，像是无人能够到达，我想到经行的骡马行列，久远而来的迁徙。这里已经越出我的家乡地界，才会有柞水这样生疏的名字，想及树上冻僵的蚕，平添了一分苦寒。

第一次路过，看到好多处土房院子，像山腹打开，内情现出。连我家乡的白粉墙也不必须，或许这里川道平坦，土质更为细腻。但也有隐约的担心，铁路从坡上通过，带来永远的改变，线路切开坝子的平静，就像切开一块陈年的糕点。以前这里甚至可能没有公路，只有弯曲的水道。

过了旬阳县北，才进了安康地界，这一站往往下很多人，使人略微明白这个县北方的血统，多数人家牵联于关中，而与其余八县少有关联。以下就要看见汉江，像是在山坡倾斜平缓的尽头，一双大手的承接。这段意外冗长的旅程，或许由于一成不变的阳光，缓慢的速度，到这时真的趋于结束了。

回想经过宝鸡回家的情形，似乎是缩短了无数尺寸，绿皮座位的硬度几乎减除了，却又保留了悠长的感觉。就像一个被假释的犯人，免除了铁栏禁锢，却还拥有关于监狱的印象。直到坐的次数久了，减除了的硬座的感觉，又一点点地增加起来，直到开始埋怨这冗长的四个半小时，有时晚点到五个多钟头，不解于它缓缓的速度。这时高速路就顺理成章地出现了。

先是在火车道旁边开始出现连绵不尽的高架柱子，跟火车道比起来，多出了无数条粗大的腿脚。颜色也是白乎乎的，和偏黑的铁道不一样。我开始意识到，尽管火车比起公路来曾经是一种令人敬畏得多的路线，高速公路却把一切翻了过来，比起窄细的火车道，它实在是太堂皇了。火车顺着坡地爬，有时候钻进去，不常打扰河谷，看起来只是多了一条线。高速路却把河谷完全放倒了，打上无数副石膏。在修建的这两年，川道完全变成一个工地。

那些院落的瓦屋顶，就在脚手架之下，像是城市中在天桥下度日的拾荒者。高大的沙堆堵到了院坝前，旧日生活的青翠一去不返。尚存的水流则收缩下陷到了沙场深处，完全变成浑黄，似乎失去了流动，不能再叫作河流。没想到一条高速路不只是路线的开拓，倒是对这里完全的改变。山坡也不能幸免，像火车进洞的时候少，大部分是剥落了山体，露出巨大的创面，坡上坡下的世界完全隔断了。

我看见一条小路，从路坎上方硬生生起去，下面半段被截断了，像一条绳子悬着。尚存的路面，却保留得好好的，似乎使人心痛这样的一条线路被打断，不留一个线头。顶上是一间农屋，以前或许样子平常，现在却发黑，有半边要倾倒，或许修路削弱了地基。半坡的生活难以为继，只能背井离乡，另谋生路。

高速路竣工之后，不久看到了河边搬迁的新村，一座挤一座长起来的三层楼房，背部紧贴着河面，不知它们怎样在这狭窄的地段立足。楼顶就在路面下不远，仰起脸看着这条宽大的主干道，压抑中含着憧憬。似乎不忌讳水灾的危险，不忧心将来，不顾一切只抓住眼下。顺着川道缓缓流淌的时间，忽然变快了，使人无从顾及明天的事。

另外一段，有些三层楼房有点倾斜地摆在地基上，上下一般齐，像是从别处搬来的纸箱，和脚下的地土完全没有关系，又没有摆好。看起来横蛮，却又担心它会压垮了地基，在第二天滑走。这样的房子是人们在丧失了感觉之后造出来的，只是为了尽可能庞大的体型，众多的房间失去了任何样式，一去不回头。

公路依旧有一半在隧道里，隧洞比火车的浑圆，前驶的车映出一圈一圈的反光，又穿透一层层光圈，让我想起十万个为什么里的解答。没有咔嗒的节奏和呼呼的风声，巴士或小汽车匀速前进，发出嚓嚓的声音，像是刚产生又被吸收了，让人入梦。

有一次过年回家，满表哥正好去安康，开车从西安捎我回去。私家车在他并不熟练的驾驶下滑行着，穿过秦岭的所有路面变成了平的，像踩着地毯经过一个典礼仪式。表哥手把着方向盘，忽然问我看过一部人类消失以后的科幻电影没有。

“一千年之后，地面会下沉，这些隧洞会变成暗河，巨大的鱼在里面游来游去。”他说。

我有些悚然，想到另外一条正在动工的引乾济石隧道，似乎是南水北调工程中线的一部分，在秦岭公路大隧道的南面出口写着大标语“一江清水送北京”。似乎我们的车，报废之后具有了灵魂，变成一条这样的鱼，穿行在连接北京和陕南的隧洞之中。而车内的我们已消失，像长长的水草。

和铁路线不同的是，快近安康的时候，公路忽然离开汉水，进入深山，峡谷深陷，卑小的白屋停留在山上，使人疑心前途何往。在山谷中建有服务区，经过两个峡谷的隧道，豁然开朗，看到了城郊的平坝，风土房屋完全改观。从一处路口的标牌，知道这里叫茨沟。虽然地近安康坝，却像有意关闭，保存着特别的气质，似乎来自陈年橡栗的苦味。我甚至怀疑，这里的语言和白屋样式一样并非同于安康，而是来自被驱逐到深山的先民，在峡谷的庇护下留存下来，固执地拒绝敞开。眼下山坡上的小屋面貌，像是和高速路服务区完全无关，看不出趋近的尝试。

在县城一处老式居民楼的底层，我再次见到了徐涛。十年前，我曾经向他买过一套历代的《平利县志》，这是他担任县志副主编留下的成果。主编自然是县长。

他带着一分依稀陌生的口音，拿出自己写的一本《求索集》，说自己是安徽蒙城人，新中国成立前夕寻找行伍的父亲来到安康，父亲却被划了地主，回了老家。他参了军，响应生产号召，到茨沟开荒砍树。都是黑森森的山沟，抱粗的大树，万年来没有动过。因为想积极表现，争取入团，干活不惜力。一次斧子嵌入树结巴出不来，往出拔时用力过猛，竟然肺血管破裂，治疗也没有彻底愈合，大口吐血，只好离开部队，到药材公司当会计。

之后，他并没有什么言论，只是因为出身，和喜欢去新华书店买书，就被打成“读书党”，下放黑沟监督劳动。后来又被批斗，他一时想不开，到药材组找了几十片速可眠服下，不料被抢救过来，添了畏罪自杀的罪名，被开除公职，只好把剩下的书卖了一百斤，买了一把锄头到农村落户。直到从林区乡文书调入县志办公室，方才苦尽甘来，晚年才结了婚，也来不及有子女。五十六岁那年，他终于如愿入了党。但大半的人生，都留在大树的那一道茬口上了。

那年冬天，在江岸的汉剧广场，我和小絮有了最后一次谈话。从这里往上游看得见新修的斜拉桥，带着变化的彩带，像一个人不停地脱下又披上一副披肩。这是我们买了江边的房子后修起来的，我却不再有机会从房间里看见。

这之前我们在西安玩了一天，去小寨经过西安宾馆的门前，我们遇见了一棵圣诞树。我们从来没见过这样好的圣诞树。跟这棵比起来，以前的都不能叫圣诞树。这是一棵真正的松树，和童年时长到了阁楼窗前的松树一样高，修剪过的树形，从树梢到树根缀满了五色的钢球，或许并不是钢的，可看上去是金属闪光的质地，结在纷披的彩带上，虽然是白天，没有通电，树身却在发光，又间隙透出松枝的绿色。这样的圣诞树才提醒我们，年末快要到来，似乎事情正在变得不寻常。我让小絮站在树下，用手机给她留了一张影。她看起来就像一个孩子，穿上了童年过节的新衣，顺从地憧憬着未来。她有权利这样憧憬，我后来才明白了这一点。

在江边的汉剧广场上，天气阴沉，小絮脸上还带着圣诞树下的微光。她站在穆桂英的雕像前，让我再给她拍两张照。她的指尖伸出，顺着穆桂英的手臂，指向一个遥远的前景，越过汉江的川道、秦岭，通往无尽的北方。这个前景，或许我们将不在一起上演，布景却是平和的，没有沙场干戈的征伐，生离死别的气味。是时候了。

七

大学开学几个月后，我知道初中同过一年桌的她考上了大学，在汉中上学。

我记得她似乎总穿着白衣服，应该是在夏季，似乎从未穿过别的衣服。她家隐藏在一片竹林后边，就在公路坎上。有次上自习，我学其他的同学，把手搁在她座位上，她坐到了我的拳头上，站起身要打我，我跑出去了，她把我的书扔在地上。我似乎是不能容忍别人扔书的，回来看见书在地上，就骂了一句极其恶毒的话，是我们那地方骂女生的最高限度了，当着全班的面，她一下子就呆住了，似乎全班的人也呆住了，停了一下子才发出杂音，这个可怕的效果同时吓住了她和我，她随后回过神来，哭着出教室要去告我，我嘴里说着谁让你扔我的书，心里却怯了，任她走出去，等待老师来后的惩罚。但后来老师竟然没有来。想来是她不知道怎么样把我的骂人话转告给老师，或许是待在什么地方哭了一场。但这是我多年后想到的。

毕业的时候，我和她已经不是一桌了。我们都到镇子上唯一的照相的人那里去洗小照片，用作留念。似乎这是那一年刚刚兴起的风气，那个留着小胡子，总是满不在乎的照相师门前煤灰堆里满是剪碎了的白色小照片，都是显影失败了的。对于我们的稀有之物，他却如此处置，似乎含有一种特殊的权力，好几年中一直引起我畏忌。他的洗影设备似乎就是两只洗脸盆，洗出来的小照片夹着挂在门前的一条绳子上，微微地飘着晾干。她的照片也在其间，仍然穿着白衬衫。我意外地发现，她们看上去都很端庄好看，像是到了一个不同的世界里，有点像我在文学书里读到的那些。我问她要了一张。她给了我。

上高中的时候，她在县上的第二中学读书，我有一次去到那个学校，似乎在校园里看到她一次，有点发胖了，还穿着白衣服。我们或许是打了一个招呼，或许没有。

我开始给她写信。她的回信总是折成鸟的样子。这是那些年代里女生的习惯，好像这样信就不是坐火车寄过来，是在信皮内自己飞过来的。

我还收到过她过节时的一张明信片，是一片联翩的风帆，使人想到为国争光、鹏程万里之类的。这似乎符合她的专业。她的学校以前叫工学院，是三线建设时从外面迁到汉中的军事院校。我想到巨大的山洞，学校似乎半藏在山里面。

但我又想，怎样穿过秦岭去她那里呢？青春期的我，需要的是现成的近在手边的陪伴。我停止了和她的通信。过了一段时间，她又来了一封信，用着似乎平素的语气，问候节日，又带着问一句我的近况。我没有回。就好像我不明白那些简单言语背后的含义。

那个年代，我的心和每天清晨催迫着的欲望一样，是坚硬的。

上大学有年回家，我和两个初中同学闲逛路过她家前面，正好在杀猪，被请到家里去，吃了一顿泡汤肉饭。那天她不在家。那时公路在加宽，竹林被砍掉了一大半，不成样子了，因此她家人能看见我们。我再也没见过她穿白衬衫的样子。

直到很多年以后，听说她毕业分配到宁陕县教书，并且在那里结了婚，生了孩子，一直待在那个县城里。

听晴宇说退休要回宁陕，我想起了上面这段记忆。

在北京五道口紧旁购物中心的一家餐厅里，晴宇说到升公司主任后的一些不顺心。她骑着一辆自行车从大钟寺赶过来，虽然已经有了私家车。她脸上有了些纹路，眼睛还像高中时清亮。我想起在西北大学图书馆旁的凉亭下，她带着一个男同学来找我。那晚有一点月亮，她和初中女同桌一样穿着白色短袖，感觉却不同，周身散发皎洁的微光，似乎没有地方是可触碰的。那以前我鼓起勇气，在一周内给她写了七封情书，表达在高中时隐藏的倾慕。我内心想，现在我的大学或许比她的略好，可以配得上她了。没想到的是，那个夜晚她告诉我不要再写了，并在以后托一个同学把情书退还给我，使我半年中不敢见几个同学的面。

后来我知道，她和小久谈了恋爱，小久那年考到了中国政法大学。她在放暑假时去北京，确定了关系。起初还听说她是去找班上另一个上北大的同学。似乎她是一定要把爱情的根子系在更远的北京。我虽然考分高，却报了西安的学校，对她来说还不够。

在安康师专的那年夏天，小久突然带着晴宇来找我。小久在地区法院工作，晴宇则分到地区医院。

她穿着红衣服，依旧是当初的眼神，我最初似乎没有认出，反应迟缓，使她或许有些不快，在我的木板床上随意坐下了。这张床，在我夏天放假回县的日子里，曾经被母鼠用来自由地繁殖，直到我开学时从被子里抖出几团蠕动的血肉。那时我感到母鼠的爱情和我凑成了一桩不幸。

后来我去他们的家，温暖紧凑的小套间，法院分配的集资房，布置得有情调。小孩子出生了，抱在婆母手里，“哦哦”地哄着，“宝贝来，喊一声妈。”当了妈的她，倒没什么大改变，像是不存在中间怀孕的那些日子。墙上挂着一个小飞镖盘，上面插着两只飞镖。听说我在考研究生，她的眼睛有些亮，没有接过婆母怀里向她伸手的孩子。小久似乎不积极，他有点发福了。

后来她用了两年考上协和医学院，一直读到博士毕业留在北京。听说她想出国，小久说出国就离婚，作罢了。于是想在西安杨森找工作，却终于没去成。以后变成晴宇要求小久来北京，不然就离婚。小久辞掉了安康市法院研究室主任的职位，来了北京。

几年前同学在联想桥聚会，小久刚到北京，他们坐一辆三轮摩托车从附近的街口赶过来，说花了五块钱。

小久到北京后在一个律师事务所工作，业务一直没拓展起来，曾经说“不如我待在家里，你养我好了”的这句话让晴宇失语。

“他心里从没舍弃过地区法院那份工作，他觉得出来是为我做牺牲。可是他不想一想，我要不是为了这个家，早就去国外留学了。”

去年，我去了晴宇的家乡白河，想写她父母的经历。母亲去世之后，晴宇一直想有人写点什么。

白河新修了高速路。路上我看见一些新楼房，掩映在树林下，都在二楼中间凹进去一部分，留下一个露台，正面砌着小小栏杆。附近的老房子也是同一样式，只是缺个栏杆。

从旬阳到安康的高速路旁，有些白粉墙的老房子，门楣显得高，第二层有三个窗子，是和第一层的两个窗子同样大小的，不是阁楼的点缀。比起来，我家乡的房子矮了下去，像一个额头略窄的人。隐约觉得，那种老房子到这里，二楼中间的窗户扩大起来，变成露台的样式。

在这样的露台做什么，或许端一把小板凳，坐着看夜晚的星星，如果是一个小女孩，就有点宫殿的意思，树枝的凉意又拂到眉际。一栋房子有了这么个空间，就很不一样了，变得半隐半现。这里的人想必大半也出去打工了，谁保留下这样式，不贪图多余的封闭起来的一个房间。

我看到了那条河街，临街一排房子的底层都是空的，晴宇她们曾经住在阁楼上，看着水一点点涨起来，齐了窗台。人大多已搬走了，半坡一家祠堂的旧屋里，住了一个老头子，他用盆子接雨水用，篱笆的门闸上写着“对不起，本人不用电，莫来催缴电费”。老头子“文革”中当过县政府的通讯员。

我在汉江里游了泳。江水保留着近乎无色的青白，回旋流动，像是在倏忽带走一切的同时，又留下一些东西。又疑心这些变动的年月里，它是如何保留了自身质地，或许是和秦岭隧道出口那幅大标语有关。

晴宇的妈妈小时候一只眼失明了，一直没出过县城，直到因胆囊结石去安康看病，在一场医疗事故中去世，晴宇事后才得知消息。晴宇的爸爸离开了白河，到北京来待过几年，后来和另找的老伴一起回去了。在北京那两年，租的房子很挤，爸爸不知怎么得了性病，为家里的马桶和毛巾，以及那个爸爸另找的女人，晴宇精疲力竭。小久出差常不回来。在单位，晴宇加班到十一点翻译国外专利资料，贴补家用。升职以后，另一个主任以前是最好的姐们，却翻脸争权，故意看着一件事情做坏了，然后到领导面前去告状。晴宇感慨地说，从小地方出来的人，到了新环境里，知识和思维都还是旧的，怎样也赢不过人家，始终是在别人的地盘上。

去年过年，她和小久回了宁陕老家，小久父母的户口没退掉，名下还有几亩地。算起来她还有十几年就可以退休了，孩子也大了，就回宁陕去，种点地，不在北京待了。小久赞成这个打算。

“这是我们这些年来少有的意见一致。”

她也劝我把社保这些关系搞好，想老了回去，现在就要开始筹办，不能空想。

我知道那个县城，老城被水冲毁了。高二暑假，小久开学回来说，沿河的老街都掉到河里去了，县城中间又被山上来的泥石流劈开，合不起来了。还好他家是在城郊，虽然县城搬到了新址，父母却不想动，还打算在老城住下去。

在宁陕县教育网上，偶然找到一张初中女同桌的图片，站在大约是在涨水浑浊的河边，穿着得体的蓝灰色短袖，发型还是当年的短发，脸容自然是苍老了，却在无心保留的一丝神气里，依稀透出那张小照的底色，或许仍然可以称作秀气。假如我们在火车站相遇，依旧能在迟疑停顿之下认出来，明白一个人有个隐约的标记，不自觉地保存在某个地方，是一生中难以改变的。

那条河或许不是淹没了老县城的堰坪河，或许是汉江，溢满了两山间的川道，隘口处翻出浪花，却又含有一丝生命里的平静。像我们那地方的人。

▲▲

洪　水

一

我到安康上中学的时候，洪水在家乡这个唯一的城市似乎刚刚退去，操场上有淤泥和生锈废弃的篮球架，实际已过去了几年时间。洪水的痕迹在各处隐含着，不经意地现出，注意去看的时候，却难以确认了。

起先只知道江，父亲总是提起他学生时代游泳横渡的事。报名入学的当天，在城中心一家小馆子里吃饭，尘土飞扬。我一心想顺着眼前人流嘈杂的街道，似乎稍稍往上走，就能走到一条跨江大桥上去。对我来说，一条跨江大桥是腰身带有弯曲的神奇之物，下面是我未曾见过的蓝色，也许是由于课本上的南京长江大桥的缘故。

但过了很久，我才第一次到江边，没有领略出好处。大约是江水处在低位，显出大堤的过于庞大。我就像一小片晾在大堤上的衣物，没有下到江水里洗过。跨江大桥也完全是平的，不带任何腰身的弧度。

稍许带来想象的，是堤外的水文柱。由低到高的一排黑色横杠，标出历次洪灾的水位，越高处的字体越浓，一道加粗的红杠则特意描出最近那场洪水的水位，远远高出尚未发育的我的头顶。如果当时我站在这里，无疑会没顶。此前我在家乡的河里有过溺水的经验。一条性命没顶了也就是消失了，和一场车祸或者火灾，甚至一场疾病相比，一点也不留下痕迹，所有都立刻被水流抹去了。

高二那年，班上成绩最好的同学死去了。我们看见她的腿一天天瘦成麻秆，上体育课时，她在一边练气功，听说是治白血病。我想到一部电视剧《血疑》。考试时老师特意把她的名次改到第一。后来她不再上学，某次过生日，她故意偷吃了不允许多吃的蛋糕，很快去世了。班上送的花圈里有我捐的几角。后来春游经过火葬场，在围墙外面，知道那个高耸的大烟囱冒出的缕缕青烟，曾有几缕是我们的女同学。

一个人被大水打走了却什么也没有留下。

大堤坚固厚重，斜铺着延缓下次可能的冲击，上下游一直延伸到看不见的地方，很难想象有这么大的一个水泥浇铸的整体。也许是因为它太大了，一时难以领会。

大堤脚下有低矮的一道岸，似乎是老堤的根基，显得确实太平庸了，难怪当初轻易地被越过。老堤的身上带有淤泥，完全与世无争。它脚前有一些浑浊的回水潭，应是当初的洪水掏出的。能看到和中学操场上相似的一些废铁，包括一些生锈废弃的船，船体不小，那种中空透出缝隙的铁垛子令人望而生畏，更不用说进入一探究竟了。

浑浊的水底下，到处布有危险的废钢缆和铁丝，传闻有一个令人畏惧的故事。隔壁安康师专的一个青年老师，刚刚考上了研究生，心情高兴到汉江来游泳，别人苦劝不止，下水后脚就被铁丝绞住了，再拉不起来。

这个故事是班主任讲的，意味是小城里很少有人考上研究生，因此可惜的同时，对我们这些身负期望的高中生更有告诫的意义。但在一个居民的口里，却也许说成是水下有淹死的鬼，拉住了他来求替身投生，否则他为何不听劝告一定要下水，尸体捞上来的时候，两个脚踝又被铁丝绑得那么整齐，像是戴脚镣的犯人，似有人手在水下一丝不苟地替他缠上的呢。

江心的水却是极清的，脱去了洪水期间任何一点浑浊的意思，似乎一个善变的少女，固执地和过去撇清。

二

参加工作的第一年，我在中学外面马路地摊上买到了一套三本的繁体竖排大字《昭明文选》。九块钱。每一本都拦腰有道水浸的痕迹，似乎水淹过一半的房间，水线以下的颜色深，水上的浅。这道污迹自然来自洪灾，使我犹豫，却又决定买下来。

那时我分配到了安康师专，应了高中班主任的一句话“一等的进北京，二等的过秦岭，三等的翻院墙”，虽然是工作而非上学。中学时代，两所学校之间有一道门，我们有时去师专打饭，心目中从来认为，我们这所地区一中胜于隔壁的本地唯一高等学府。同学中考出去又分配回来的并不多，渐渐地有些交往，我从中略知一些关于洪灾的讲述。

水是陡然来的，几丈高的水头冲破城墙，裹走了东关大部分房屋。那些古老的木头房子在洪水面前和纸板箱没有两样。城中心的邮电广场，当时是市里最高的建筑，水一直淹到三层楼，四层楼的指挥中心成为孤岛。

汉正街的一幢木板屋，墙壁发黑，向一边倾斜得已经很严重，屋里地面上却堆满了五金零件，似乎是水灾的证物，打算一直坚持下去。

初次确实感到这场洪灾的分量，是在西安上大学读到路遥《平凡的世界》。小说的女主人公田晓霞，身为西安市市长的女儿，到南方一座城市采访水灾，因为搭救一个灾民失去了生命。这个灾民已经撤离了，又回家去拿缝着钱的枕头，被水头赶上，连累伸手的田晓霞一起被洪水卷走。这个情节不仅给矿工孙少平带来不可挽回的悲伤，也使无数在广播里收听小说连播的听众热泪奔流，其中包括我未来的妻子。

在西北大学的阶梯教室里，我看到了逝世前不久的路遥，但没有机会问他洪水时有无去过陕南，构思这样一个情节是为什么。后来我知道他是洪水以前去过的，有一段近似恋情的记忆。

老堤外搁浅的锈船已经消失，深水潭的颜色也渐渐浅了一些，不再那么可畏，也许只是我的眼光由孩子的换了成人。大堤里面的房屋，还处处露出当初的印痕，似乎像我买到的三本《昭明文选》，水线以下的门窗墙壁，比露出水线的上半截颜色要深得多。似乎自从大堤完工，这座城便停在了水灾之后的那个地方。

有时顺小路走到城内一个偏僻地方，几幢发黑的木板房子，似乎是在水退后重搭起来的。周围一片淤泥的荒地，长着青菜和几簇狼藉的植物，地势低于四处，似是洪水中一个大漩涡的遗存。

这样的地方，我会想起一个同学的讲述，她邻居家的女孩带着书包和亲人已经逃到了新城门洞下，却想起家中有本相册，决心回去拿。第二次出门时，在城门洞外边几步路被身后的洪水赶上，一根木头打中了她的后脑勺。那本相册里有怎样的秘密，也许永远埋掉了。

东关一带的回民区，是我不大深入的。在大堤上眺望，中心地带耸峙的清真寺，带着淡绿色穹顶，闪着黄色光线，俯瞰着一片屋顶。想到当初，主人和动物都待在快要淹没的屋顶上，看见不能想象的水头扑过老城堤，像拔蘑菇一样拔起了那些木头墙壁，街区在第一波浪头中已经消失了。刚才在相邻屋顶上呼救的邻居，平时或许还吵过架，留存着恨意，这会儿随房子一起滑落进黑色漩涡里，心里或许还掠过一丝快意，马上却是更大的恐惧，在落水之前完全吞没了自己。我想是这样的恐惧引起了末日和方舟的设想。

在一张航拍的旧照片上，我见过完全消失的城区，只有一片渣滓浮在浑浊的水面上。

那天晚上，渣滓中间尚有一些人类的呼吸，他们抱住从自家房屋中分离出来的一根木梁之类，在漆黑中漂浮，寻找活着的同类。两个住在一条街上的少年在黑暗中相聚了，共用一根屋梁，一个对另一个以往在一次街头斗殴中下手太重提出异议，认为练家子不能对笨蛋如此，那时还没有菜鸟这个词。练武的少年沉默后承诺，以后在面对本地人时，不再那样下手。两个人结成了兄弟，约定水退后喝鸡血撮香，一起漂到了文化宫的楼顶旁边，楼顶上密密麻麻的人群伸出手来。

上了年纪的人相信，这一场水灾不会比以往来得大。所要做的，无非是将底楼的财物搬上二楼，在楼上开火居家等待水落。水久而不落，则扎一条木筏往来。汉江水几年一涨落，祖辈们都是这样过的。没有人见过从水库里泄出来的洪水。死去最多的，是那些一生习惯了洪水的老人们。

三

想起来，那几年汉江的水很湍急。

我和几个老同学去江中游泳。汉江边游泳的人多了，也许是过了讨替身的心理期限。大部聚在一处略为平缓的沙滩，也有人敢去到江心，顺水往下漂，一直到大堤完头才上岸。我们带着一个女同学，打算在近岸地方往下漂游，这女同学只在游泳池里学习过，腰上套着一个救生圈，被冲入一带激水，那儿多礁石而翻起浪花，人一下子就翻倒了，幸好只是呛了水，脸上还带着历险后的笑容。那急水的印象，是极清澈而迅激，近于蓝色。汹涌的态势，使我想起上游火石岩水库的放闸。

关于江水的湍急，印象中还有一件事，我和未婚妻小絮在下游长滩上拣石子，洗了一条裙子晾在石头上，一时水位骤涨，回头看裙子已经被冲走了。这是她从初中开始穿了七八年的学生裙。

这儿和高中的印象不同了。站在汉江大桥上往下看，水是一长条一长条的，浅青间深青，想到浅青的是水底沙痕，似乎传说中的弱水，疑心是载不动船只的。历史上有相联的典故，周天子南征汉水，船到江心，为巴蛮潜水凿穿船底，溺水而死。我疑心是弱水载不动天子的大船。脚下的桥身留有裂痕和加固的钢板，是那场洪水漫过桥面的证据。

但那时桥下通行的又都是大船，还有一处码头，其中有两个客轮的班次，分别往上游的紫阳和下游的白河。班上有个动人的女同学家住白河，就是在这里下船回去。对于这个女同学，我有和其他男同学一样的好感，关于她回家的旅途，自然多了想象。有谚语说白河的美女紫阳的汉，两座县城都是从高坡上一直延伸入江，石板路曲绕而上，造就了女生苗条的腿脚。眼珠的清亮漆黑，似乎正是江水淘洗的证据，微黑的皮肤，想象中也出于江雾熏蒸了。

这只能发生在火石岩水库落成之前，大坝一建成，上下阻隔，船也就和鲈鱼一样，不能自由来往了。

从那套水浸过的文选开始，我有了对于文物的兴致。在新建的安康博物馆里，看到一副新石器时代的石坠，有碗口大，上面穿孔。这样大的网坠，用的是多大的网，捕多大的鱼。这样的鲈鱼来自武昌，洄游而上，到汉水支流的激水里产卵交配。水坝建成之后，没有激流来冲击鱼类的卵巢，它们像性冷淡的大熊猫一样濒于灭绝了。

火石岩水库实际是一座电站，装机百万千瓦。它的建造用了十年，开工的年代目标是赶超刘家峡，自然还想不到给三峡找麻烦的鱼类洄游这种事。我和小絮骑自行车来到它高耸凸突的坝体下，因为地势狭窄险要，感觉比多年后看到的三峡大坝更具气势。无端地想到，一旦这里开闸泄洪，新的大坝也是无论如何保不住的，结果会更剧烈。

在坝底出水口，江底翻涌的水头，顶起屋顶那样大的浪头，听见隐约的雷声。坝顶之上，却是一片遥远安静的水面，名字换作了更动听的瀛湖，称作安康第一名胜。

虽说水库年年都要放闸泄洪，汉江水流的湍急，却似乎只存在于那两年时间。河床似乎填高了起来，急水滩消失了。有一年夏天江水特别少，从两岸退下去，江中心的一些沙洲露了出来，成为少年们来去横渡的目标。江水在烈日下变成了蓝色，有些像是在游泳池里。这使我再度想起了父亲的那个故事，父亲学习毛主席，横渡了汉江。

不知何来的勇气，没有特别的准备，我下水开始横游。对岸的目标是中渡台，最早的安康城址，古名叫妫墟，含大舜的姓氏，据说舜的族人在此结网捕鱼，后人建庙。考古挖出了新石器，证明传说不虚。

不知道游过了江心没有，到了某个地方，心里觉得离渡台还远，即使过去了，回来时也麻烦，想要回游。这时渐渐地感到身体的疲劳，回程相当远，或许我其实已经过了中线不少，这样比到对岸还要费力。我换用了省力的仰泳，但感觉身体在变沉，要很费力保持在水面上，烈日似乎也沉重地压下来，渐渐地我觉得一切合理姿势都失去了作用。离岸还很远，我的听力也减弱了，听不见岸边人群的声音。我觉得如果我请求帮助，岸边的人也不会听到，我甚至发不出声音。我抬不起头来看他们，眼前的水高起来，将他们隔在洪水的天际之外。

我的身体失去了熟悉的水性，似乎把体内的空气都排挤了出去，终于不争气地下沉了，这时我也放弃了努力，脑子里是空白的。大约淹死或自尽的人都会有这种心态，只要容许他有过一个挣扎的过程，最后倒不怎么觉得恐惧，只是无力地放弃。

我下沉的脚没有坠落很深，踩到了一块硬石头，我能够站在上面，不至没顶。我担心站不稳，小心地试探四周，发现都是这样的石头，原来这处的江水已经很浅，只是看上去离岸还很远而已。我站起来一步步走上了岸，路过游泳和洗衣服的人身边，心想无人知道我刚才经历了什么。

我追随父亲的努力就此失败，多年后我听父亲讲全了那个故事。毛主席在武汉游长江的消息传来，学校组织了横渡活动，选拔了十五个身体好水性好的同学，父亲借着在山沟激水里练就的水性入选。每人有一只船跟着，实在体力不支的就上船。有四个人没有完成，父亲是坚持到了对岸的人之一。

更多的时候，我像一个老资格的市民那样，坐在滨江公园的长椅上。滨江公园的柳树长起了，路修好了，成了市容进步的标志。饱受风波并不惯于休闲的安康人，也渐渐游玩起来，虽然公园里那些古色古香的房屋玻璃，几乎全被打破了。

上游远处似乎有一座山脉，山顶笼着黑色雨云。暴雨下在那片田野上，这里还是阳光，或者江水会涨起来，泛过我的凳脚。我向往，又畏惧，知道自己还可以这么待一段时间，但不可能永远如此。就像在这所师专里，我的前途不可能一直得到安放。北大出身的右派，在这座小城安家的系主任，已经时常用北方口音对我的疏于律己表示不满。

老堤脚下有水的季节消落长得茂盛。我想涨水的时节，它们全都在水上漂起来，或者再涨高一些时，在水底呼吸。水落之后，它们得到了滋养，加倍的翠绿。以往没有大堤保护的那些木屋，每年涨水的时候，也都会在水上漂起来。房子变成船，人在船上度日。水落了，又扎下根生活，靠江水的营养代代繁衍下来。

我是外县人，从父亲开始，翻山越岭背着口粮来到了江边，不可能像一个世代的本地人那样生活。一开口讲话，就和身边的路人不一样。像在高中四五十人的大宿舍里，从来没有入伙。

有时没有晚课，一直坐到天黑。江面变更平了，水悄悄长起来，轻拍岸边那些岩石，微微发出声音。对岸坡地，不多处的灯光全都铺在水上，有一盏似是属于货运站的汽灯，光线一直延伸到了这岸来，似乎我走上这条道路，就可以一直过去，虽说有些冷清。

顺着这条路，想象走出去很远，一直想到李自成，因为无法渡江，差点在我县的一条峡谷里被全歼，无奈贿赂太监求得招安，回安康城后哗变，自此成了闯王。想到一个远方亲戚家的爷爷一代，入党后想去西安搞革命，因为三天过不了江，只好返县活动，组织农运，终究被捕枪毙。在那三天里，他是否曾在我所处的岸边，注视过对岸灯火的道路？只是那时彼岸黑暗荒凉，道路更弱小飘忽，他的希望也断绝了。

听到对岸火车的鸣叫，不太像机器的，倒是一种体积微小却发出锐利声音的昆虫，拖长在半坡的山地里。那是我和母亲步行过江去看的火车站，是她生平唯一一次看到的汉江和火车。

这是提醒，我需要起身回校，爬上行政楼顶层。一位和我关系不错的女同事，丈夫前来探望，走廊里飘散着他们熬得很稠的粥香，熬稠粥是她的秘诀。她的丈夫是铁路上一个小站的派出所所长，每周来一次，有时和我下下象棋。

打开单身宿舍的灯，壁虎像胶一样黏在窗玻璃上，露出肚底的惨白，像是我大学时去探望在山区教书的小絮时，晚上房间的窗子上布满男生的脸。当时我们用一把撑开的伞来抵挡。现在我的窗户仍旧没有窗帘。

小絮来探望的晚上，我们的床铺发出嘎嘎声，隔壁的单身老教师在叹息。他的家原在东关，我不知他的亲人是否在洪水中去世，他说到很多往事，却从未提及那场洪水。

我知道，我必须离开这里，无论如何。

四

回县路过安康，我去找一个租住在城东油库附近的朋友借宿。

他很高兴我和他挤一张铺，说这样他不用做那些阴悄悄的梦，像是在很深的水底下，无法浮上来，尽管他水性过人。冰冷的感觉从腿脚传到全身。结冰了，他被封在冰下。他在寒气里醒过来，身上出了冷汗，似乎真已结冰。

后来他知道这里租金便宜的原因，是背后的山坡上埋了水灾中死去的人。有淹死的，也有在随后的油库爆炸中死去的。油库爆炸红透了半边天，据说是油污漫到水面上，又有人扔烟头。那些人的骨殖无法区分，大略挑拣一些埋成一座坟。

他是我在西安上学时的老乡，后来分配到水电三局，是上游水电站的修建单位，为人羡慕。三局在安康扎了十几年，在江北修了规模很大的家属院，连同学校、幼儿园和医院，效益福利好。不料后来和电厂分家，成了单纯的建筑单位，同学跟着工程走。有几年去到四川南部县，在那里结了婚，丈母娘嫌他工作不稳定，夫妻关系不好。竣工后他离了婚，离开了那里。

离婚之后，他决心从水电三局辞职，退掉了江北家属院里一直保留的宿舍，在城东一家电脑公司找了个销售工作，从头来过。父母过世后，他已经五年不回家上坟，有时梦见母亲走到床边，低头俯视他，不说话。

我和他走到山坡上，去看那些已经颓圮的坟，大都草草掩埋，没有字碑，因无法记述准确的墓主。

安康城居民的坟，大多埋于城背后的牛蹄岭，松林下疏密散落的墓碑，字样大致相同，先妣先考一生操劳，抚膺后人之类，大约出自几个固定刻碑的半截子文人手笔。在师专教书的两年，我时常任意走到岭上，但没有留心去辨认，是否有些碑上的去世时间，重复着一九八三年七月三十一日这个数字。

有处碑文与众不同。子女追述父亲是位老船工，出生于汉江船上，童年跟随祖父行船，十四岁就当船长，往来武昌襄樊。后来公私合营，父亲又成了汉江运输队的船长，一生习于惊涛骇浪，多次化险为夷，拥有威信。后来因市场放开运输队解散，调入修船厂，修理技术高超，传带学徒，一直到厂子倒闭，提前退休。因积劳成疾，未至古稀而去世。

我看到过东堤脚下那家造船厂，已经停产多年，院子里扣着一条生锈的大铁壳船，似乎是遗址的展示。我怀疑这就是原来江边搁浅的船，再也无法下水。

汉江到了这一带，原本的河道变狭，水流趋急，河滩发出哗哗声响，似乎向下流到一个缺口里去了。多年采沙之后，却似乎淤积了，一个个静止的深洞间隔着沙堆，有些圆圆的沙堆上面长满了绿苔，成了一片湿地的感觉。批评三峡工程的黄万里，在一封公开信里列举安康的教训，说下游丹江口建坝之后，卵石淤塞江面，抬高了那场洪水的水位，造成百年一遇的灾难。

眼下船码头早就不存在，江面上只有很小的木壳运沙船。偶然看到江中心有大的铁壳船，在江流中静止不动，扬起暗红色的铁臂，使人敬畏，其实是采沙船，长年累月掏空着江底。以往或许是采金船，是安康古称金州的由来，眼下沙子比黄金赚钱，因此转行了。

这样淤塞停滞的江面，江水会越过岸上大片的菜地，以及造船厂，一直淹到新开发的小区。那家造船厂还在的话，院子里倒扣的船会再漂起来，像是老船长再次驾船了吧。

顺着下游的江岸一直走，江堤就消失了，但有自然形成的江岸，岸上一条街道，青石街面，老式的木板门面，楼下经营，楼上阁楼用于住宿。门面都发黑了，是那场水灾的痕迹，也许是用历劫的木料，在退水后重新搭建起来，特意保存着某种东西，却和城里断了联系，像孤零零的线索留在江岸上。

街道走出头，是从本县来的黄洋河口。水面很宽，和江连在一起了。一小半的水面覆着葭苇。

这里地势低平，累积的沙层里甚至有贝壳。每当黄洋河和汉江的汛期重合，下游来的黄洋河水顶托汉江水，轻易漫过护坎，东堤外就成一片汪洋。

我怀疑这里是安康城的起点，以后随着洪水逐步向上游迁徙。最初城市的选址，大致是在河流交汇之处，住房带着吊脚，系住来往的船只。一座镇压水患的七层砖塔，立在河面对岸的坡上。

我和朋友游过了河面来到塔下，门封死了，也不见碑铭，无从判断年代。只有几个孩子黑炭的涂鸦留在青砖上。

五

我想在汉江边有一处房子。

这个念头不知从哪次回乡开始。我和小絮去看房子，的哥问去金州康城还是金州城。我们说去金州城。的哥说那儿好，金州康城的房子现在卖不动了。

我听说过，金州康城夏天被水淹了。开发商没想到汉江水有那么大，精心修建的广场和房子一层淹完了，业主要退房。朋友三年前在那里买了房子，在一层，这次恐怕被淹了。他找了一个本地姑娘，结婚生了孩子。我有六年没见过他了。

金州城的房子一层也是不住人的，用作车库和地下室。这里也是在大堤之外，但处于上游，淹没的机会少，人们的生活已经固定下来。从十四层的窗口看下去，矮小袖珍的围墙外面是一片砖房。不少人家在自家屋顶上加砌楼层，那是一家人怎么也不可能住满的房子，显得过于庞大，以备将来的拆迁。

我在简单粉刷了墙壁的房子里住了几天，写一点东西。往上游看出去，新修了斜拉桥，连接西安来的高速公路，晚上彩灯像一把刷子收起又打开。几年以前，从那里过江，需要坐柴油机的渡船，突突地载满了一船人摆渡过去，留下一带清亮的油污。现在那一片的人户已经拆迁光了，建成一个大的交通枢纽。

再往上，一直到水库上游，我和人骑摩托车去过一次，沿路都是库区，只在一处迂回的沙滩，像清亮的铺开的带子，带子下藏有颜色奇异的石子，这是汉江最后的一处沙滩了。我们一直走到安康和汉中的交界，看到了传说中的石泉水库。它的库区在山脉间西去，水面闪着微光。大坝上四扇突出的闸门坚固依旧，我想到当初它们是怎样的一举开启，注定了下游安康城的命运。

要办国际龙舟赛了，我到江边闲逛。沿岸修好了看台，苇草中一排龙舟参差的头，只穿短裤的少年们在其中穿梭。上游一处水面下有突起的抽水塔，和岸边连接的一条短堤已没在水下，少年们穿着短裤来去，从塔上跳水，或者只是两腿吊下浸在江水里。江水清柔，漂泊不安的码头生活已远去，安康正在创建旅游城市，少年们的口音却特别躁，固执地带着从北地迁徙来的生硬，似乎成了他们身上一种不必要的印迹。

周王南征以来，语言之间的隔阂，在汉水中游从未消除。西北来的关中人占据了府城和附近的旬阳县，但却没能扩展到全境。从湖北迁来的移民，以及毗邻的川民，用南方口音包围了北方话的地盘，互相能听懂，却从来不亲近。像在高中那个五十个人的大宿舍里一样，分为安康和外地两帮，互相对峙，无从探寻往事之秘。

晚上，大堤上常有一个老人的班子在唱秦腔，眼前江流平缓，他们的声音却固执地保留往日凄厉的悲伤。我听不懂他们的唱词，却想到了本县一首意兴完全不同的民歌：

小奴家今年一十七
家住兴安白龙堤
同治元年发大水
先淹油坊街

再淹白龙堤
小奴家一见着了急
老城搬到新城里
有钱的哥哥不来耍
无钱的哥哥耍毬皮
衣裳脏了要奴给他洗
鞋子破了要穿新的
好吃的 好喝的
他说小奴家应该的
小奴家偷人呕了气
攒几个银钱回竹溪

这是我听到唯一关于洪水的民谣，里面含有风俗近蜀的本县人对于秦头的府城遭遇的淡然，和对下游楚尾的竹溪人的嘲谑。

眼下回民区正在拆迁拓宽，几条围绕清真寺的老街，似乎受到一定程度的毁伤，少去了以前的一种气质。生计所系的烧烤一条街，总算被保留下来。只知道回民的羊新鲜，是自己养在街上看不见的院子里。老年人少了，年轻人偶尔仍保留着头上白帽。他们的信仰和身份似乎并不显眼，却又永不会消失。

油坊街大约就是东堤外的那条板壁街，白龙堤则已在五十年前拆除了。县志记载它是从东堤连接到山脚防御山水的，可见那次洪水大约也涨到了1983年的位置，只是当时人们的生活还可以漂起来，在江山和新旧之间迁徙。这也可证，那时的安康城址，正在汉江与黄洋河之间一带，不避风波。只是那场空前的大洪水使人们开始向山脚的新城迁徙。

新城和老城的界限，只剩下了汽车站附近的一个城门洞，却往往使我疑惑是新或旧。因为它看上去已是这座城里最古老的事物，门洞开向一条两旁是木板房子的老街，看不出任何新的意味。

我想起读到的一个少年的回忆，他和胸前挂着大收音机、肩上扛着落地电风扇的父亲跑过城门洞，看到身后黑压压的水线正在涨起来，微弱的喊声落在那条线后面。整个安康停电了，前面的街上，乡亲们在门口点着两排蜡烛，引导逃难的人。这条路像是人间的回家之路，却又带着另一世界的气息，此后，人生将一如既往却又截然不同。

眼下这条曾点起蜡烛的街道，成了最后一批拆迁对象，临街关闭的门户上，有一户写着对联“风进雨进开发商不能进，为街区做贡献留有余地”。或许，它们余下的日子已在转瞬之间。紧倚城墙根的小院，泥房子上锁，一树石榴开过了花却未结果，还留着遍身青翠。

这座城从舜的后人定居以来，已经被江水拨迁和生灭过几次了呢。眼下的汉水，自己也将被调往西安和北京，供给北方人的生活需求。那根水文柱上，洪水也许不会再到达当初的位置。

我曾幻想骑着自行车，从大堤西头一直到东头，路过老人们的歌声，看江心的灯火往下流。西堤外有一座精神病院，小时候在医院里的一位阿姨，离婚失去了女儿，后来精神失常在这里过世。她不肯住院，父亲费了好大劲才把她骗进去。东关的老房子，纷纷加了层级，要从城堤的隔离里探出头来，分享江景。对岸新打造了滨江广场，大堤取直，原来一部分江面变成的地皮，矗起了国际酒店和银行大楼，灯火叠落。相形之下这边存留了黑暗，似乎待在记忆的阴影里，保留眺望的姿势。

这样的眺望能有多久？我很快离开了那间房子。下一次听到大堤上的秦腔，已经是在前妻小絮的手机里。不久她也将去更远的地方。那套房子里，至今锁着一间未装修的卫生间，不知未来的使用者是谁。当初买下房子的心思像是滩头的卵石，水落后搁浅在了岸上。在时间的河流中，没有一只人手的锚可以抓住什么。

那次我并没有真的走到岸上。最终漫过我们头顶的，是记忆。

下卷

依旧是那样的白山黑水，

黄昏景致，人还在路上，心里就疑问：

我这是在过八仙，还是回家？

住瓦屋

一

“一螺穷，二螺富，三螺四螺住瓦屋。五螺六螺打草鞋，七螺八螺挑屎卖。九螺十螺点状元。”

我们高山一带的孩子，从记事起，脑子里就有这个谚语，也曾经一排靠在墙根下晒太阳，眯着眼睛挨个掰着十个手指头比对过，有几个螺纹，几个筲箕，谁的命好，谁该受穷。比对下来，似乎一时脱离了各人现实的家境，沉浸在注定的命运里了，有一种近似惆怅或希望的莫名感觉，似乎一时脱离了这山村，去了未知的遥远地方。

螺纹是包得圆圆的，筲箕有敞口，像我家住的筲箕凹的地形，在阴坡上两山之间，有一个平展的敞口。到现在，我也数不清自己手上有几个螺螺，因为纹路都不规则，或许是一个螺螺也没有，这样的是什么命呢？谚语里没有说。

点状元和挑屎卖的命大约都还和我以及堂兄妹们无缘，打草鞋正是当时过的日子，当队长的三舅，就在火屋里架着一个草鞋架子，过一段就要打上一双，我们都不觉得有何稀奇，连自己肯定是穿过草鞋这件事也淡忘了。比较让人产生心思的，是住瓦屋。

但是住瓦屋的命似乎是都有，又似乎是没有了。因为我到底是和多数人一样，走出了筲箕凹八道河，离开了高山上从数不清的祖辈居住的石板屋，到了低山又进了城。但是进城不等于住瓦屋，几番辗转之后，终究租住在北京钢筋水泥的楼房里，既非石板盖屋，也并没有瓦顶。大多数的堂兄妹表兄妹，也都在低山镇子上起了楼房，有的戴着一个瓦顶，只是瓦底下的层数太多，有些遮不住，离开想象中瓦屋的样子了。

倒是童年住过的几间石板屋，留在老院子里，日晒雨漏，还靠着土墙的腿脚，忠厚地站立着，保持着先前样式。童年记忆中的样子，像经了纱布过滤一样，反倒渐渐地清晰起来。

石板屋是青的，用的是开采下来的青石板。

我总觉得开石板的地方一定会有水，这样才能涵养出来那样的纹理颜色，可以像青布一匹匹揭下来。背在背篓里的时候，似乎还在往下滴水。因此石板屋永是阴凉的，即使在盛夏，暑气也被石板中的青气吸收尽了。

开石板的地方是在大队上面的寨子湾，这里出过一件事情。小学的一天，人们忽然从大路上跑来，说是冉家老汉开石板被打死了，冉老汉是班上一个同学的爹。

这是一件大事，停了课，我们都跑到路上去，看见一辆架子车下来，四周围着大人，都是青布衣服，车上依稀躺着一个受红伤[6]的人。说是小娃子见不得红伤，我们因此不能近前去，只感到那个青布的行列，包围着红色，或许还在流淌。是像刀锋利的石板划出来的。

我对开石板的地方，有了一种畏惧之心。以后见到是在溪水对岸，原来由缓到急的半坡，已经开出一个断茬来，露出里面的层次，像是一条延伸中被斩断的树根。这样的地方，难怪含有危险了。堆积的石渣膨胀起来，似乎收不住。心里似有一种担忧，一直这样的开采下去，要到哪里是头？

像是出了灾殃之后，这地方就不祥，开采停止了，下面堆积的砂石慢慢萎缩下去，没有到达溪边，改变这里的一切。倒似乎是一件好事情。

但建造石板屋并未停止，又是到哪里去开的石板呢？山的褶皱藏起了内情，很多秘密地点我不知情。

盖屋子的程序，到背石板上墙，是最后一道了，要请全队的人，做好一队人的饭。

我记得幺舅家盖屋的情形，在一片斜坡上，又搭起了斜梯子，背石板的人，一步步一个个地走上土墙去，上面的人接下来，递给蹲在檩子上挪动的人，搭配方位和大小，一片一片地盖出屋顶来。石板每一块都带着茬口，背的时候是竖起来插在背篓里，还保留着刚开出来的峰垛形式。盖出来却大体平整，先用手工割出的小块石板码齐了屋脊的茬口，压上一线石头，不用一片瓦，也不抹水泥浆，能够下雨不漏，风吹不挲，那种庄户人的手

⑥ 民间对于刀伤的一种俗称。

法，我总归是没有完全弄通的。随着坡度，从上往下铺展，下面的茬口，都盖在上面的石板下了。到了屋梢，把整齐的一面摆在外面，略伸出椽头，虽然没有瓦当，却可以借上面石板的重量，造成遮阴蔽墙的屋檐，又能不滑落伤人。我那时没有见过女孩子的裙子，要不会想到一件青布的百褶裙。

石板的分量极沉，或许是因含着水，再劲大的人，背不上七八片，一座房三间屋面，总得有成百上千块的石板。路程又远，都藏在湾里面，总要四五里山路，隔一两架山，因此要全队的男人出动，络绎背负往来，保证屋上的供应不断。全队的女人则搭起棚子，供应饭食茶水。

除了人力的必须，也含有一种意思，这是除了婚丧嫁娶，一家单单有的大事，不能怠慢。其实从下根脚开始，慢慢地到打墙架屋梁，钉椽子檩子，已经费了无数的人力，欠了诸多人情，借着盖石板封顶的当口，好好答谢一番，因此人必定要全到，菜必定要八大件，能有的都拿出来。因此相比起红白喜事，倒似乎更为庄重。至于屋梁上护红纸挂绸子，我倒没有印象了。

石板屋顶盖好了，先前孤零零站着的四堵土墙，为怕风雨苫盖着茅草，现在就成了一座屋子，不仅自身不再怯风雨，还可以遮蔽一家的生息，繁衍日子和人口了。和以前茅草屋顶不同的是，石板屋顶不仅可靠，还带着一股脱离人世的青气，有些理想的味道，和穷人穿的刚洗干净的青布衣服一样。

茅草屋顶是更老的。我出生的年代，只赶上了它的末期。队上姚家的房子，是现成的最后一座。茅草其实用得少，成捆的青蕨叶扎起来，简直像是纸厂里打火纸，压成一厚叠一厚叠的，等到蕨叶干了，变成褐色，像棕鞋底一样纳成了屋顶。雨水顺着鞋底流下来，并不会穿透鞋面。冬天就算没有楼板，屋里也不算太冷。这样的屋，就跟一年到头穿得厚厚的庄稼人似的。

但是茅草屋顶太麻烦了，每年春天都要换一层。更要命的是怕火。屋里没人时不敢留明火，烧柴火不敢使劲敲炭末，怕火星升到屋顶下去。除了人的火，还怕天火，最怕的是扫把星的火。王母娘娘嫌贫爱富，拿扫把星在天上挥来掠去扫场坝，扫到哪里是一股火星，最怕扫到穷人屋。姚家的茅草房子就是一颗扫把星烧光了的。

大人们讲，那年姚家刚喂猪，屋里搁了半缸猪油。正月十五一颗扫把星从大莓梁上下来，对直掠到姚家屋上，顿时火苗子燃起来。姚家人还没睡，赶忙跑出来，队上人都去打火，却忘了半缸猪油，烧着了之后火势冲天，根本泼不熄，三下两下一座屋烧成灰，屋里的东西都没怎么抢出来。房子虽说是队上帮助，半年又盖起来了，家底却空了。姚家太穷，姚伯娘生了三兄弟，个个是手脚齐全的小伙子，却没有一个顺当娶上媳妇，始终翻不过身来。

我眼前常常现出这场大火的场面，在沙坝的小路上，看到冒着火的扫帚星划过天空，落上姚家的茅屋。烈火熊熊腾起，就像矮小的茅屋忽然长高了，长成一个威严怕人的大人，这么远都能感到它的火气，听到毕剥的声音。但是很快，大人的火气烧完了自己，忽然，坍塌下去，彻底趴在地上了。一座房子的一生就这样一会儿走完了。地上只剩了厚厚的灰，就像一个火粪堆。但是我一直不知道，这是真实的情形，还是从大人的讲述来的想象。有关茅草屋的事情，实在太陈年了，说不清人们是什么时候换了石板，并且一下子手艺就精巧起来，彻底告别了茅屋时代。石板是高山人们盖屋的最后一种形式。

二

石板盖成了屋之后，屋顶下不像茅草屋那样完全黑暗紧沉，而有无数的缝隙，透着各样光线。白天太阳大的时候，屋里会有两三条斜射的光柱，人的身影穿过光柱，灰尘就腾起来，过一会儿安静了，慢慢地上升，被阳光镀成了金粉，完全不是平时的灰尘了，光柱也像黄金的颜色。在黑暗的退堂里，这样的光柱是自然的光线，用不着明瓦。

晚上有星星和月亮的光透进来。虽然不像太阳光那样明显，却能够感到，像是青石板变薄变透明了，屋子里不是完全黑暗，有一种幽微的光。大月亮的晚上，也会有微弱的光带，不像金粉，却是青色的纱布，带着清冷不可触的质地，叫人想见后来课本里学的“皎洁”。

楼上是另一个世界，家什像大人们，隐约现出敦实的身形，背后遮着厚实的黑暗。家什有烟筐、背篓、窝箱，喂蚕子的一摞屉子和簸箕。烟筐总是扣着，里面藏有什么东西。身形越厚实，身后的黑暗越多，小孩子越怕，可是家里越富足。在大队上看了抓特务的电影《雾都茫茫》，爬梯子上楼口，我心里会想到拿油灯走进黑暗阁楼，面对生死的那个感觉。可是到底不一样，这些家什不是特务，是自家人，虽然上了年纪，但含着威严。

一个家的底子都在楼上。只有烘干了的东西能上楼，苞谷是最多的，洋芋要烂过一阵之后挑选出大的，要是有一处光柱漏下，洋芋堆就会长芽子。核桃在楼板上有一方领地，板栗在泥巴封口的坛子里，冬天会变得有一点秧（萎缩），又甜上了几倍。秋天队上分过了果实，妈妈蹲在楼板上，拾掇身边一片核桃的领地。我们家缺劳力，那片领地自然不算大，或许妈妈心里还在发酸。可是对于梯子口打望的我来说，面积却已经不算小，我总想先拿到一个，可是妈妈很严格，不会轻易让我动那片仅有的储藏。

我家的楼起初是竹棍编的，踩上去嘎吱作响，不敢轻易上楼。后来起了两间新屋，镇了木板楼顶。我家楼上的东西也渐渐多起来，那架竖起来的高梯子，有时被我私下翻过来，搭在了楼梯口上楼找吃的。随着我的身体长大，心里不再胆怯，像是主人前来视察，惊起老鼠腾腾地逃走。三舅家的楼顶我也上过，比我家的宽阔，四通八达，就像另一个深藏的屋场，多少让人感到畏忌。以后我走的地方多了，看过一些深宅大殿，知道楼上总是和楼下不同的一个地方，不能轻易上去，即使是一幢石板盖土墙的屋子。

石板屋顶是和土墙连着的。土墙就像很敦实的腿脚，从土里站起来。下好了根脚，拿固定的夹板一板一板地筑，要用上好的黄泥巴，筑得二面打战，人站在墙上像在晃动，就算是筑结实了。筑墙的工具，是两人扶的夯，底下带一个方秤砣一样的木墩子，或者一个人拿长把的杵子，一下一下地杵，把黄泥巴捶得黏黏的，跟糍粑一样。这样的墙立起来，有石板遮住了风雨，几辈人就倒不了了。要是夯得不够瓷实，土里有杂质，年代深了就会有裂缝。这些高高低低的工具，像是一群庄稼人，土墙房子少有人造之后，不知收到了何处，再也不现面了。

夹板筑墙的时候，要用两根轴穿过下一层的墙体上固定，因此留下了墙洞。楼下的墙洞堵了起来，楼上有的又被孩子们掏空，上了竹编或者木板镇的楼上，就能看见一二处墙洞透光。在夜里，墙洞像是房子的耳朵，听着远处的动静。把耳朵贴在墙洞上，里面有呜呜的回响，像是从无穷尽的深处发出来的，使人怀疑房子里面还有个更深的来源。

手伸进墙洞足够深，可能会掏到鸟窝。有的墙洞只有薄薄一层土，鸟嘴从外面啄掉了，在墙洞里筑巢。最多的是麻雀，也有顶小的山雀，头上带一点微红的黄，土名喊金子飞。掏到了雏鸟或蛋，小孩子对更幼小的命是无情的，自然是折磨死掉。但是危险并没有完全阻止墙洞对小鸟的诱惑，毕竟在遮蔽风雨上，比树丛和岩壑牢靠得多。

多年后我在北京的天通苑，发现没有装空调的人户，预先打下的空调眼都被麻雀占用。连工地上挖出的大坑，也会做满了燕子的巢。面对人类的巨大庇护与危险，一次完全不顾后果的投靠，这样的诚心，不足以感动匆忙的人心，却可能得到疏忽容忍。对于孩子们的掏窝捉鸟游戏，只要不引起危险，大人们不赞成，也不制止，让小鸟去面对自己的命运。

墙洞深处也有别的危险，老鼠，有时还有黄鼠狼。土墙除了人用的外面一半，里面是老鼠的领地，它们是地道战专家，土墙的天敌。一条筑墙时不检点留下的裂缝，就会被它们成年地疏通成一条隧道，上下往来的大路。没有外来物可以进入，人的势力到洞口为止，猫也只能止步在洞口。黄鼠狼可以缩了身体进入，它是老鼠的魔王，可是它更喜欢偷鸡，因此被人类赶杀，远远地离开房子。蛇也会钻洞，但只有很少的时候，会在楼上现身。墙壁因此成了老鼠的领地，胆小的它们不介意隔着墙皮闹出窸窣的声响，以致求偶的吱吱声，提醒人们它们和看门的狗以及打呼噜的猫一样，是家的一部分，因此叫作家鼠。和田野里的药老鼠以及荒地上的拱老鼠地位完全不同。它们并非小鸟那样前来的托庇者，也不指望得到庇护，但也不会自动退场。

有一年，家里养了长毛兔，最初的两只种兔昂贵，耳朵上都打着淡蓝色的钢印。这个在爸爸口中神秘的徽章，似乎是个保证，托付了我家致富的全部希望。入冬母兔下了第一窝仔兔，还没有出世，就被亲戚邻舍订下了。仔兔闭着眼睛，红红的身体没有长出茸毛，母亲用棉花包裹，盛在西药纸盒子里，晚上放在炉火边不远处。大清早听见妈妈压抑的啜泣，挣脱睡意起床一看，小一点的那只仔兔，被老鼠在背上咬缺了一个槽，只剩下一口气了。到了下午，仔兔就死了。我们含着眼泪把仔兔葬在院坝坎子里，咒骂着老鼠。晚上没有办法，还是把大一点的仔兔放在火边，妈妈没有睡着，一有点动静就呵斥，起床去赶。这样过了几天平安无事，仔兔睁开了眼睛，红红的肉体上长出了一层绒毛，体型也大了些，觉得老鼠不大敢侵犯了。晚上妈妈也睡了个安稳觉。谁知道第二天起来一看，仔兔的一只腿又被咬残了。

晚上不敢再把仔兔放在火边，移入笼子里，受冻加上病痛，拖了半个月，越来越瘦，到底是死了。那个冬天我家致富的希望，就此断绝。妈妈哭泣了不知多少回，我们咒了老鼠不知多少言语，却毫无办法。兔子是爸爸弄回来的，老鼠却是这屋子里原有的东西，我们要赶走它，除非自己先搬走。

如果一户人家搬走了，带走了粮食，不再打算回来，第二天，墙壁里老鼠的动静就完全没有了，它们知道了人的心意，明白这座房子已经死去。这户人家也将面对完全不同的命运。它们和人一同离开，却各奔前程，不留下什么情分。

燕子是唯一生活在石板屋顶下又得到庇护的动物，在知事的年份，大人们都会正式告诉小孩，不能捉。人们还在大门上首钉木板，供它们搭巢。它们也像完全懂得自己的身份。没人见过一只燕子和麻雀飞在一起。它们出现时，麻雀似乎就自动消失了。连猫也不再蠢蠢欲动。

燕子的房子和人一样，也是泥筑成的。它得到庇护的一个原因，或许是技艺比麻雀高得多，叫大人看到了自己的影子。小孩子们从小也养成了忌讳，知道尾翼和自己的裤子一样开叉的燕子，是完全不同的一种鸟，不能触碰。很少有小孩会去触犯这条忌讳，大抵是坐在门墩上，一边吃饭一边歪着头看母燕子喂儿，习得少有的一份安静。

但从童年起，我在这情景中，会忽然感到莫名的担心，他们会忽然之间按捺不住，站起身去捅那个窝，打破世代流传的默契。也许因为我自己有这种冲动，就像踮脚站在木窗前，蘸着唾沫，捅破一层新糊上去的窗户纸。大人们或许也会淡漠，因为世事灰心，或者哪天大门上有燕子屎。一层纸怎样保护这种小鸟，倒不如老鼠的不存幻想，待在人类的指尖之外。人也对老鼠保存一份禁忌，在九月重阳后留出一天，给老鼠嫁女，这晚上人不能到灶屋去，防止撞破了。像是黑泽明电影里小孩子撞破狐狸嫁女的情形。

蛇藏在根脚之下。在大人的传说中，它们总是可能会晚上爬到小孩子的床铺草下面做枕头，假如白天犯了什么错误的话。但这样的事又从未真的发生过。对于蛇，大人们比对老鼠更不容情，有一年三舅和付哥哥一起，刨开了一处根脚，用硫黄熏，要把一条黄汗蛇除掉。这条蛇究竟除掉没有不知道，但以后没有再现面。有时候后檐沟也会出现蛇。对于打蛇这件事，有时也有莫名的畏忌，或许触犯了地脉，或者祖宗的灵魂。和房子有关的一切，并不能轻易触动。三舅那年不顾舅娘的拦阻，非要熏蛇之后，下半年坐在院子里乘凉，对面山上双梁队修公路放炮，一截树根像蛇一样远远地飞来，对直打断了他的胳膊。

地上有蚂蚁窝，就算高处看不见了，趴在地上，总会看见极小的蚂蚁来去。提着开水烫也烫不完，只好算了。总会有蚂蚁穿过屋子地面，进行陌生的远征，像个孩子在世上孤零地举步。弯下了腰看久了蚂蚁的世事，直起腰头就发晕，一时缓不过神来。

风吹过了石板屋顶的缝隙，发出呜呜的声音，一年快到头了。屋后面的秤砣梨树越长越高，远远地挑到了屋顶上去，成熟离把儿的梨子，隔三岔五地重重落到石板屋上，每次都像一起小小的事故。雨不再像夏天那样，急骤地打到石板上，先是像撒铜钱，跟着声音连成一片，每个单独的声音都消失了。石板上腾起了水雾，急流从石板上下来，有时倒灌进了石板缝隙，像细流从屋顶挂下来，需要拿大盆小盆接住。有时所有的盆子都用上了，雨水在堂屋里滴出了一个小水潭，就像家里有了一口水井。危险的是靠墙头的地方漏了，雨水冲开了墙头，成了泥水的壕沟，这是最危险的事情，赶快要上去拣盖。没有一堵土墙经得起雨水鞭子的抽打，它必须严实地遮蔽在石板屋顶下。雨水顺着屋檐冲下，挂上一面厚实的帘子，望出去看不清外面的世界。每座房子都是一幅瀑布，四面下垂，整个夏天，我们待在瀑布之中。

秋天来临的时候，要拣盖屋顶，看看经历一个夏天冲刷后的损失。熬过了沉沉坠落的雨季，青色的石板可以在秋月下和我们一同入睡，领受风声，不再害怕显出单薄透明。夜里清霜的剥蚀，就像做一场梦的代价，心疼了，醒来却并未付出，看上去不真实。因为石板屋顶下没有造烟囱，青烟一升起来，顺着石板的缝隙一跑，整个屋顶的霜就消散了，只留下湿润。冬天雪的重量，也像是身上添了一床被子，不是真的重量。太阳出来，灶屋上方的一块最先消散，像是课本上白区中的根据地，然后四方拓展，很快雪的势力残缺不堪，只有一些地方还停着顽固的小块。屋檐滴下了水，又凝结成冰凌。冰凌在屋檐下挂起了另一道帘子。

透明的冰凌啊，你不像夏天的雨帘无从穿透。你的身体在有无之间。趁太阳还没有把你消灭，拿根竹竿一触，你就下来了。下来时已碎裂成几节。一送到嘴里，立刻融化了，冰凉中带点青涩的苦，也就尝到了石板屋顶的味道。有冰凌的时候，我们的房子是奇迹，是水晶帘幕的宫殿，一无所有却富足，就像年节一天，抵过了终生的贫瘠。

瓦屋是高山的孩子不熟悉的。只听说下白果坪乡政府路上有个瓦屋场，大人更多叫花屋。花屋的意思，我一直不明白，长大后知道是雕梁画栋，因此它不是平常的瓦屋。那是八道河最大的地主家的房子，地主刚解放时被斗死了，儿子参加“棒棒队”被打死了，房子都分给了贫农。住了好多家，后来添了儿女，实在住不下了，又出去起房子。

有一回白果坪放电影，还有一回来了一匹马，大人小孩都跑下去看，来回路上依稀看到路里边的一坝房子，被外面几间土房遮住了，露出一两个带着瓦檐的墙垛，刷着白粉，似乎是雕着花，跟任何房子都不同。听说里面还有鱼塘、天井。由于一种说不出的畏忌，对于这幢离出生地最近的花屋，我一直没有真正地走进去看过，在我看过了远近好多别的花屋之后。

前两年回箐箕凹，在花屋路边上看见两个老婆婆蹲在大门槛里面掐四季豆，其中一个比门槛高不了多少，忽然想到，这就是小时候一直听说的舒家矮子。三舅娘说，她生下来父母嫌是女娃，不想要，在月子里用酒（糯）米羼着白糖猪油喂她，想噎死她，谁知她活了下来，却蒙了心，不长个子了，成了两尺半的矮子。嫁不出去，在家里当老姑娘。在我的下意识里，她已经很早地消失了。没想到她还活着。

我们这里不产瓦，没有瓦窑。在大队往下走的溪边，似乎有一座窑，还专门箍了一座石拱桥，看上去老得有一百年了，青苔和茅草已经把它周身加厚了几圈，看不见石头的质地。窑也和桥一样老，完全塌下去，只看得见一个宽阔的窑口，说不清以往是烧什么的。大队往上走，过了寨子湾，有一处汪家纸厂，还看得出来化纸的池子和两处木头穿架。听说汪家以往也是地主，虽说没有留下花屋。那这座窑是不是汪家的，用来烧石灰还是窑碗之类？

幺舅舅过喜会的时候，碗不够用，从杨家坪三家公家拿了一整套窑碗上来，装了两蒸笼。这些窑碗听说是细窑的，土改时候从地主家里没收的。这些窑碗是不是从这口窑里烧出来？除了四川人赶大车捎过来卖的坛子，窑碗是我童年见到最接近瓦的东西。

三

“不好好上学，就去王铁匠家上门，还能住瓦屋，吃米饭。”

初到低山的几年中，对于瓦屋的印象，总是蒙着这句话的阴影。王铁匠是广佛镇那些年的著名人物，他的铁匠铺子挨着公社拖拉机站，成天到黑在冒火星，比后者红火得多。膨大的风箱，呼呼的声音，炉膛里闪动的火焰，就像一小团打不散的秘密，铁砧上捶打变软的通红铁器，四溅的吓人火星，焠入水中嗞嗞冒起的青烟，都含有神秘，加上总是和徒弟露着结实得像铁疙瘩、闪着油光的胸脯，似乎完全不怕火星的王铁匠，自然并不使人讨厌，连倾斜的屋顶也含有吸引力。

但妈妈这么说时，仍旧觉得，她的口气中有什么不对的地方。王铁匠的三个女儿，自然更是让人畏惧，听说一个是傻子，一个是哑巴，王铁匠娶了一个半愚子老婆，又一气生出这三个女儿。他家的瓦屋，则远远没有铁匠铺高挑气派，在公路旁的坡上，小小的三间，主要是看上去太矮，像只有石板屋的一半。似乎没有刷白粉，从公路望上去，瓦顶也就不起眼。屋子里看上去黑黑的。这样的屋子，看上去有点使人畏惧。至于他家的白米，在两重阻碍之后，吸引力也就有限了。

父亲带着我去一户农家出诊。

医院、区公所和粮管所几家大单位在一处台地上，望出去一坝稻田，零星的一些房屋，像有一条无形的线。穿过坝子，爬上另一座小山坡，到一户正好在山坡上的农民家里。这是我见过的最小的瓦屋。

它像是孩子建造的，完全是黑色的，似乎不到成人的高度，比王铁匠家的瓦屋更矮。我很意外我和爸爸还有男主人能够走进去。没有椅子，似乎由于房屋高度的原因，都坐马扎。地面和石板屋睡房的地面一样，光滑中有无数小小的突起，似乎是脚趾一点点踩出来的。地当中摆着一条板凳，上面搁着两个小碟，或许三个，里面是葵花籽和白色的糖衣果子。微白色的果子和瓷质碟子，在这个黑暗小屋里的呈现，像一件不可思议的事情，给了我无法磨灭的印象。

病人躺在房间里处的黑暗中，伸出枯瘦的手给父亲问诊。男人伸手抓点心招呼我。他微笑的面貌和手背的筋脉，似乎有一种低山田坝农民的特征，和高山的人不同，就像水牛和黄牛不同，也像这座小屋子和石板屋的不同。

那些年，低山的农民似乎个子要矮一些，很多人脖子上还挂有一个瘿包。只是牙齿似乎由于吃白米，比高山人的黄褐色牙齿白很多。他们的屋子虽然是瓦顶，土墙的质地却比石板屋差很多，墙壁粘着稻草，像是这里常见的癞子头。我看不出住这样的瓦屋，一定是命好的表示，似乎倒要庆幸自己没有三螺四螺。

其实我家已经住上了瓦屋，就是父亲工作的医院大四合院阁楼上。公家的房子才会有这么大身架，但我们住在其中并不觉得，或许由于阁楼面积太小。上一架楼梯，走过深深走廊，两边另有木板割出的两间房，住着单身医生，以及媳妇在乡下的周大夫。尽头处一扇门里是我家，同邻居是土墙隔断的，却只是一间房，父母和我们之间的起居无从隔断，中间连一副帘子也不拉，收在不大不小的两张棕床上。打棕床是爸爸从前跟人学的，楼板承受不起沉重的木床。

楼板咚咚作响，下面就是医生办公室，看上去也没有结实的檩子[⑦]支撑，和筲箕凹的土屋完全不一样，似乎就是板子钉在一起。楼板中心似乎还有点凹下去，靠两边扯着。我一听到父亲嘭嘭的脚步声，心里就会生出回响，慢慢地心里的响动超过外面，外面的人就缩起来，变成一只小鼠。只有做功课时胳肘支着的窗前玻璃板上，压着一小方宁静，看见窗外贴近的瓦檐，和遮映的柏树，以及远处看不真切的荷塘。隔着绿色窗纱，瓦檐带上了一丝青色。这么真切地看到瓦的里面，像纹路一样的层叠。两片采光的明瓦，似乎是半透明的，不同于玻璃，我从来没有触及它们真正的质地。

我们的屋似乎很少漏雨。糊在顶棚上的一张张《人民日报》和《陕西日报》，没有被打湿过。以前住的人贴的底子上面，加上了爸爸新贴的，底子泛黄，面子发白。密麻麻的字反倒成为背景，只是偶尔会引起我的辨认。大约是顺着时世，一路叠压下来，比筲箕凹老屋里楼板上的隐约山水，多了层次，却由于大片黑色的油墨有些气闷，倒是空白处一圈一圈泛黄的印痕，引人遐想。或许在那些年的睡梦中，那些密麻麻的铅印字体印入了我的脑中，使我从此不能摆脱文字。

贴着棕床的墙上，看得出一扇隐约的门，或者说是挖的一个墙洞，被堵上了，上面又糊了纸，像是土屋楼上的墙洞，只有一个人钻过的身量。我摸着报纸或白纸，感到下面的这个洞，总是好奇又有种不安，不知道洞那边是什么。这座大四合院的楼上藏

⑦ 中国古代建筑抬梁式房顶用来支撑的一种木头。

着什么呢，我是最贴近这个秘密的人，却又不能去探究。

我家对门的远角，也搭着一架楼梯，楼上是西药库房。那里和楼下的放射室一样含着神秘，只有一次我跟着周医生，看到了内情。是一间比我们这边大出几倍的房子，没有隔断，比筲箕凹老屋的楼上也大多了，各种箱子比家什堆得满得多，看不清后面的情形。这里不像中药房笼着一股药味，但也有种莫名的气息，似乎更冷静，却也沉闷，让人不敢久做逗留。下了那架楼梯，我以后再也没上去。

或许也在那年，我上到了隔壁的楼顶，看到了封上的洞那边的情形。快到年底，医院里人显得少，隔壁底层的病房里空了，只有落着灰尘的两架空床板。还有扔在地上的搪瓷尿壶，灰尘中露出一点白色，和土屋里的夜壶很不一样，似乎干净，却也有一种更脏的感觉，让人不愿意触碰，像是尸体的干净。我站在病房当中，感到自己身上也落了灰，有一点畏惧。屋当中有一架转折楼梯，通向楼顶的黑暗，或许正是由于那点依稀的畏惧，我想要上去一看。我被一种莫名的东西支撑着，探脚走上了楼梯，渐渐走到楼梯口，上半身进入楼上的黑暗，然后是下半身和腿脚，像是往上又往下走，终于全身没入。实际楼梯口周围还有余光，眼睛适应之后，能够稍稍看出周围的事物。再往远处走，则完全是黑暗，伸手不见指尖。

这边的楼板厚实，或许是因为落有尘土，我踩着自己的心，一步步向前走去，看到墙上有一个洞。这应该是和我的床边糊起来的同样的洞，通向另一进顶楼的黑暗。瓦屋顶完全不透光，连黑暗的影子也消失了，只有墙洞微弱的轮廓。我自己遮住了身后楼梯口的微光，走走停停，探着头脑，像是一个心怀鬼胎的人，却又非常迟钝。我随时可以停下来回去的，我并没有那么大的胆子。是洞自己把我吸过去了，对于一个孩子的成长来说，也许是命定的，一步步穿过那个墙洞，站到另一边完全的黑暗里。我半闭着眼睛，适应眼前的黑暗。

忽然间我“啊”地喊了一声，这是从喉咙里丢出来的，声音不大，但是像石头扔出来那样短促。我的脑子和胸膛里的气息停止了，留在刚才那个时刻，跟不上我的身体。对脸站着一个裸露着内脏的人，他比我高，我的鼻子差点触到树枝那样分支的紫色肺叶上。他的胃和肠子也堆在外面，鼓起很大一堆。这样子的人不能叫人，是死本身在裸露着。

如果窒息持续，呼吸和心跳长久地赶不上我的身体，我就要死去了。这注定了它不能持续很久，忽然有一道缝隙开启了，就像他的胸膛打开那样，我突然意识到这不是一个露着肚肠的人。难以解释为什么自己的意识会那么快，我知道了这是一个医学模型，我在西药房外面的窗台上见过，莫名其妙地搁在那里，被谁搬到这里来了。

这是我年少时第一次真正遭遇恐怖，面对死亡本身，即使是一具标本。在不透光的病房顶楼上。如果在有星星点点微光的石板屋顶下，这一切不会发生。

有一年端阳，我家已经搬到一楼住，我和母亲在屋里，下午时分，似乎正在包青壳粽子，忽然下了急雨，雨水在对面的瓦脊上腾起来，带着烟雾。像戏台上的一支军队，刷刷地来回掠过，阵脚搅起了烟尘。中心竖起帐幕，指挥周遭的移动，变化无端，却又隐约有个中心，在意料不到的时刻，倏然散去。这是只有在细致分明的瓦楞上演出的阵势，和石板屋的乱无章法不同。瓦檐下却已流注成瀑布，院子四周的排水沟里都涨满了水。这边屋檐下却像并无雨帘隔着。我不会包粽子，手里拿着青叶子，只是为对面瓦脊上的景象发呆，凉意扑面而来，透过了整个人，却又像青叶子一样，并不打湿。但我手中究竟有无粽叶，那天家里是否在包粽子，却不知是记忆，还是幻想了。

站在四合院里，往四周看上去，是宽大整齐的瓦楞斜坡，比一片下种了洋芋的坡地更宽广平整，田垄更细致。这是石板屋顶没有的，看上去像一个有文化的人。只有医院、区公所、供销社几个单位的大房子，瓦有这样的讲究，瓦檐处抹着石灰代替瓦当，似乎是和农民屋上寒碜的泥巴瓦檐完全不同的东西。瓦檐下则镶着长长的刷成一种经久的暗红色的木条，似乎以公家方式替代了雨搭，免于雨飘到阶沿上。墙壁抹着厚实的白粉，轻易不会脱落，除非是拐角遭到了我们这些练“铁砂掌”的小子们破坏。公家房子还有一两幢是红砖做的，没有白粉的涂抹，露着砖缝清晰简单的线条，从窑里烧制出来的微红色，似乎永远不会减退变脏。我喜欢红砖的鲜亮，一直都不会黯淡，不需要装饰。青砖却像一开始就陈旧了。那些年，我觉得砖是一种属于公家的东西。

但真正窑里烧制的瓦当，和垂下雨幕的雨搭，我是在中学住的庙里看见的，学校占的是原来的广佛寺。

第一次到中学去时，房子还是好好的，只是完全没有了佛像，大殿和禅堂变成了各年级教室。飞檐上的花纹剥蚀，和每天早自习撞的那口钟一起陈旧了。高高的斗拱下，粗大的圆柱连着石鼓的柱基支撑着走廊，带着剥落的微红漆色。藏经楼黑暗紧沉的屋顶，摊开了学生的铺盖，变成学生宿舍的大通铺，脚臭、酸菜和尿骚味取代了经卷的油墨味。教室里的墙壁则大片剥落，露出墙砖。我们在其中上学念书，觉得这是一件天然应当之事，想不起来这里以前是一座庙，其间发生过什么。只是有时下雨的课间，不能到操场上疯跑，倚着带石鼓的柱子站在走廊下，仰头看雨水顺着有花纹的雨搭倾泻下来，成了书上说的扯成了一条条的瀑布。在我的想象中既然是瀑布，自然是和布一样扯成一条条的。依稀也能看见瓦当上的图案，像是几种奇怪的动物。这时会偶然觉得自己身处的这所学校有点奇怪。几年中学校陆续在拆掉一些房子，起新宿舍。柱子被移走，石鼓无用地堆在地上，也看见了一堆堆垛在杂草地里的瓦当，雨搭则似乎在雨天一天天掉下来，摔碎了。

到了初二的时候，学校大规模地拆除旧房子，我们看到飞檐被敲掉，上面剥落的绘画变成了一团团尘灰。拱门上的青砖一块块地被拆下来，一块有几尺见方那样大，这才想到庙墙是砖做的，农民都来要砖，说再没有这样的好砖，用几百年不坏。一直到很多年后，提起广佛寺，人们还感叹那些好砖，却不知这些砖去了哪里，垫了哪家的猪圈厕所。瓦和砖一起被运走了，那些瓦当和雨搭则全部被扔下来摔碎了。被用作初二初三教室的正殿和偏殿就这样被拆除了，以前的庙一点痕迹没有留下，像它从来没存在过，除了广佛寺这个地名。建起了一座又长又高的灰色教学楼，在我的少年记忆中再没有第二座这样巍峨的大楼，站在楼脚这头，似乎一眼望不到头。

为了建造这座楼房，每个学生都被分配了挖沙的任务，我和另一同学一起，在山脚下的河坝里挖石头筛好了一百斤沙，又分几次背到学校。老师总是说，大楼靠水泥，这座灰色大楼的水泥里有我们的一份。当时我并不太理解水泥是个什么东西，水和泥加在一起，和大楼坚固又有些粗糙的外表似乎没有什么关系。在内心里，我并不觉得这座灰蒙蒙的大楼亲近，倒是喜欢信用社那座三层的带着微红色的楼房，正面镶着碎石子，还带着一些圆形和三角形的花纹。

这是我见过的第一座楼房。它不动声色地就在镇子上出现了。像一个不是真正长大的人，并不自信体格和力量，在不经意处露着幻想。在一篇作文里，我把它正面镶嵌的石子比作星星，得到老师一行长长的评语称赞。回想起来，它的结构也不是成熟的，微红色的肩上背着一道折弯的楼梯，有点像是背篓系，我一度以为，这是真正的楼房唯一的样式，直到学校的教学楼矗起，将三层宽阔楼道藏在内部。我和妈妈还有另外的叔叔阿姨们顺着楼梯走上三楼，去跳舞。或者说看跳舞，大多数人在看，只有不多的人跳。这是小镇上第一场舞会，男的和男的，女的和女的，只有住在我家搬到一楼后隔壁的毛阿姨和乡政府的杨帆，是男的和女的跳，他们后来成了一对，又闹离婚，人们都说嫁给文学青年就是靠不住。

这栋楼房在几年中一直是小镇上最漂亮的，像是一个小小的奇迹，那时的信用社，也是小镇上最洋气的单位。但它的微红终究渐渐褪色，石子的星星黯淡了，墙体变得不干净，背篓系一样悬挂在体外的楼梯也显得过时，后来它经过了装修，改变了面貌，却终于淹没在层叠的楼房的背影里了，像信用社淹没在其他更新式的单位里一样。只有庞然矗立的大楼，可以在时间的背景里矗立。

四

高三暑假当中，我跟着哥哥去曹家湾，看望那里的曹家三姊妹。

曹家二姐是哥哥的心上人，他们从初中开始有意思，到二姐已经考上了地区师范，哥哥在县城补习，两人仍旧写信来往。二姐是班上的美人，比我大两岁，我懂事以后，很以能有这样的嫂子而感到骄傲。

有次我似乎受托于哥哥，到她的学校宿舍去，坐在她铺位上，翻看相册，看穿着白衬衫、剪了短发的她给我倒水喝，不同于记忆中的两条小辫，还有相册里的一条大辫子垂拂腰际，也是这样的用三个手指握着一杯水，小指微微翘起，不知是给谁喝，然而一样动人，似乎她天生适于这样袅袅婷婷的姿态。那时我并不知道，哥哥是由于产生了担心，才让我去看二姐，只说去找老同学，我还不明就里。这个暑假，哥哥出于同一种担心，才肯让我分享他的秘密，和他一起去曹家湾，临行还受到了母亲的鼓励。曹家姐妹的父亲是文教组干部，平时就是认识的，也算门户相当，只是要看哥哥的学习，似乎曹老师早就给了口风。

曹家湾是那个暑假前我心目中的神秘之地，在广佛通往李家坝的公路附近一条沟里，刚过分水岭，入口很紧密，树木也茂盛，只隐约看得见里面的房屋。我之所以肯跟哥哥去，其实是哥哥不经意提起的三妹勾起我的兴趣，却无理由对自己承认。

我们顺着沟口的小路往里走，经过几家人户的瓦房，然而更多的是树木和草垛，似乎这条小湾里特别爱种果木。这是一个里面开膛的地形，曹家在最里面，场院却最开阔，连带着几片青黄稻田，前面几户人家都成了过渡，这条沟里也只有曹老师一个搞工作的。院子和前面一样种满了果树，还有两株团团的桂花，却遮不住三间大瓦房的宽敞，我似乎第一次见到这样轩敞的农家瓦屋，没有印象中屋子里的黑暗。屋墙内外涂着白粉，地面整齐。然而屋梁上没有五角星和红色木板的装饰，仍旧是农家屋子的平和。或许那条沟里的其他几户农家，墙壁也涂了白粉，白粉墙就在那几年里兴起，改变了土屋的印象。

来访似乎是事先知情的，或许还有提亲的意味，三姊妹都在，我们受到热情欢迎，从大人和三姐妹，主要是其中透着真的亲切，能够实在地感觉到。等待煮肉吃饭的间隙，我们在南屋窗下打牌，阳光那么充足，简直使人意想不到，却又没有一点炎热的感觉。由于有五个人，打的是跑得快，最末的要被罚蹲下，年纪小的三妹成了经常被罚的对象，有时好不容易刚坐起来又蹲下去了，二姐则似乎有意陪着她蹲。我真担心她蹲坏了，又唯恐她过于纤细的手肘，会在上翘着拿牌时不经意地折断，那看上去太纤细又近于透明，肘部过于尖锐，像是不经意地点到我心上某处，有点不可捉摸的疼痛。连同她话语的声气，和鬓边随微风飘动的单单一缕发丝，似乎脱离了别的头发，在我心里勾起一种可爱又可惜，无从把握的感觉。三妹显然也感到了什么，有点轻灵又分外沉静，那天的牌局像是永远也打不完，像木格窗的阳光一样无穷无尽地流淌，虽然辛苦，却没有人要散场，直到温柔的母亲来喊吃饭。饭局是在不明不暗的堂屋里进行，和老家的石板屋一样没镇楼板，看上去空间并不低矮，挂着一幅严肃的中堂。大约瓦屋下面就该是这样的气氛，像三妹的神情动作，天然出生在这里，穿过谷垛、猪圈、门槛和微风，灵巧和严肃都无处不合适。

走的时候，三姊妹在一棵枇杷树下送我们。枇杷是低山的水果，就和穿着白衬衫的三姊妹一样，我在高山的时候没有看见过。

那次探访后不久，我离开了家去西安上大学。开学后一周，母亲在阁楼上去世了。

那时我家在各个区乡辗转几年后，又回到了广佛医院，依旧住在以前的阁楼上，似乎医院里没有别的地方，这座阁楼是专为我们留下的。我记得家里为庆祝我考上大学摆席，亲戚们团转坐了一大席，楼板颤颤悠悠，大家举着筷子又担心脚下，怕忽然坍下去了。这种事故并没有发生，楼板似乎能承受比它看上去要无限多的重量，就像体弱的母亲一样。但母亲却忽然去世了。

家里瞒着我，直到班主任老师写信给我，才得知母亲的讯息。寒假回来时，母亲埋在小镇的山坡上，青石头垒起的坟墓，覆盖零落积雪，露出来不及长成的细小草茎。这是母亲一生中住的最后一间屋子，像是没有足够的蕨叶盖屋。

阁楼里母亲的东西都被收了起来，一些好衣裳都不见了。据说连一块手表也被人拿走了。打开两个橱柜，见不到和母亲有关的东西。为何收拾得这么干净，只存留尘灰。柏树显出青黑，和瓦片连成一体，窗纱褪色了。自从我来到这座阁楼上，它一直没有换过，我却是在今天才发现。楼板不再咚咚作响，它吸收了声音，连同这里发生的一切。这里有一个谜，就像墙壁另一面黑暗的阁楼上隐藏的，像那些天棚报纸上泛黄的奇怪纹路，我永远无法猜透。

在这个冬天以前，哥哥没有考上大学，和曹家二妹的关系中断了。我和三妹急骤地开始联系，又戛然而止。一切在那个半年都像带上了宿命的性质。

开学后不久，我给还在平利上高中的三妹写信。她回的信总是折成鸟的形状，大约是当时中学的风俗。母亲去世之后，我们信件的密度很快地加大，只是记不起信里说了什么，或许是小心地避开了母亲的事，我们都不知怎样去触碰。到入冬的时候，我要她寄张照片来。她开始不愿意，说最近没有去照好的，只有一张照得不好。后来被我一再强求，终于寄了来，预先说不好你别生气啊。

我仍然吃惊了，照片上完全不是夏天阳光下微风里那个少女。她在一家照相馆里，裹着一件防寒袄子，样式很土气，人显得臃肿，完全没有了纤细的气质，有一种灵气从她身上逝去了，一切变得和先前无关，无法理解。在学校的喷泉水池边，我由拆开信封前的忐忑心慌，变成打开照片的失望，又渐渐转为一种愤怒，似乎心里有关夏天的记忆，被她粗暴地换掉了，她有义务保护好那段记忆，却放任自己这样猝然转变，像是一种背叛。所有的后果应该落在她身上，即使她事先说了担心我不喜欢。我感到无法控制自己的恼怒，被照片上的这个她深深冒犯了。

我决心惩罚她。把她的原信和照片装进信封，寄了回去，没有附上别的话。把信投进邮筒前我犹豫了几次，信封悬在入口的缝隙上，但最终带着一种不计后果的态度，往前推了一下。

她不久就回了信。我想象她收到信后起初欣喜，到启封后的茫然，再后来的伤心。这些我都想得到，就跟我自己打开装着照片的来信前的心理活动一样。我犹豫了很多次，但想起那张让我不快的照片，一种废然和不管不顾的态度让我没有再写封信给她。一切可能性都被那张失败的照片堵住了，即使我其实明白这并非等于她本人，她不可能在一个秋天变得和夏天微风中的少女完全没有关系，就像她在回信中哭着说的，一张照片就比人重要吗。但一种被冒犯的愤怒让我打消了给她回信的念头。在十七岁的年纪，似乎没有什么是显得比一张照片给我的不快更重要的，没有什么能要求那个夏天的记忆让步，特别是她本人。

她没有再来信。那个秋天的叶子都飘落了，堆积在上下课的路边，有时我会感到怅然，但似乎并不后悔。后悔似乎是不应当的。许多年后我明白，十七岁的感情中有完美的幻想，却容不下温柔。我们像年少时剥开青蛙或者掼碎一片玻璃听响声那样忍心，无所顾忌地对待自己和别人。也许并不是我做了那些事，是一种无形地裹挟着我的冲动，报复着那个夏天微风的下午，纤细的肘尖触及心地的疼痛，就像带走妈妈的力量那样盲目。

大年初二，哥哥说要再次去曹家，探一下二姐的态度。哥哥只考上了职中，这半年他们只通过两次信。他想最后试一下，要我陪他。我很忐忑，却由于一种说不清的心情，或许是经过了一个冬天的时光，让一些感觉恢复过来，答应了跟他去。

我们再次走上了曹家湾的小路。冬天的风物完全和夏日不同，半年竟像一切改变。果树疏落了，小路枯黄下有点坚硬，结有冰凌，土皮像是变薄了。整条沟变浅了，也像是大姐二姐脸上的表情。三妹在家，却只出现了一下，就再也找不见她。我看她的样子，虽然穿着冬衣，不是夏日的纤细，却也并不像那张照片的样子。大姐二姐还很奇怪，喊她过来她却不肯。我发现一个人要想见到一个人，先前有多容易，眼下就会有多难，即使是在同一个瓦屋顶下。大姐和二姐是否知道我和三妹的事情呢？看起来似乎知道一点。但我并不是这次拜访的重点，哥哥和二姐的情形，对着面却无话说，也小心地不提及母亲的事情，大人也似乎有所顾忌，说留吃饭，哥哥说家里还等着，我们就辞行了。三妹没有照面。

外面的公路边，有大片的水田，结有薄冰，像一片片破裂的镜子，又带着镶好的弧线。太阳落了，风有点冷，这一天是传统地不出门，路上很少有人。哥哥平时不怎么跟我说话，这天却跟我讲了不少，他和二姐的往事，这半年他的心情，他为何没考上学，只上了个职中。哥哥的话一句句随风飘散，我遗忘了细节，只记得他低沉回忆的声音。从分水岭往下走，两旁有了人户，都张挂着灯笼。一处坡上灯光洒落下来，还有猪叫的声音，让人觉得奇怪。哥哥谈起了还住在筲箕凹老屋的时候，有一年妈妈带他去逮猪仔。对面一处山坳，两旁封闭得特别完整，像一个天然的院落。山坳里人家的瓦房很整齐，白粉墙像是新刷的。檐下三盏红纸糊的灯笼，微红的灯光洒落在雪地上，完完整整的一块雪，又有点发蓝，保留着来去的脚印。这个院落的灯火像是永远如此，一直都不会有变动，储存着雪地上的温暖。

我和哥哥一直走到家里，饭已经吃过了，镇子上有个地方传来稀落的炮子声，似乎只响了一两下。我们像是再也没有过那样的夜晚。

五

不知道从哪一年开始，山村的房子都刷了白粉。由于缺少石灰窑，用的是一种石灰和煤灰混合的东西，刷上后带着淡淡的蓝色。

就像一阵风吹过，所有的远山近岭，看得到的房子都刷了白粉，只有最穷的人家还保留着不易辨认的土色。我喜欢白粉的墙壁，像一些总穿着不容易弄脏的新衣的人，虽然还是石板屋顶，却像就此永远摆脱了贫穷，再也没有更好的境遇。

每次在路上看见这些房子，我想山坡永远停在此时，再不要有变动。

但是高山房子里的人越来越少了，他们都外出打工。每个年节，满车的人挤在公交车里，和我一样的视线里远远掠过山上的白房子，在县城和镇子上下车，背上大包小袱，走上山岭去那些似近实远的白房子。

低山农民的瓦屋似乎还保持原状。在一些人住的房子附近，意外地保存着茅草的屋顶，用作牲口圈，或是五保户的住处，落在瓦屋中间，再也没有动静。这些茅屋或许并不耐受风雨，看上去却都有几百年年纪，像是里面的穷人，在年轻时就衰老了。

瓦屋里面的人也少了。听人说曹家三姐妹都离开了曹家湾的房子，二姐教书，三妹没有考上大学，去了天津打工做生意。那时去县城的车路没有改线，有时我坐车路过李家坝一带的房子，看到院子里安静无人，只有一两棵圆圆的桂花树，这里的所有人户似乎都要种一株桂花。桂花是墨绿的，只有秋天的一个月里，会散发幽幽的芳香，一株桂花就能飘出七八上十里，到了极远的地方，淡到极致，明明感觉得到，使劲一闻却分辨不出，有时疑心是自己的幻想。我很少在秋天回来，没有闻见记忆中桂花的气息。

有一次我走到一户坡上人家，屋子还完好，房门锁闭。院子里像是多年无人践踏，开着半院子红艳艳的蛇莓，没有一颗可以采食。这一户的房子，不知属于何人，或许是搬迁到了集镇，却也可能远走他方，忘却归路。只有一把锁，或是一片蛇莓的气息是忠实的。

我走到了越来越远的地方，去了上海，又到重庆。这里盆地的房子全是南方样式，多雨的天气里，屋瓦仿佛是纯黑的，黑中返青，白粉墙受潮褪色了。

有一次我去垫江乡下一户农家采访。这户农家的儿女都出去打工，老人在家里发病死去了，无人发现，她喂的猪饥饿难忍，啃残了她的遗体。即使是出事后，儿女也没有回来。

我在那处农家小院里站了一会儿。青石板地缝间长出一种杂草，大门用一把带铁丝搭扣的锁闭着，露出一条缝。就是在这条缝的黑暗里，发生了那件事情。我走到附近的农家，一个中年农民织着篾活，对我讲了老婆婆的事情。老婆婆晚上睡觉上了门，把猪也赶进堂屋。平时她只是出门打猪草，不与人往来。过世七八天后，他闻到气味，才报了警。我完全不知道如何去写这件事情，只是简单地把事件经过写一下。这是我第一次出差，写的稿子受到了主任批评。

走的时候，我看到有人在田埂上挑着两个箩筐，一边是新米，一边是封着的白糖和包了红纸的肘子，是去庆贺小孩子出生送情的。箩筐是新篾编的，像是就出自那位邻居之手，和新米一起散发清香。这里的每家人户的屋顶，一定挨着一园竹林，竹子破不完用不尽，三年又是一轮。屋瓦漆黑，多少代人户的浸润，才会有这种颜色。

当年我第一次去上海，坐火车路过南京苏州，铁路在无尽的水杉林里，望见两旁的清水挑檐，白墙黑瓦，心想这是姑苏。边墙细长而高，屋顶倾斜，像一个人减尽了体格，仅余气质。这样的房子用于居住，像是极为收敛的一种内心生活。

以后的几年中，铁路线越增越多，水杉林渐渐遮不住铁轨，两旁的清水瓦房也减少了，变成楼盘。后来修建高铁线，沿途水泥的桥墩，宽大的路线。我对于姑苏城中某个可能少女的幻想，还没有开始就结束。

坐车经过浙江，看到沿途农民的村落，修了欧式风格的社区，每一座房子像是哥特的小城堡，带着一个尖顶，顶着金属球，和立脚的稻田看上去来自两个世界。这就是报道中富起来的农民著名的新式民居，千家万户像是属于一个人。

偶尔在村落的边缘，剩着一两座白墙黑瓦屋，在岁月之先就过于衰老了。这些房子是村落里的穷人，注定不会有出路，只是在等待衰败死亡。但和低山的茅屋不同，显着某种孤身的气质，到死不会失去。

而那些闪闪发光的尖顶和阁楼，却很快衰败了。过几年再路过那一带，金属球没有了富贵的光泽，瓷砖墙壁无精打采，像是这种移自异国阳光下的作物，经不起江南的细雨。不久之后，也许需要更堂皇的门廊、喷水池和广场的装饰，来抵挡梅雨和青苔的侵蚀。

回到家乡的时候，低山的瓦屋越来越少，起了新农村规划的楼房，是一种齐头齐底厚墩墩的样式，为着扩大室内的空间，像从一个模子里倒出来，挨个座落在世上。朝公路的正面总是贴着瓷砖，过两年就晦暗了，侧面和后墙则一无装饰，似乎这不显眼的几面，本来不存在，不必顾忌。王铁匠家的房子也变成了楼房样式，却只有一层，从下望上去门楣有点矮，顶着一块水泥板子。二层没来得及加，王铁匠就去世了，没有徒弟，铁匠铺的炉火熄灭了。三个女子的下落不知如何，我和哥哥终究没有吃上他家的白米。

没有靠近路边的老院子，总是起着一两座新的小楼，打破了原有的屋际，衬出多数的房子都衰落了，在风声中破损。

多数的单位都改换门庭，医院的四合院彻底消失了，地处的高包被挖下去，变成了繁华的十字路口。一个地方消失得这么彻底，让人疑心它以往是否存在过。区公所改成了镇政府，让一个煤老板出了钱，修起了三进的仿古楼房，门前的荷塘和后院绵长的花坛不见踪影。供销社在以前荷塘的位置起了一座楼房，后面的几座老房子则日见衰落，开了两家私人门市部，又更像仓库。它的白粉墙变成了一种有些脏污的黄色，剥落之余微微膨胀，像一个鼓胀的装货纸箱，不知哪天会突然溃裂。

只有在偏远之地，有时看到一座宽大瓦屋，似乎还保留着旧日尊严。心里明白这是哪个单位的遗留，希望学校、粮管所或者敬老院，有种莫名的感觉。

这样的大屋子，有的自从单位关门，瓦楞多年没有拣盖，长了齐整的狗尾草，像是在瓦顶上，又添了一层茅屋。有的屋子已经没人居住，空荡的楼道房间，只有一人留守的脚步，扰动浮尘，发出岁月的回响。忠家公就在这样的一幢大房子里去世。

我在北京燕丹村的租屋里得知他车祸的消息。那之前两年，我在忠家公的大屋子里借住了一个月。那是一间朝西的房子，对着长长的走廊，窗外有一个在后坎和屋子之间的菜园，菜地的一块青色像是陷在那里。在这屋子里，我写下了一个老年人回到高山，在石板屋里送走了老婆子和自己的故事。故事开头，霜打在凹地，老婆子坟头沾湿了，散发苦蒿的气息。故事结尾，雪落在高山，压塌了老屋，做了老人自己的坟墓。

忠家公是自己想好要在这幢屋子里去世的。他也得到了预想中的棺材，埋葬在老家南家山的坡上，和父母的坟墓隔得不远。

六

山上的石板屋空了，有些屋顶下陷了。春天里，石板屋顶上长满了青葱的草，开出细小又茂盛的花朵，压塌了中间的屋顶。一座屋子从中间陷了下去，就没有用了，在从土里出生一辈子以后，要回到土里了。往后这里会什么痕迹也不留下。

有些土房子人户搬走了，主人抽走了屋顶下的木料，拆走了椽子檩子，只剩下四堵墙，回到了当初筑墙的样子，像初生的孩子，一无遮蔽。从揭开了的屋顶望下去，一切还是好好的，墙壁上留着祖宗的灵位和刘亦菲的塑料年画，往日小孩子藏东西的墙洞，暴露在天光下。这样的房子，像是一个被抽走了筋骨的人，却还留着心，被遗落在山坡上。

有一年，我和朋友骑摩托车进蛇蚤河口，一直往深处走到五台子，看到对面山坡上开着大片油菜花，墨绿中镶着金黄，中间点缀几株桃李，桃树像是把李树拥在怀里。我和朋友顺小路爬上去，在房屋附近的菜园里，看到一个掐韭菜的老人。

屋子是一长条，但是似乎很久没人住，大门上的石板脱落了一方。老人说，他是不久前才回来住，打算把石板拣一拣，电线重新拉起来。一排房子都是老人起的，他年轻时出门修三线，家里失了火，回来之后他重新下跟脚，起了新房子。儿女接连出世，房子住不下，挨茬口往远的起，成了这一长排房子。后来女儿出嫁，儿子都出门打工，有两个在矿上没了，媳妇带着孩子跟人走了。一个小儿子上了门。剩下他和老婆婆住在这里，老婆婆前几年也去世了。女儿把他接到岚皋县，两口子都在浙江打工，在县城旁边起了屋，叫他看屋，引孙孙上学。孙孙长大了两岁，在学校寄宿，一周才回次家，他越来越不习惯，一个人在楼房里只有看电视，周围的人都不认识。每个月等女儿女婿寄生活费回来，买米买油。他不知道自己这样过着是为了什么。后来决定一个人回山上来，种个菜园，再心点[⑧]油菜。水井在附近的沟里，还有力气提得来。说井其实是砂岩下的小水潭，清水底下几片落叶，带着点苦味。

屋里生着一炉柴火，一个熏得漆黑的吊罐里，煮着他这顿的伙食。屋当心一架床，没有被盖，厚厚铺着一床烂棉絮，当年这张床上，一头躺着几个小孩子，叽叽咕咕说梦话，小的要安排在

⑧ 陕西方言，用心培植的意思。

中间，怕挤到床下去。父母的坟，都埋在房子附近。妻子的坟在屋背后，一片板栗子树林底下，覆着厚厚的树叶。

才过了清明，他给每个坟头上都挂了一副清明吊，这是几年没有的事情了。对面望出去，平展展的一条台地，是以前的五台子村。看过去好多人户，其实这两年集镇搬迁都走了，留下锁着的房子。本来打算把路修上去，剩下的人一少，修到半路就断头了。台地上的坟望过去，很少有插着清明吊的。

他打算从此住在这里，明年看力气再养头猪，自己的油肉就够用了，不再单靠女儿拿生活费。这里是自己一辈子起的屋场。七十岁了，没有几年的光景，他不打算再到哪里去。

有时候在一处废弃的老院子里，看到以往的堂屋里埋着一座坟，是老年人的遗愿，要埋在生前的阳宅里。

筲箕凹的老院子只剩下三舅和三舅母两个人，住在以前我家的睡房里。睡房后面多年前起了一个灶屋，比以往更黑暗了，看不见地上微微的突起。老年人喜欢待在这样不透光的黑暗里，储存骨肉里陈年的病痛。

表兄表弟们在广佛镇上起了联排的楼房。哥哥也在扶贫搬迁中得到了地基，就在以往父亲带我出诊路过的稻田中，现在规划成了新区。哥哥的楼房起好了，像别人家一样是两层带阁楼，正面一律是巴洛克的柱子浮雕，镇上统一要求的。屋子内部是哥哥自己的设计，朝内有一个阳台，对着小小的菜园。哥哥的房子是最后一排，到了以往稻田的边缘，山坡上还留着竹林和松树，朝里是一条沟，叫大山溪。夏天晚上，坐在阳台上，萤火虫从竹林腐烂的竹叶里出发，一阵阵地流到阳台上来，在水泥地面上明明灭灭。楼下却传来麻将声，起房子拉了账，哥哥出外在高速路桥梁上打工，嫂子新开了个麻将馆。

我打算在大山溪里买一处房子，和哥哥去看了两处。有处房子在草地中间，屋背后埋着一截水管，在草地下面滋滋地叫，像是有一个灵魂专意藏在地下。

有一年，父亲在塘防坝附近买了一座房子，是搬迁的人留下的一幢大瓦房，我们在那里过了一个年。屋子里光线不明不暗，坐在窗前做事，似乎适合借助桌上反映的微光。房子面对着稻田，有一道从广佛镇弯曲流下来的小河。父亲带着我们为果树剪枝，打算在这里长住。但第二年他却搬到了县城，房子转手给了别人。

有些房子挨着山边，瓦屋连带着坡上竹林。房子半阴半阳，有太阳的半边，像是金子洒在地上，菜园的露水都金煌煌的，来不及在老婆子的手指上滚落，就化成蒸汽了。没有太阳的半边黑暗，院坝里的泥土透着一层青气，身上感到凉意。我愿意在这样的屋子里居住，过着安静的岁月，似乎避过了世事，永无变动。

不知为何，我没有定下来在广佛买房子，尽管父亲、哥哥的房子都在这里，还有母亲的墓。我在八仙石水沟的半坡上买了一处农民的石板屋，就在我写的故事中老人居住的沟里。

我去看屋的时候，房子里没有人，主人在沟口朝外起了新楼房。堂屋顶镇着一半楼板，露着檩子的花纹。楼板和墙壁的土气都是好好的，虽然有一两处墙头带着雨迹。卧室里不自然地吊了个顶，用的是三合板，大约是结婚时的装饰。在另一户人家的堂屋里，我见过花纹向心弯曲的檩子，像是有意的布置。还挂着一个彩球，是当年接媳妇的遗迹，家里却只剩下了八十八岁的公婆和六十多岁的媳妇，所有的男人都在山西和甘肃的矿上去世了。

屋子上方半里路有个村子，像洗干净的布晾在朝阳的坡上，有的偏白，有的泛黄。在一间的屋檐下，墙上挂着烟叶的带子，地上晒着核桃，老人对我聊起会捉鬼的高家姨爹，命硬的姨婆，姨爹的美女咒，还剩下几句口诀，施行的秘密却随姨爹埋入了坟墓。村子里拉了网线，屋顶上装着天锅，像一种白色的蘑菇。

村口有一棵古树，前些年被雷劈断了，剩下半截树干，长出白色干结的木耳，坚硬得掰不动。这是附近最后一棵古树，曾经在树干上搭了很多红。站在这里，望见笼着青霭的燕子岩下爷爷落葬的地形，奶奶不久前垒起的新坟，在袁家世代的老屋场背后。豹溪沟深远隐约，似乎望见先祖自从湖广迁徙而来的路线。

房子左近坡上有菜园台地，还有半边柴山。开春日子，我可以在菜园里种出南瓜，带着滚烫泥土的温度成熟，把流水灌入酒瓶，试着让衣服沾上泥土的恩典，像是回到了先人开辟园子的时候。

没有院墙，站在院坝里，望见对面的竹园沟，冬天积雪不化。石水沟朝南，据说一辈子住下来，要比对面山上的人多晒十年阳光。路修到院子里后，打算翻修一下。墙壁或许可以在土墙的里层，再砌上一层砖，据说有个炭老板舍不得家里的土房子，就是这么发明的。

有一次我爬上山顶，故事里的老人已不在。翻垭子下去，看到仁溪沟顶上有人用彩瓦盖的房子，白粉的墙壁，小小的四四方方的屋子，带着电视天锅，应是出自年轻人的手，在山里像一处奇迹。我感到世界仍旧留存指望，只要人们还回到这里来。但又听说，彩瓦其实不经事。明年翻修房子的时候，屋顶究竟是用瓦，还是保留石板，没有想好。

但我明白了，为何自己没有在广佛镇买房子。我不熟悉低山的瓦屋，手指上没有三螺四螺。尽管我很早离开了生身的山村，在瓦屋里度过那些年月。

出生地

一

坎上院子里剩了一条狗。

狗卧在厕所里纸箱的窝里，成天不出来，除了两天一次到坎下院子三舅娘的灶屋，得到一瓢食又上来。吞咽食物时，它不发出明显的声音，和院子一样。也许凑近了有肚皮下蠕动的呼呼声，和夜半风吹过石板屋顶的沙沙声。

石板屋顶在一个春天里吹松了，也许不会有人再来拣拾它们。这是那条狗不会相信的，它确定地等待着前几天场景的回来。腊月二十八，二舅家的舅娘和表兄弟们都上来了，坎上院子西头重新充满了言语和响动，这是狗用一个月时间等来的。这使它相信，过去的情景并没有离开过，只是被放到了某个地方又重新拿出来了。人们可能在和它玩某个游戏，就像主人们还小的时候拿一个什么东西逗它。它其实对那个东西毫无兴趣，但尽职地显出很有兴趣的样子。

三十那天二舅家的人团了年，上了坟，乘坐两部小车离开院子，狗站在院坝上平静地送走了他们，回到了茅厕的窝中。就像主人们尽职地离开一样，它应该尽职地回到这里。它甚至感到，事情的结果取决于它的等待，就像上一次。

狗回到院子是由于三舅娘。二舅娘离开院子几天后，三舅娘到大队买东西，在二舅娘生的大表姐门前见到了它，它摇头晃脑的样子叫三舅娘吃惊。以前三舅娘去二舅娘家，总是遭到它的敌意，它甚至露出牙齿，需要拿出身份来狠狠呵斥。狗领着三舅娘进屋见了二舅娘，她离开筲箕凹老院子后一直在这里玩，拿不定主意下广佛镇。狗是她离开院子那天硬带来的。二舅娘说也怪，平时娃子们也带着它到过大队，那天它却通了人性一样，死心塌地地不肯走，被秦金鱼抱着甩到了车上拉过来。到了这边用链子拴了两天，一直哼叫，二舅娘看着可怜解开了链子。想长久寄在这里，但不知自己下了广佛，狗子还能不能待住。广佛的楼房在大路边上，不适合养这种没见过世面的看家狗。莫说是狗子，她这几天都睡得不安稳，一合眼就到了板栗子树包上，或者是水井湾二舅的坟边上。伸手往床边上一摸，总感觉是一手板栗子树叶或者拜台上的纸灰。想到下广佛更是畏难，没住过楼房，不知道能不能习惯。三舅娘说是的，她前一阵陪三舅去广佛镇子上看病，在小儿子秦金平那里住了一天，就站不得坐不得，长短要回来。

三舅娘去队上商店买了卫生纸，回来时狗子还在山房上，看见她来了，径直就走到她前头，要一路回筲箕凹的意思。三舅娘连忙喊，二舅娘你们的狗子要跟我回去哟。二舅娘和大表姐连忙叫骂，狗子怏怏地回来了。三舅娘回了筲箕凹，第二天一大早，想到坎上院子找个东西，经过二舅娘家的厕所，进去解手，蹲下来后黑乎乎的面前有个东西一蠢，吓得往起一站，以为人搬空了来了野物，一看是狗子，它可能是晚上连夜回来了，身上还有潮气。

大表姐白天赶过来要带它走，它生死不肯了。大表姐只好带二舅娘的话，请三舅娘代喂一下狗子，没两天上来给它一瓢食，免得它饿死在窝里。它像是听懂了大表姐的交代，到第二天下午自己跑下来找食了。

三舅娘有一年多没喂过狗子了。前一条狗子是吃老鼠药毒死的，两个孙子想剐了吃肉，三舅娘坚决不让，在竹园里挖了个坑埋了。这是三舅娘亲手埋掉第一条自己喂的狗。以前养的一条大狮毛狗，油光黑亮，站起来有一个半大娃子高，从来没见过那么漂亮的狗，有一次跟娃子们下白果坪看电影，被人谋走杀了吃了。从此三舅娘一听到有人说吃狗肉，心里就气不过。后来喂了一条黄狗，多舔唤[⑨]人啦，遇上了广佛发了狂犬病要打狗，三舅是队长，要带头。黄狗当时没有发病，政策是好坏一竿子打光，三舅就吼狗子赶它走，宁肯叫它死在旁人棒棒底下。三舅在拿棍子撵，三舅娘在流泪。黄狗像是懂得，一步一回头地走掉了。过了五天三舅进灶屋里盛饭，看到它站在那里，头皮上有一块毛没了，露出红伤，看来是逃过了两顿打。听说全大队的狗子都打光了，没想到它还活着。它看着三舅，眼睛已经红了，眼神发直，三舅知道它发病了，心里发凉，说你看

⑨ 方言，听话，知道巴结人的意思。

我做么子！你狗日子认不到我了！黄狗就低下了头。它站着有些偏偏倒，三舅知道是病的也是饿的。狗的瓢还在，三舅盛了一瓢食，狗低头吃完了，三舅吼它走，它就出后门走了。三舅回去告诉了舅娘，三舅娘去望，只看见吃了一半的木瓢。这个瓢也只好丢了。过了两天，听说它在左家坪被人打死了，还咬伤了一个人。埋掉被老鼠药毒死的狗子，三舅娘就不想养狗了，养一回总要伤心一回，跟养个命里养不大的儿一样。

院子里只有三舅和二舅家养狗。二舅娘的这条狗，三舅娘一直不爱见，没想到头来还是自己养。这可能是院子里的最后一条狗了。

三舅娘那天上去是找箩筛[10]，到了二舅娘屋门前，想起来自己进不了门。坎上院子人户搬走之后，三舅娘常常感到自己缺个东西，要上去找，到了坎上院子又想不起找啥子。其实以往，三舅娘并不经常到坎上三妯娌的屋。要找个东西的话，也是坐在门墩上等回话。喊她进屋坐，她有时说是腿子酸，跨不动那一步门槛。只有一些重大的会头，三舅娘少不了到妯娌屋里去帮忙，位置一般是在厨房里。

自从幺姑去世后，三舅娘成了院子里的头名茶饭。她的洋芋丝闭起眼睛能切到粗细跟头发有一比，下到开了的锅里能全部漂起来。三舅娘的厨房是全院子里光线最黑的，她用刀只凭手上功夫。

三舅娘熟悉院子里每家灶屋的内情，虽说它们全都一样黑暗，至少是每家屋里最黑暗的一间。黑暗的原因，孩子们相信

---

⑩ 用芦席或竹片编制的一种生活用具，形状像脸盆，有很多孔。

是老鼠一年一度要在灶屋地上嫁女，看见了眼睛里要长勺子。连推磨的地方也一样黑暗，人都是凭着感觉推拉磨把子，听着石磨霍霍转动的声音。不像低山的瓦屋，这里没有在房顶上砌烟囱的习惯，灶房里一切都被柴烟熏为乌黑了。灶膛里的烟是从锅灶的缝隙冒出来，用来熏竹棍梁下挂的腊肉，又穿过竹棍楼板和石板屋顶升起去。遇上外干内湿的闷渣木，从灶门口倒灌出来，一眨眼吞了灶屋，人就进不去了。烧火的人闭起眼睛，侧着脸拿吹火筒鼓圆了腮吹。烟的灰在灶台每件东西上积了伸手可以触到的一层，只有碗碟仍旧是生白放光的。一家灶屋的黑说明了这家的人气，储藏的丰足，碗碟的白则表示着妇女的利索，碗柜里成套的碟子，要在那个场合拿得出手。

三舅娘知道这些年来各家灶房都褪去了一层黑，灶口上的光线变得灰扑扑的，碗柜里的碟子也沾了一层灰，常年不拿出来用。原因是送走了一层一层的姑娘。三舅娘自己的两个姑娘走的时候，嫁妆已经上路了，娘和女儿还在灶屋里抱着哭，这是必经的一场，娘儿俩哭得真伤心，母亲把养女儿十几年的眼泪好好流一流，也流一流当年出嫁到今天存下来的眼泪。女儿的流泪是到婆家前途未卜，一个人要去另一番世界，心里忐忑不安。可是外面已经等着了，是个喜庆的事情，头天三舅娘亲手蒸的馍馍，馍头上都要点红，专门要蒸这么一箩让女儿带走，到婆家散给小孩。女儿哭到伤心的地方，说舍不得娘，留下来不走了。娘却要收住泪水，反过来要劝女儿，你毕竟是要走的人，到了那边要怎样怎样，毕竟还有三天回门的机会。女儿和娘的心情终究不同，娘是过来人，知道婆家的苦甜，女儿还是怀着好奇心，娘要留是留不住的。

时候差不多了，三舅进来低沉地说了一句，人家都等着的。这样母女才散场，女儿双眼已经哭红了，和身上穿的红相配了。女儿上路的时候，娘留在灶屋里不出去，让眼泪慢慢收住。只有秀女出嫁没有这一场，她在院子里长到二十六岁，大舅他们想把最小的弟弟带大，也是家里穷，一直没给她打嫁妆，院子里最小的兰娃子也出嫁了，剩了秀女一个姑娘。有天她忽然跟着何家院子来玩的一个小伙子跑了，无人知道去向，大舅娘说不认她了。两年以后秀女请人写信回来，说是在新疆建设兵团里包地种棉花，生了两个孩子，等孩子大一点带回来看家公家婆。

送走了姑娘，没有媳妇娶上来，院子里的女人不够用了。三舅娘最后一次操办会头，是幺舅家的米娃子接媳妇，已经五年了，媳妇接来就跟米娃子出门，依旧在广州打工，根本没有下厨房沾过手。之前一年幺舅家的兰娃子出嫁，是这院子嫁走的最后一个姑娘。下一层人的姑娘虽说也有成人的，都没在院子里住。三舅娘不需要再把土豆丝切得那么细，或者把红肉在糯米上排得那样整齐，她有时候怀疑再有场合需要的话，她还拿不拿得出来八大件了。在光线变亮了的厨房里，她的手上功夫显不出来。那些灶屋变得一眼就可看穿，平淡无奇，老鼠嫁女的事情也藏不住了。后来就一家家地开始冷灶[11]了。

二

最早一家冷灶的厨房是大表哥的，他结婚起先大舅家房子

---

⑪ 久不生火的灶。

不够，两家合用一个灶屋，还要用塑料布隔出一个角落，用来放两个表姐的床，缩小了的灶屋装不下两家的烟，人眼睛睁不开，时常爆发呛人的争吵，大表嫂回了娘家就不愿过来了。大表哥发愿要起自己的房子，当队长的三舅帮着批了地基，像幺舅起房子一样全院子促力，房子很快在老院子东头坡上葺起来了。高高大大的三大间，封垛子多打了两板墙，正像大舅舅在会头上爱唱的“一进院子把檐观，主人家的房子修得宽”。

这是院子下一层人的初次拓展，看来等这层人起来，院子是要装不下的了，三舅已经在担心院子前后的土地不够，有住的没吃的。可谁也没有想到，院子起新屋就到大表哥这里为止，搬家则是在他这里起头。大表嫂在大队上承道班的房子开了商店，把大表哥也叫去帮忙，一家人都住在商店里。新房子的灶屋来不及熏黑，更不用说檩子和竹棍楼板黑中反出油光，那是要多少年的油烟滋润。人空了之后，新房子用来装了几年粮食，开年拣屋顶，免得漏雨坏了粮食，后来就空下来了，阶沿上渐渐长了狗尾草，一直过了门槛，石板屋顶也参差不齐了。

土墙还是坚实地立着，人看了觉得可惜，有两年想卖出去又没人买。大表哥带了头，院子里的小伙子们一个个出门离家，二舅家有两个是考学工作的，一个当兵，其他人都是出门打工，三舅家的平娃子是跟着媳妇在广佛镇开缝纫店。只是到了春节，所有的人都回来，再远的人也要赶在那两天，像是凑一个最重要的场合。院子变得像一个打摆子的人：平时冷清，只有老一辈人加一两个媳妇带娃子，过年猛然极度地热闹，一院子的人塞不下，走路碰脚跟，响动要把墙都胀破了。

他们大多在外面扎下了根，老的还是守在院子里，除夕的情形年复一年地重复。等到老的一层人死光，情形看来也不会有改变。没有想到的是，终有一天，他们会把老的从院子里起走，再不回来。

二舅在的时候，局面是能稳住的。五兄弟中只有他过世了，也就只有他实现了想法，和先人一起埋在了院子附近。他在世的时候，忠表哥一直试图接他到镇子上过一个年，他从没松过口。死前两三年，他开始到处转，没有请阴阳自己看地，在板栗树包上和水井湾自留地看好了自己睡的两块地方，任选其一，他说。二舅下葬在水井湾，可能因为板栗树包是公用地。二舅过世以后不久，大舅和舅娘被大表哥接走，到广佛镇上替他照看旅店。去年秋天，幺舅和幺舅娘过了广东。二舅娘一个人住在坎上院子里，出了两场事情。

有天二舅娘在山房上用洗衣机洗衣服，雨从后梁子上扑下来了。后梁子的雨来得急，打到板栗子树顶上响起来了，二舅娘才发觉，赶忙关机子收插线板。插线板的这头还连在屋里插销上，线用久了老化了，有些地方胶皮裂缝，因为下雨导电，二舅娘被电打晕在泥水里，当时幺舅家还没走，幺舅娘发现了才救回去。

另一次是院子东头搬空之后，二舅娘白天吃了一碗剩洋芋，半夜时候上吐下泻，解了三道手之后怎么也上不了床了，双手扶着床沿，双腿跪在床前一直到天明，大表姐过来才发现。这件事情后，忠表哥坚决要接二舅娘下广佛，底下的楼房都起好了，也有地炉子烤。忠表哥有知识会讲道理，二舅娘辩不过只好同意了，但还是说不习惯了要时常回来住。

二舅娘有个想法没对儿女说过，她想留在院子里赶上二舅。

一个人住在院子东头的时间，她每天早晨会去水井湾一趟，看一看二舅的坟。二舅的坟拜台多砌了一截，提前给二舅娘预备了地方。二舅娘晚上已经来水井湾看过了，还和二舅在房子里说了话，或者和二舅在生时一样，不怎么说话，只是给二舅牵了床铺，二舅的房子是新的，只是小了点，她问潮不潮，二舅摇摇头。早上起来，她急着来看看二舅的房子变了没有，是不是晚上看到的样子。二舅娘去看二舅的时候狗跑在前边，用身体捎掉小路上的露水。这也是它早上第一道遛弯，二舅娘经过厕所时它就醒了。二舅的石头房子就是晚上的样子，垒得很结实，比别家的多少大一些，虽说不如在生住的房子，人死了也不能占太宽的地方，二舅娘就放心了。如果有人白天从院子过，去了水井湾方向，或者从水井湾那边的双梁队过来，二舅娘随后都要再去看一遍，二舅的坟有没有什么改变。这样的时候很少，因为从双梁队过来经过院子到大阳坡这条路，过去是大路，现在要几天才有一个人走。二舅娘的娘家在双梁队，有时候两个弟兄家里做了好吃的，会给二舅娘端一碗过来。

要是二舅的坟埋在了板栗子树包上，二舅娘就不能这么方便地去看了。几步上坡路对二舅娘是繁重的任务，她的膝盖正像三舅娘的一样，在十年前已经开始辞劳苦了。它们都是在六十来年的耐久之后终究要报废了，比身体的其他部分报废得早一些。二舅娘希望自己身体的其他部分加快速度，赶在膝盖骨完全废掉的那天之前，这样她在棺材里可以伸直腿，在黄泉路上赶上二舅。这条路似乎就是水井湾小路的样子，狗仍旧在前面捎着露水。她在梦里经常担心又不敢对二舅讲出来的是，二舅死于痔疮引发的直肠癌，他的腿脚到死都是利索的，如果他按照生前的脾气走路，二舅娘是无论如何赶不上的。

二舅埋在水井湾的自留地，这让他生前有些心疼。那块地原来出好洋芋，但在二舅过世第二年，忠表哥做主停止了种地。二舅娘看着水井湾的地荒着，心里似乎也荒着，这是二舅家最早分到的一块地，地里不知垫了多少背篓猪屎粪。二舅娘在二舅的坟周围都种上了四季豆，理由是她住在院子里需要吃菜。在种四季豆的时候，二舅娘能多待在二舅的坟旁边。

养猪也在这年停掉了。春天的时候，二舅娘在洋芋弄里打红花蓼，双膝跪在地里一步步地挪，叫忠表哥回来看见了，当时就抢了背篓镰刀。圈里还有两条胚子，忠表哥强行逮走给了大表姐，说是杀的时候拿一百斤肉过来。这是二舅娘最心疼的一件事。

二舅起房子分家之后，二舅娘苦恼的一件事是不发猪。她养的猪在几个妯娌里从来只比幺舅娘的大一点，远远赶不上三舅娘或者幺姑。那些年家里人口多，猪却偏偏养不大，又黑又瘦的，跟几个孩子一样的光景。二舅娘生的孩子是院子里最多的，一共九个，丢了两个还有七个。丢的一个据说是火烫死的，埋在杨家坪下去的沟边上，没有人知道这棺小儿坟多久被大水打走了，大人心里的愧疚也就淡忘了。剩下的头上两个是姑娘，往后是清一色五个男娃子。最大的忠表哥又在上学，家里好多年劳力不够，二舅娘想尽了办法却喂不饱他们的肚子。要是她的腮帮或者牙齿缝里有一丝肉，她肯定也挑出来给了他们。二舅那些年整天在地里干活，回了家脾气大，娃子们不像院子里其他人家的姊妹们那么敢疯，玩躲猫猫或是传电的时候，二舅一个眼神或者一声呵斥，他们立马会收起刚才脸上忘形的笑容，乖乖地走回家。这种时候二舅娘也不好说什么。直到娃子们接连长大，家里的日子才好起来。说起来也奇怪，小的时候又黑又瘦，长大了却是个个成人，老四的个子比二舅还高，最小的羊娃子小时候有气包卵，总是担心他长不了个子，后来也抽条长成壮壮实实的小伙子，还参了军。家里只有二舅娘在小下去，变成了家里最小的人，跟孩子们说话要扬着脸。可能孩子们的个子就是从娘身上拿出来的，一个孩子是一根骨头，二舅娘身上的骨头就剩下不多了。

在娃子们长大之后，二舅娘养猪也开始发起来。从幺姑的养任务猪开始，院子里养了无数的猪，把劁猪匠每年春天请到院子里，摆一张案子，挨家劁起走，伸手在震天叫的猪肚子里一抠，抠出个东西一扬手，扔上了石板屋顶，屋顶上积存了几百个伢猪的卵包子。奇怪的是东西一抠出来，猪也不叫唤了，缝两针就下地走路，往后才能长膘。最初养的都是黑皮土猪，架子不大，养肥了像个圆葫芦。幺姑家最早引进了花猪，白毛下面红红的肚皮，身上带着点花纹，就跟有种四季豆米米一样。以后又有了长白条。良种猪进来后，院子里的猪重量升级，三舅娘养出了四百斤五百斤的猪，二舅娘养的猪突破不了三百斤。近几年，二舅娘突然变得发猪了，她养的长白条首次杀出了半边两百斤，这是一个了不起的成就，杀猪匠竖起手掌，从切开的猪脊上往下一斩，手掌全部埋没了，显示这是五指膘还有余。这是二舅娘有生以来养的最大的一头猪，吃泡汤肉的人却没有几个，猪肉炕好之后一块块送下了广佛镇，还有两块拿过了西安，三儿子媳妇刚刚通过电视广告接受了烟熏火燎的陕南腊肉。此前她一直说，吃腊肉得癌症。

二舅的去世似乎说明了这一点，他死于痔疮引发的直肠癌。但二舅娘知道他是生花椒吃死的。去世前三年，他已经在椅子上不怎么坐得住，但仍旧不听当医生的幺姑爷劝告，每顿饭都要摆上一束新鲜花椒。这些花椒是他自己每天去屋后树上摘的，还连着两匹叶子。二舅闭上眼睛，在吃饭之前，慢慢地把绿皮的生花椒嚼碎咽下去，旁人看了喉咙会发麻。他说这样可以明目。二舅的眼神确实一直清楚犀利，在椅子上坐不住之后，他常站在板栗子树包上或者水井湾，向山的位置眺望，因此他对地形谋得准，下葬之后很快下一辈就走红运。但他的痔疮根本受不了生花椒的刺激。

不能养猪之后，二舅娘新抱了一群小鸡。

二舅娘的小鸡长得很快，长到半大，跑到别家地里。大舅家的地不要紧，他们搬下广佛后地就荒着，只长着青草。出问题的是幺舅娘的菜。

幺舅结婚的时候，老院子往东西发展没有了位置，在厢房位置接起来，但没有足够的地基，只起了两间。后来为起睡房垒了高坎子，后半截做的是吊脚楼。吊脚楼的位置，原来是队上的牛圈。我至今记得那头牛卧下时身子的温暖，和包谷壳叶带着缨子好闻的气味。包产到户之后，牛的气味渐渐消失了，有几年我走进幺舅家的屋子，总还疑心闻到了牛的气息。幺舅家的自留地也和房子一样，在偏远的地方。幺舅娘在院子东头斜坡上辟了一绺菜园，还在路边见缝插针地点几窝瓜秧，这些瓜菜秧成了鸡子的顺口菜，必须严防死守。在秧苗周围密密地插上竹棍，密到使鸡的尖嘴伸不进去，菜园则插上密不透风的柴块子。这样仍然需要一天没有次数的看护，喝止鸡子的试探钻空子或者飞越篱笆。所以把点菜叫心菜，一年有用不完的心。这一两年院里养鸡少了，幺舅娘放松了警惕，被二舅娘的鸡弄开一条缝，菜园里白菜秧儿一个早上就成了灾年的难民。

幺舅娘跳脚把鸡子赶下了坎，冲到院子西头，对着拿个小铁罐正在煮饭的二舅娘吼叫起来，出口声音都变了，脸涨得通红。她总是这样，一出口先急了，说话堵住了自己出气。二舅娘开始没听明白，明白了脸就白了。院子里很久没有响动，幺舅娘的声音显得特别响。这样的喊叫在院子里发生过上千次，那时候是一处地方响起来，全院子就接受了，会引起反应，倾听和劝架。幺舅娘的声音是最尖利的，但轻飘飘的压不住人。家里人口又少，没有帮手。她只是站在自家阶沿上，最多走到院子中间晾衣杆子这头的位置，从来没能进展到院子西头。最后总是幺舅拉她回去，拉不动还加重语气训她两句，虽说平时在家里是她占强，但可以说她从来没有真正赢过。有一次她说二舅娘出母猪阵，遭到了二舅爷一嘴巴，这一巴掌让她永远记得，这个词违背了院子的体统。幺舅娘吵架的另一位置是在山房坎子上，对着秤砣梨下的三舅娘。这时她拥有地利，但也并不能离开这位置推进到坎下坪里去，即使是走到中间地带的陈家坟。这棺坟只传下来姓陈，却不知道是哪一家的先人，坟上曾经发了一丛通草花，幺舅娘终于生下第一个儿子米娃的时候没有奶水，幺舅给三舅打了招呼，在坟头砍了几根通草花给幺舅娘。最现眼的一回是，幺舅娘吵着架从坎上失脚掉了下去，下面还好是自家倒的熟煤炭灰包，几只鸡成天在上面刨，幺舅娘的坠落惊飞了那几只鸡，正好坐在刨出的坑里。人倒是没事，三舅娘还派平娃子上来看视。幺舅娘真情愿自己是摔伤了，现在是哭不出来也笑不出来。这会儿院子里空荡荡的，只有幺舅娘的声音在回响，幺舅娘多年中第一次获得了架吵赢了的感觉，却被赶来的幺舅喝住了。幺舅沉下脸说，你大声寡气地跟二婶娘吼么子，不就是几根白菜。幺舅娘想回嘴，莫名地觉得这次幺舅的语气不一样，怏怏地跟了回来，心里有疑，正要发作，幺舅说你不看在院子里还能住几天，吃得到几天菜。

春天里米娃已经带信回来，说在广州跟人合办了个厂，要幺舅舅娘过去帮忙照看。米娃原来在那边一个货运部当经理，一直上通夜班太熬人。过年回来，人黑皮寡瘦的，顶门心都秃了。在广佛大桥还差点出了车祸，车头下了桥，跷在桥头上，人动也不敢动等人救出来。回院子之后，怕他丢了影子，找双梁队耿长学来烧胎。从坎上丢了一个鸡蛋下去，鸡蛋砸到油光凌上不碎，耿长学说这是阴气深了，郁结不散，除了驱邪要好好保养，不敢多熬夜，晚上阴气重。米娃是好不容易得的，一下地就犯将军剑，一泡尿朝天射，多灾多病，现在成人娶媳妇又在外头立业，叫老的去帮他，没有不去的理由。本来两个老的这几年在屋里也就是养活自己。八月份米成回来，幺舅幺舅娘就跟着走了，铺盖米成说都不消得带，连衣裳也带得少，说那边天气暖和穿得薄，这边高山地气凉，都是厚衣裳。幺舅娘留下的菜园还有些白菜韭菜秧子，就让二舅娘随意割，应了幺舅说的那句话。

三

幺舅家搬走之后，二舅娘养鸡只需要担心三舅娘的菜园，好在三舅娘家菜园在院坝坎下，鸡子轻易飞不下去。有时候二舅娘站在坎上，和在菜园里忙活的三舅娘搭话，说她的菜种得好。除了以往幺姑的园子，三舅娘的菜园是院子里最好的了。

特别是黄瓜，能称为奇观。每年开春用粗竹棍搭起一坡地的架，瓜藤爬架牵丝之后，整块地成了一座天顶很高的绿色大房子，起伏屋顶的蔓丝，似乎天线向天空扩张。帷幕很严实，看不透里面的情形。打开柴栅之间竹编的篱笆门，顺着青色小径一路进入大温室，里面横七竖八的走廊，条条都是青吼吼的，密不透光，却又到处都透明，细节化了，碰着了头，才看出条条青色的瓜。瓜头上黄花还没有落，新的花在出来，蜜蜂不知从何进来，嗡嗡声充满了走廊，像在一个大蜂箱里，却看不见它们。黄瓜渐渐地粗大了，每天下一盆，做整个夏天的菜，也和土豆一起当饭，一层一层地下，一层一层地生，不管怎样是吃不完的，对这个三舅娘胸有成竹，到了秋老虎末尾的天气，蓬了一个夏天的瓜架显出青黄，终究停止了扩张，但透过变成浅浅一层的屋顶看，密麻麻悬着古铜色浑圆的瓜，和先前青色苗条的瓜似乎完全是两种东西，就像三舅娘生的两个表姐，莲姐姐和玉姐姐一样。莲姐姐用掉了妹妹所有的个子，玉姐姐则拿走了姐姐大部分的体重。古铜又现出金黄，似乎不是这个青色统治的园子里造出来，是用特别的工艺刷了铜，鎏了金，铸实了内容。分量有夏天摘下的瓜两倍重，它们是专门留下的体量最大者，留种籽要用。经霜前要全部摘下来，堆在院子里像烟叶一样反光，满满几筐箩，个头齐崭崭的，像是一网捕的黄辣丁鱼。黄瓜老了不能进嘴，酸过陈年的醋，借它的酸味腌起来，装实一口陈年大缸，八道河里没见过瓦器窑子，四川人赶着牛车拉过来。冬天里缺菜，随用随取，一直支持到清明后。种籽是腌黄瓜时抠出来，晾在一个小筐箩里，存到这时候点下去，几天后瓜秧冒出来，延续上一年的过程。如果有年这过程中断了，就是没有这层人了。

三舅娘的包包菜也是心得最好的。点菜不像种地，要过细，长年地用心，所以叫心。这在外头叫卷心菜，是高山没有的物种，三舅在乡上开三级干部会带回来的，让党员干部带头试种推广，结果一种不得了，气候地面特别适宜，结的盆盆大的苞，虽说三舅舅吩咐点种不能近了，三舅娘明白自己还是没有估足，苞挤苞，中间都插不下去，只能从边沿上摘起走。人都说这菜好看，铁灰铁灰的，也光滑，抱得紧就就的，疑心它根本进不了虫。样子也好，三舅说像乡政府门前的大电灯，离了地，只有一个把把擎着。妯娌一天来看几道，疑问吃的时候怎么掰开来？果然不能掰，只能索性切成两半，跟一本老书开了边，自然就一页页翻开了。那几年化肥少，简直不长虫子，水里过一下就行。炒出来比白菜费油盐，那几年不敢多种。后来猪养得越来越膘大，肥肉多了，包包菜就成了炒肥肉最好的东西，炼完了油的油渣子炒着也好。包包菜是院子引进最成功的新菜种，三舅娘种的始终是个头最大包得最圆的。

以后大舅带回来黄花种籽。大舅一家人喜欢出门，打几升燕麦，也会到外乡去贩，可能中间换成了几种东西，回来的时候两手空空，干剩了一个人。有人在安运司候车室碰到大舅，坐在一大堆高粱扫把上，见人喊他，反应很呆滞，像是认不出人。大舅出门还带上大表哥。大表哥有次在街头遇见人家猜铅笔，大约是用两根颜色的铅笔在手心里搓，叫人猜停下来是哪种颜色，猜对了能赢钱。大表哥看到接连两个人都赢了，得了一百块的大票子，他也上去猜，结果转出来的怎么也不是他猜的颜色，身上三百块钱三下就输光了，人家玩的是个手法。这件事在院子里流传了很久，被拿来作为教育材料。大舅多年出门，唯一成功的是带回来黄花种籽，在后坡种了几年，大舅家里老有黄花打鸡蛋汤。但黄花没有像包包菜推广开，过了几年种籽就退化了。大舅家又种了山药，在低山弄的良种，下在盆子里种，到秋天一盘一大盆，整端端取出来，不像坡上的野山药钻岩缝，难得抠出来。山药藤上还结密麻麻的小山药籽，煮熟了面扑扑的。但这一项大舅也没种几年。他们家里的一切总是这样，开了头就放手了。有两年大舅娘养过蚕子，到处去刷野桑叶。但是她从来没有偿回来半张蚕种的本钱。院子里也没有人跟着养蚕子。

最早引进新种的是幺姑爷。幺姑爷带了低山的西红柿种籽上来叫幺姑种，说刚传到广佛，在他们医院菜地里长得鲜红碧绿，一树树像结的灯笼。据说还是外国菜，西方国家的，西方国家就是前些年有线广播里说的英美帝国主义，现在他们的菜也能种了。幺姑点下了种籽，大家都想知道结出来是什么样子。

到了夏天，结的柿子都是绿的，个头比葱头大一些，没有现出啥红色，等着它变，一直不变，后来就掉了。说是外国的月亮到了中国不圆，又想在广佛种得好好的，幺姑爷还把熟西红柿带上来看过，确实鲜红圆溜得可爱，原来是山高了，西红柿走症。

幺姑也就是梦娃子姆妈的菜园不大，因为梦娃子家的地不宽，是在猪圈下方自留地边上扎起来的，严严实实的一方块。

幺姑家的茅厕也是扎出来的，和别人家的都不同，高高地顶着一个尖帽子，在顶端扎拢了，竹棍带着竹叶，当初扎时是青的，后来枯腐了叶子也并不脱离，厚实地遮挡着，只有朝菜园露着出口，有时挂着一个蛇皮袋子遮着，有时也不挂，那一方不是经常有人。有时梦娃觉得自己的茅厕寒碜，有时也不觉得。只是到后来，鸡喜欢竹叶的温暖在外面刨坑，弄薄了竹棍的跟脚，觉得有遮不住人的危险。菜篱没有这样的危险，除了里层的柴块子，覆了一层掺杂着树条子的猫刺，这样是为了防鸡又结瓜，姆妈最善于种瓜，瓜不占地方，都是缘在篱笆上，有的长在了篱笆里头，像那些年一个人给队上掰包谷，穿了件大衣裳，衣襟里掖了好多个。回家翻开衣襟一个个摘出来。姆妈菜园的韭菜一天发一茬，她调鸡粪要比舅娘们把灶灰和鸡粪拌得匀净些。她种的青菜能吃到菜薹，舅娘们的却似乎抽不出来。在一切方面，姆妈是妯娌里最心灵手巧的。

三舅娘觉得自己和幺姑太不一样，就像自己生的两个女儿。两家并排住，就成了最密切的两妯娌，那么多年嘴都没争过，像是神仙配的。幺姑嫁到了八仙豹溪沟，嫌那边地势不敞阳，妯娌又难得相处，回门就再不肯过去了，幺姑爷只好原路请人把陪嫁抬回来，翻了两道寒河梁，梁上还存得有雪。幺姑开头回来，老先人嫌丢脸要撵她，借住在坡底下何家院子里。过了两年才上来，挨着三舅娘家起了新屋，借了一面墙，那时三舅家的屋也才葺好。别的媳妇和小姑子不好处，三舅娘和幺姑一见投缘，哪一天不和幺姑说上一背篓话，地里碰见地里说，圈里碰见圈里说，两家的自留地和猪圈是挨着的。阶沿上碰见阶沿上说，两家阶沿接着，从东到西的一整条。屋里碰见屋里说，两家堂屋用一面墙，剁猪草的时间长，停住了刀说话，隔墙就能听见。两家东西也扯伙用，幺姑家的东西到底缺，好多是在这边拿。三舅娘给了东西便说上半天话。只有那几年困难，家里蒸了窝头，知道幺姑家没得，是叫小的送过去，怕幺姑面子上不好过。路上碰见路上说，一路去河里挑水，出坡薅草，队上出工背洋芋，两妯娌总是走在前后，别人拆不开。三舅娘有说不完的话，似乎当姑娘时没说出来的，都带到了这边来，也没有机会畅快地说，一直到遇见幺姑。幺姑从来没有听厌了的意思，尽管她不多于接话，手里也做着事。三舅娘想不出来，没有幺姑是什么样子。可是到头来，幺姑是最早离开院子的。

幺姑下广佛去给医院做饭，幺姑爷在那里当院长。幺姑爷起初当医生的时候，幺姑仍旧带着孩子在院子里住着。小的梦娃子长到九岁下去跟着爸爸上学，大的后来也下去了，剩下幺姑和大女儿。每周末，两个小的和在镇子上寄学的表兄弟们一块走三十里路回来。幺姑爷却上来得并不多。这样的情形维持了三年，直到有天幺姑听说了幺姑爷在医院里的什么消息，屋里的活路都不做了，说什么也要下去，留下大女儿春花一个人在屋里过了一年。

到了秋天，春花就待不住了。挑小货转山的货郎担子上来了，担子里有新式的高弹裤，大舅家的秀女买了两条，春花想买一条却下不了决心。以往货郎卖的有高跟鞋，院子里女娃想买，男娃就群起来说买的话就敲掉后跟。实际上坡下坎也穿不了，就和这个高弹裤，不吸汗，只适合在屋里玩的人穿。晚上躺在屋子里，只听见老鼠的声音，风吹过石板缝隙。猪见天在圈里嗷叫，这头猪就像是春花的命，一年到尾侍候不出头。从小在屋里长到这么大，小弟弟到大弟弟先后出去上学，现在姆妈也走了，只把自己留下，似乎只有自己是老在坡上的命。几个表姐都出嫁了，脚下的表妹们还小，春花找不到能知心的人。在地里打猪草，伸腰杆一望，除了庄稼就是土巴，心里就慌了，一天也待不下去。有一天，春花终究扔下了圈里的猪，跑下了广佛医院，除非爸爸有个安排，一天也不肯上来了。爸爸终究想了办法，让春花出门学厨师。

幺姑家的房子就近卖给了三舅家。三舅娘多了说话的地方，但是没有了说话的人。幺姑只回来过一两次，回来的时候幺姑和三舅娘睡一床，上半夜幺姑听三舅娘讲院子里的事，下半夜三舅娘听幺姑讲医院里的事。三舅娘是个心里存得下古经存不下事的人，但幺姑讲的一些事像压箱底的锞子一样压在三舅娘心里。梦娃子后来考上了大学，几个舅舅舅娘一起提着鸡下去送礼。三舅娘自己的娃子平子和梦娃子一年生，还在上初三，三舅娘心里有些隐隐地硌，没有和幺姑多说话。

回来后的一天晚上，三舅娘听见隔壁大门响。像是有人开门的样子。隔壁房子卖过来之后，墙上开了一扇小门，大门并没有封。那边屋里一时没有人住，只放东西。三舅娘起身过去看，大门好好地插着，但是刚才就像是有人打开了门闩的声音。回来躺下，又听到那边屋里有响动，不像老鼠的声气。三舅睡得沉，三舅娘心里麻飕飕的。这动静却很熟悉，就像一个熟人的脚步，听到进了那边的火屋睡房，好像还上了楼，竹棍楼面轻轻地响，又下来到堂屋里。有一会儿似乎坐下了，没了声音，过一会儿又有响动了。三舅娘心里明白，这肯定不是老鼠。但这会儿她的心里不害怕了，没有想到叫醒三舅。后来竟然睡着了，就像有人来合上了她的眼皮。第二天早上睁眼，恍恍惚惚觉得心里有个事，就是想不起来，人有些发怔，一大天忘事倒魂的。下昼有人从广佛带信上来，说幺姑死了。

幺姑是打针过敏出的事。这种事情很小，却当时要人命，三舅娘在自己屋里经历过一回，是给出了嫁回来玩的大女儿秦金莲打针，开始还做了皮试，说不要紧，结果针往进一推人就晕了，脸上变了颜色，三舅娘吓坏了，搂住大女儿号，医生说不要紧，是晕针不是过敏。三舅娘猛然明白，昨晚上听着那边响动熟悉，是幺姑寻常走路的动静，人没过世之先，影子回来了，要看看老屋场。幺舅娘又想到这个春天，幺姑老要平子回来时给她带果木啥的，那一年的雨水多，果木又不强。原来人要走了想吃点好的。没给她带成好的，三舅娘想到这里，眼泪就下来了。

幺姑回来玩的晚上，跟三舅娘说过死了要埋在筲箕凹，在家婆的坟旁边。家婆的坟在杨家坪旁边的路边上，没有和家公的坟在一起。可是幺姑一家转了商品粮，队上已经没有她的地，只好在广佛后山就近买地葬了。

幺姑以前的睡房，一直没有人住。床在，草还是往年的，只是堆了一床乱棉絮。墙上还贴着陈年的画。后来这间房和厨房打通了，原来的窗子又封上了，屋里变得更暗。三舅娘经过的时候，偶尔心里会发沉，似乎幺姑在说，你没把我的房屋照料好。三舅娘心里说，你晓得我是个粗枝大叶的人。

四

这间睡房里的情形，在世的人中间，只有梦娃子记得最清楚。

房子初起的时候，只有两间两进，没有起新屋。姐姐和哥哥在火屋里一床睡，梦娃子和姆妈在房屋里一床。这里只有睡房才叫房屋，其他有堂屋、火屋、灶屋。房屋朝北有一扇木格窗，通常是窗棂打开一半，用木杠撑着，进来的光线被坡上秤砣梨挡了一下，刚好够用，中午不会有烈日照进来。窗台却永远是个明亮神奇的地方，镜子和香脂盒都闪闪发光，以后的塑料梳子发光，只有篦子不反光，它一直是木头的，木匠制的，因为外面不卖这种东西，外面人头发里没有虱子要用篦子除掉。窗棂上爸爸的钢笔字写着一行家里的来往账目，字体看上去很不平常，梦娃子一直试图把它认全。窗台上好几年摆着一瓶燕宾酒，据说不是辣酒，梦娃只尝过一口，却又苦又醉。窗台上方挂了一小坨棉花，发着甜丝丝的幽幽香气，姆妈说千万不能碰，更不能尝，是灭蚊子的敌敌畏。但这奈何不了锯木蜂。两只锯木蜂嗡嗡地在窗棂上飞来飞去，梦娃子并不想按照大人说的，立刻拍死它们。

一只锯木蜂钻出小洞，锯坏屋梁总要一百年，在这以前人们自己放弃了房子。何家院子就搬空了，开始是比这里大的一个院子，除了姓陈的一家都是姓何的。院子口上天然有一方水井，这里说的水井是一股泉水，挖成了塘有一口缸深，一院子人用完了，水还要溢出来，清清亮亮的，四周生了青苔，梦娃子还梦见过里面有一条红鲤鱼，公社放映队刚在坎上院子里放了一场电影，名字叫《追鱼》，是一个书生跟一条鲤鱼的事，鲤鱼变成了姑娘。水漫过小路，养活了一棵大梨树，远处的人走到何家院子，先望见的就是这棵大树。后来队上开煤矿，打到了何家院子底下，水井就干了，大梨树不久也干了。跟着何家院子背后山上塌方，人扎不住了，一家一家地搬，都分开起在坡上，再没有这么平展的地方居住了。院子最后只剩了一间小房子，一个姓吴的五保老汉，不肯去敬老院，死在这间小房子里。他在搬空的何家院子里发现了很多旧社会的铜钱，是何家祖上留下的，铜钱上刻的有“康熙通宝”“乾隆通宝”，还有一个说是什么寡母子的钱，要薄一些，当时朝廷穷，不知道是哪个老人说的。梦娃子曾经和平子一起去偷过他的钱，那些不能用的钱很长一段时间使老吴显得富足。

梦娃子把偷来的老吴的钱放在自家的黑漆木箱里，感觉这样使自家富足了一些。黑漆木箱放在房屋里靠西头的一张条桌上，是姆妈的陪嫁，经过两次翻寒河梁，并看不出来损害。箱子长年关着，上着老式的带锁搭的雕花铜锁，铜锁是长方形的，要用一柄长钥匙从旁边捅进去，这柄长钥匙也是铜的。发现铜钱之后，铜钱和这把铜锁让梦娃子认为铜是很贵重的东西，在广佛镇上到处找铜，通常找到的是镶了一层铜的铁。铜锁把住的箱子里有无数秘密，只是偶尔姆妈开箱时会现一点，其中有个宝贝，是一个玻璃绣球，玻璃里面镶着荷花，花瓣上带着水珠，梦娃子一直想不通水珠怎么能悬在玻璃里。这是爸爸上北京串联受毛主席接见时带回来的，梦娃子一直不敢想，这样的宝贝，是用钱买的。也许是当时的工艺认真，梦娃子长大后看到了很多的工艺品，却似乎没有见过跟这一样或者比这好的。另外一个是绣花荷包，黑绸的底子，有好几个褡裢，每一叠打开来都是金线绣的花，里面装着针线顶针这些东西，还有家里的钱、粮票。这是家婆给姆妈绣的。大木箱盖子一启，一股香气沁到心里，姆妈喜欢放两个苹果或香树梨在里面。可能因为木箱是土漆的，果木在里面从来不烂，只是整年散发香气。这样压箱子的果木，梦娃不敢拿出来吃。

靠火屋隔墙那方，是姆妈请木匠到家里打了一套新式组合柜，上的暖黄色的洋漆，装的塑料门把手，把手周围都漆得有花，两扇门也漆得有花。做这套家具的时候，堂屋里架起了木工台子，堆了一个月刨花，刨花的香味使梦娃子感到懵懂的幸福，也引来几个舅娘的羡慕。这套家具是姆妈的珍宝，房子卖掉后它们迁下了广佛医院，跟着父亲单位变动到处辗转，身上好看的花纹和门把手后来渐渐蹭掉了。有次梦娃子不小心划伤了一处柜门，恐惧之下老实地报告了，受到姆妈严厉的责罚。后来却发现这套家具身上的磕伤越来越多，都数不过来了，却没有人为此受到责罚，由此窥见大人世界无奈的秘密。新式的写字台放在了窗前，好像傍晚一股金色的阳光从窗台上流溢下来，流过了桌面，一直流到黑暗的地面。地面黑暗而湿润，有弹性，踩上去有很多小的鼓突，就像人的脚指头。这样的地面在其他屋子里都找不到，它是在睡房的黑暗里养成的。睡房里最重要的是一张老式的架子床，相当于一口长了四只脚的大箱子，箱底用麦草垫起来，一直垫平了，再垫上床被，放上包了荞子壳的老布枕头。麦草里经常会藏着渥着孩子的什么东西，没有熟的猕猴桃之类，脸趴在上面，有一股混着喷过敌敌畏的陈年草气。铺盖都是白洋布的筒子，洗久了起了些小丁丁，面子却是带花的，有各式各样奇妙的花纹，三舅家的一床被子是牡丹花当中藏一只小蜜蜂。梦娃家的被子下面，总有一种好闻的味道，是经常洗的原因，跟三舅家那床被子不一样，三舅娘说，那床被子就是放在火屋里，由小孩子去裹。每天睡觉，梦娃子先上床把被窝煨热，姆妈上床后，他就抱住姆妈的脚，放在胸前让它暖和。姆妈的脚总是凉的，但在梦娃的怀里一会儿就暖和了，人说细伢身上三把火。早上姆妈总是一五早[12]起床，梦娃能在床上多待一会儿，钻到被子下面，想象自己在几座山底下，要从这头钻到那头，完全的黑暗，后来终于钻到了边缘，透进炫目亮光，仰头连屋顶也变得明亮。睡房屋顶和炕粮食的火屋或灶屋顶不一样，不是竹编的，是铺得很严实的楼板，几根檩子带着树皮留下的花纹，一条一条的，像是大人们故意留下的，让梦娃有了无数的想象。

长大一点后，梦娃睡到了新屋，姐姐单独睡一张床，梦娃和哥哥睡在两个连起来的银柜上。说是银柜，装的都是粮食，季节不同，有包谷荞子和黄豆味，和陡坡地上收回来的小豆味。听得见老鼠在柜里活动，有两回跑到脸上来了，伸手能拍着。有一两回梦娃在梦里由银柜上摔下地了，不过地面也比较黏，摔不着人。这间新屋后来做了平仔结婚的新房，墙上贴了新的年画，代替了以前两个小孩坐飞船游宇宙的，那么小的飞船里挤着两个小孩，可谁也没觉得它飞不起来。这间房子的命运比姆妈的卧房要好，现在还能看出些过往的底子。

幺姑以后还回来过，是儿媳妇樊明英说的。她说在那边堂屋里剁猪草，坐在幺姑原来坐的地方，就看见幺姑了。这个地方因为长年剁猪草，比周围多一层绿气色。幺姑说，你这么坐着很辛苦吧，用不着再坐多久了。这天是幺姑周年的忌日。三

---

⑫ 相当于说五更一早，加强早起的语气。

舅娘一想心就沉了。

那时樊明英已经多少坐不住凳子了，她没有二舅的痔疮，但是她说半边屁股像火烧一样，只能坐在一卷棉絮上。可是圈里的猪嗷嗷叫着等食，三舅娘的腿又犯了风湿。

樊明英是三舅娘的本家侄女，嫁到这里来叫侄女跟姑。樊明英的身体不好，生了两个孩子后得了肾炎，已经拖了几年了。前半年实在不行了，吃了幺姑爷的药不见效，又想走点邪门，过八仙去找冉医生。冉医生原来在仁溪沟塝上，人都去找她算命看病，新在街上起了房子。是傍晚时候去看的，已经亮灯了，冉医生一见就说，你看这电灯上来了一个蜂子，嗡嗡地绕着飞不走，这就是有感应了。冉医生说，你的病当软骨病治吧。樊姐说，医生说我是肾炎。冉医生说，没说你不是肾炎，当软骨病治吧。抓了药，为了省钱，樊姐花五块钱和在校外租住的八仙中学学生们一起，在冉医生的楼上住了一晚，水泥楼板上开的铺。回来以后不见好转，她看见了幺姑那次，剁完了猪草人就起不来了，斜躺在新剁的猪草堆上，三舅娘去望她，就是起不来。三舅娘也扶不起来，最后是三舅去扶起来了。看情况不妙，带信叫大儿子金富从冯家梁煤矿回来，过了一周樊明英就去世了，埋在河坝里以往挑水的路里边。

三舅娘觉得，这院子里的女人比男人走得快。最早是公婆，她像一把干柴不发出声音，一年四季一身黑衣裳，头发用一匹黑纱包起来，后面梳的牛屎巴巴头，包的是解放脚，就是包了一半不准包了放开的。洗脚的时候看见大拇指是揉到脚心里，打着几尺长的裹脚布。三舅娘不能想象公婆讲的包小脚的疼，这一层人幸好没包过。自从儿女都长大分家之后，公婆变得越来越轻，像是一片黑树叶子，但她记得每个孙子和外孙的生日，在生日那天给他们煮一个鸡蛋。儿女一辈中，公婆最心疼的是幺姑。幺姑出嫁回门，不是公婆和当队长的三舅暗中接济，她在何家院子根本扎不下来，往后也上不了这院子。

公婆死的时候要穿老衣裳，别人去穿都不行，手脚直绷绷的。三舅娘说，是不是要幺姑穿。幺姑因为哭得太厉害，人虚脱了，只好又去喊来。幺姑一来公婆的手脚就软了，顺顺当当就穿上了。打丧鼓的晚上，幺姑和三舅娘坐在一起，眼神直直的，火上烤的洋芋叫她吃也不吃，后来忽然起身冲出去，扑到棺材上恸哭，哭得断了声气，转丧鼓的人敲打得更起劲，喊叫“孝女啊孝女啊”，三舅娘的心里却有一丝慌，幺姑可能会扑进公婆的棺材里去，前不久何家院子里演了梁山伯祝英台的片子，结尾是山伯的坟开了，黑洞洞的，祝英台扑了进去，坟又合上了。三舅娘觉得公婆的棺材会突然张开，把幺姑纳进去，这合乎幺姑的心意。三舅娘连忙上去拉住幺姑，和二舅娘一起把她拉下来。

从那一夜开始，三舅娘心中一直有个隐隐的不吉利的感觉，直到幺姑去世。

五

公婆过世几年后，公公也在那张床上走了，他掉气的时辰无人知晓。公婆去世之初，公公的饭派到了各家媳妇，他脾气还是像过去那样暴，他的大火车头帽子、大烟锅和带咳的声气一起占满了院子，只有他能带着痰咳嗽而显出威势，直到有一次被二舅斥退。那天是幺舅娘送饭，公公把饭掼在地上，痛骂幺舅娘不孝心，煮饭盐搁得咸，想咸死老的好自在啊。幺舅娘眼泪汪汪的，不知所措，二舅走过来发话了，说你发了一辈子的威，嫌死了妈，现在又来嫌这一层媳妇，这层媳妇侍候先人哪个不尽心，经得起你这么骂。比起人家院子里，老年人有一天两顿就行了，你还要横挑竖拣。你要挑要拣，你也要有做先人的德行！就说这些孙娃子，你哪一回不是眼袋敲上去起个包，哪个你抱过一回，摔倒了伸过一回手？莫说孙娃子一辈，我们这一辈自从记事，你抱过一回，伸过一回手没得？一年到头你在家里待了几天？对这个院子你就没得功劳，全靠妈把我们抚养大，你硬是把她嫌死了。往后院子里没得你发威的地方了！公公的喉结一哽一哽的，却没有张口，往后他的声音就在院子里消失了。以后他似乎就没说过什么话。两年后他也去世了，场面虽说更隆重，妯娌们却不像公婆去世时那样，自然地就眼泪不干。

公公过世不像公婆那么利索，倒床后拖了半年。他一直住在大舅家火屋与新睡房之间的老屋里，这是院子最早一间房子，太爷爷传下来的。房子靠里头有一炉火，靠外头有一架床，只有一身很小的木格油纸窗，从来不打开的。这间房原来靠东头光线好，直到幺舅起房子，形成了一条廊子，挡住了朝南的窗户。后来燕子结婚起新房，又遮住了东面，这里就成了专门老年人住的黑房子。这间房和院子里其他的睡房一样，有种让我不舒服的气息，和我家的卧房是不一样的，我后来知道是床底下的夜壶。姆妈从来没有在床底下放过夜壶。公公去世的时间拖得太长，大人守不动了，由孙子们在这一头的床上睡，两人一班守夜，有响动就起来，人临终总是要挣命的。没有动静就半夜固定去探下鼻息。可能他们有的心里害怕，只是草草地探一下。有一天早上守夜的还在熟睡，大人来看，老的已经过世了。小的说晚上风雨大，香树梨叶子沙沙地响，睡得沉，听不见爷爷那边的动静。

香树梨在后檐沟下，有一抱多粗，杪子冲上去很高，春天风雨吹落半大的梨子，砸在后檐沟里，积了一层梨，沤烂了有一股酒味儿。早晨娃子们去拣落下的梨，经过房屋时要小心，怕扰了爷爷的睡眠，偷偷地从窗下蹭过去，有时要挨骂。公公虽然很讨嫌孩子们，但并没有砍掉这棵树。树是祖太太分家造屋场时种的，和板栗子坡上的两棵板栗树同时下种。祖太太爱说的一句话是，前人栽树，后人乘凉。祖太太当过保长，解放时因为持枪反抗被枪毙了。爷爷这一支是祖太太下来最穷的，评了贫农，其他大房和二房都被赶出了院子。爷爷过世之后，大舅娘却要砍掉香树梨。她原来就有心慌病，临睡前非要吃几颗糖，床铺下面总搁着几颗，小孩不准动的。她和公公一样受不了梨子从树上砰砰坠落的响声，还有一大早孩子拣梨子弄出的响动，因为她通常起床晚。尽管她也爱吃异香的梨子，那异香我从没在别的地方遇见过，但那两年赶上梨子长虫，结的都是黑疤，味道发苦，大舅娘就痛下决心，说香树梨不中用了，刮风断下来会打烂房子，让大舅砍掉了香树梨。那年风雨大，香树梨确实断掉了一枝，打在屋顶上。大舅虽然记得祖人的话，却凡事听大舅娘的。香树梨长在大舅屋后面，别的人不好反对。

砍掉香树梨开了个头。梦娃家背后坡上的秤砣梨，它不断向着高处长，像一直到了半天云里。树形像是它结的梨子，枝叶没有向四周伸展，像是一柄合起来的伞。每年收梨的时候，要请富哥哥搭梯子上去拿长杆子敲。它的枝丫长得很紧实，并没有一枝断落到屋顶上。仿佛它一直在避免让人们这样说的口实。虽然这样，在香树梨砍掉后，新买下了房子的三舅舅却随时担心秤砣梨会被雷劈断砸坏房屋。三舅终究下了决心，第一年砍去了树的上端，留下一截光树干，不知道做什么，后来知道是为了干水汽，树根的皮剥掉了。第二年就连根砍掉了。砍掉之后，睡房的窗棂上就再也没有树叶闪烁的影子，和沙沙的响动了。新屋窗子后来也装了玻璃。

被砍掉的还有新屋前头的糖梨子树。它本来早要死了，幺姑把猪圈搭在了梨树下的斜坡上，它借了肥力又活过来了，虽然树干不再发枝，只是高高的顶上一圈树枝，却结不杀的梨子，味道甜得就像包了糖。幺姑家搬走后，这里不再做猪圈，猪圈和厕所都推平了，糖梨子树就又干了，但还没死，每年结几抓梨子，圆圆的像珍珠似乎数得过来。那年用水管子引来了湾里的水，平子想用好水办酒厂，就砍掉了糖梨子树，在那个位置装了天锅地锅。屋子周围的树，保留下来的只有煤灰包上的酸梨子。它长不高，果实最不好吃，但因为有熟煤灰煨着，就一直活了下来。

竹园里的花果树和自留地里的苹果树是老死的。死去前几年，花果树长了虫，不结了。也许是因为竹园老了。早些年竹园连年发笋子，侵占幺姑家的自留地，每年开春烧火粪点包谷，都要斩断延伸到地里来的竹根，把竹园的领地限定在陡坡上。那些年的竹园发旺，冲起很高的杪子，冬天雪压在竹梢上，就像一片小学课本里学的起伏的雪山。雪化之后，就变成青山。

后来有两年竹子开花，就黄了，败了。自留地的苹果树，结的苹果是院子里最大的，虽然红不了，却像秤砣梨亮籽一样泛光，平时幺姑不准孩子吃，到泛光的时候就收下来，有一大筛篮，分给全院子各家。梦娃子小时很不解，姆妈为何给自家留那么一点，长大才明白自家要全院子照顾。苹果树似乎持续地这样结了多少年苹果，幺姑搬家后它却老了，被砍掉了。一棵树被在根上砍掉后，它所有的情形就一点不剩，一个世界被一把刀消灭掉。

自留地里遍种了麦李子树，没有再种庄稼。自留地像是变小了，以前那么大的一方地，种了养活幺姑一家的包谷洋芋，冬天烧火粪的时候，一层灌木一层泥土叠起了几大堆，火光从底下透出，像是在遥远的平原上。现在却变成一个杂乱的小园子，李子树不怎么结果了，只有竹林边上搭的两列香菇棒，每年发两茬子香菇，过五年木头就完全朽了，菌丝把木头里的养分都吸干了，要换一轮子。这样换下来的木头完全腐朽了，烧火都不燃，木渣里也再不能长出任何东西，比起当初被砍下来，是第二回死尽了，就像大人说，人死了是鬼，鬼死了是什么。

那几年不知为何，疯起来砍果树，河坝里的核桃树砍了，说是荒地，二舅又砍了坡上的板栗子树林。这块树林是天然的，和这一层人一起长起来，正在结板栗的时候。各家的孩子都去拾板栗，大约是起了什么争执，二舅起意要砍掉它，他不听人劝，几乎挨个砍掉了林里所有的板栗树，只剩下一些半大的树苗子，有些地方砍通了，第二年下雨积压了泥石流，引来三舅的责备，板栗林下方是三舅家的地。这块树林后来一直没有还阳，院子里的板栗树剩下了板栗子树包，三棵大树老得盘根错节了，树干披了厚厚的苔藓，仍旧翻渣裂口，颜色变成黑的了，但它们依旧在结板栗，个头还大，树下是年复一年堆积的带刺的板栗毛壳和树叶，新的板栗树在底下发芽，可是被大树遮着长不起来。每到秋天，板栗毛壳裂了口，树上的人拿竹竿子打下来，刺痛了拣板栗的娃子的脑壳，又酸又麻，却不能挡住他们抱头追逐滚落的板栗。三棵大树都是祖太太同一年栽种的，年份都清清楚楚，没有人能动这几棵树。二舅要是葬在板栗子树包的话，就正好在其中一棵大板栗子树下。其他两棵树下原来有两棺坟，是祖太太栽树之前就在这里的，是这个院子更早的人户，后人不知搬到何方去了，两棺坟慢慢地下陷，变矮，现在只到小孩膝盖那么高了，但墓门还是好的，也没有裂口，石头上覆满了黄里透出黑的苔藓，和老板栗树身上的一样。坎上院子的人全部搬空以后，三舅娘在电话中告诉在浙江一家外贸公司打工的外孙女刘琼，今年的板栗结得特别好，看来要收不少，储在楼上泥巴封口的坛子里，到过年你来吃。

刘琼是三舅娘带大的。那些年她爸爸在外没有音讯，说是跟人去贩金砖，跑老票子，家里欠了债，两口鱼塘也给债主一夜间捞光了。莲表姐只能到这边来收些山货，贩到湖北那边得些利维持生活。有一次莲表姐连人带车在关垭子上被扣了，把莲表姐放了到这边来找钱，大热天的急病了，打针又晕了针，三舅娘抱着她眼泪哭得哗哗的。托了县上的人，送了几百块钱才放了车，货都扣下了。

三舅舅好多年中的钻心事，就是看错了人，让大女儿受了苦楚，三十多岁脸面就现出老相，做丈人又没名誉。当初莲姐夫第一次到院子里来，没见过这么漂亮的年轻人，穿的西装白衬衣，打领带，抽着过滤嘴香烟又会说，开口是普通话，带着一种特别的湖北尾子，话尾巴有点向上翘，比广播里面标准的普通话还好听，做的是大生意。给三舅娘带的是大地方的麦乳精，都不知道怎么冲着喝。三舅也见过世面，却没遇到过这样的人。虽说知道他离过婚，带着一个孩子，还是把莲表姐嫁给了他。没想到还要自己养外孙，刘琼在上学之前都甩在这边，上学之后寒暑假也泡在院子里。人口多，刘琼睡在中间屋里隔了板壁的床上，说是半夜看见有人站在床前，是个白胡子老汉跟她讲话，她也不怕，问的话忘了。那架铺底下有个石头尖突出来，当时起屋场的时候没有削平的，阴阳说底下是一块大蛤蟆石，能保后代发旺。筲箕凹有三块蛤蟆石，其中一块被地质队盗走了，还有一块在羊子洞的深潭里头，地质队拿钻山镜照了，取不走。最后一块就在这个屋场里。天一阴石头尖尖就是湿的。三舅娘说白胡子老汉是蛤蟆精，不得害你。

刘琼有几年没回来了。去年腊月三十上来，只待了半天，放了焰火就坐车赶回湖北了，说是那边老板催，初三要过去。临走留下了一个玩意儿给三舅娘，说是混心焦，一个戴瓜皮帽穿着马褂的小人，手里拿着二胡，按一个脖子上的钮，小人的双手就会动作拉琴，同时发出二胡的声音。这一年的三十晚上只有三舅一家和分了家的富表哥过，外孙女放的烟花好看，但一会儿就落了，有点像外婆去世的头一年，花炮刚时兴，娃子们在外婆坟前空地上燃烟花，大人都站在院子山房上看，没见过那么好看的景致，人间开不出那样的花来，可是只开一眨眼工夫，立刻就没了。祖人的坟前那么热闹，只有这么一回，其余只是墓门里上的亮，以前好几家去上，一家一根，墓门里一片亮通通的，像广佛镇上兴的蛋糕上插的蜡。早些年没有蜡，是拿萝卜挖空了装些煤油去点，后来专门卖一种上亮用的小白蜡。再后来家家团年饭的时间提前，亮一般下午就上了。有的家里是搬下了车路或者搬到镇子上，白天赶回来上亮，要点的时间长，就卖大白蜡，一根能点一个对时，第二天早上还亮着。但是上亮的人少了，晚上望出去，坡上有亮的地方少了，好多坟已经黑了，外婆的坟也只剩了三舅家的一根蜡，微微闪烁。平子说这年头山里人冷落，鬼也凄惶，年气都没了，他初一就要下广佛。三舅娘说，你想的就是去年的牌场子。平子争了句嘴，三舅娘就流了眼泪，平子才不出声了。小时候他见不得妈流眼泪，说是猫尿，长大了才不说了。

小时候过年娃子多，三十晚上按大人吩咐，到山房上去吼叫吓毛狗子，不让它们到院子里来。吼完了毛狗子，就敢在屋外玩躲猫，能藏到春树排大阳坡，坟地里也敢藏人，来找的人还要挨吓。板栗子树坪的包谷秆子堆，更是天然的地道，七拐八岔的，有时明明知道人在里面，声气都听到了，可就是找不出来。有一次平仔在猪圈里藏着，别人一直找不到，后来听见人声都回屋了，四周安静下来，只有身边的猪哼哼。知道不会有人来找了，心里凄凉地钻出来，天上的星星显得小了。

长大了各自出门，到年底，天南地北的人就回来了。十八弟兄加上初一二里回来的姊妹，再带上各自的媳妇儿女，院里光牌场子要同时开上四五处，大人小孩，兄弟妯娌各是各的，光三舅家里就能摆上两样，扎金花打麻将两不耽误，老年人则在打丑儿。从腊月二十九三舅过生日到初五六打工的人出门，牌打得昏天黑地，饭吃得转席流水，人熬得鬼迷日眼。有两年区上兴抓赌，派出所甘泽民六亲不认，鸣枪追过幺姑爷，这里离公路远，视线敞阳，是个好窝子，叫人在山房上望着，屋里安心开场子，来人一到阴坡垭子或者到颤泥荡就看见了，放心打牌。还好三舅是党员干部，不叫经常开场子。人说全八道乡找不到这么热闹的场子，难得的是都是一家人。

十八兄弟集中娶媳妇那几年，院子红了几回大场合，三山五岳来的人，楼上楼下都坐满了，上菜的人高举着托盘，喊着："闯一闯了！"四五条狗夹在人里钻来钻去。有两回还在楼上开席，端汤碗上楼梯，楼板都是好板子，镇得严丝合缝，楼上开席，楼下也不至于接灰。楼上的席面开在一片明瓦底下，可是其他地方也透进来光线，石板缝隙或者没塞住的墙洞，像一个个手电筒的光柱，照在客人身上，光柱里有数不清的灰尘翻滚，也有人吸的烟丝上升。楼上的老鼠，开始受惊吓，这时说不定也在墙洞里，看人的热闹，等待席散后拣些骨头吧。直到一户人走了，老鼠才会离开，它们是一幢房子里另一家赶不走的住户。假如一个屋场的老鼠走光了，那么这家人也要败亡了。

三舅四十岁往后过生日，当村委委员的那些年，过来的人多，每次收白糖要有半箩筛，黄豆能收一斗，后来才改兴送钱了。饭是用大蒸笼，接樊明英的时候瓷碗不够，还借了杨家坪的窑碗，人都说那套窑碗从来没洗过。在这样的酒桌上，三舅和二舅曾经两次闹翻，摔碎了酒盅子。表面上看起来，一次是为了村村通修路砍树，二舅不让在山房坡下放炮，说震坏了他的两棵树。三舅主持队上修路，坚决要炸，二舅说老三你炸坏了树拿命抵，结果放了没伤到树。二舅气出不来，拿起酒盅说老三你是不是买不起盅子，给我个有缺的，还是你披了个队长皮皮，拿你二哥不当回事了。三舅娘赶忙看，那个酒盅上确实有个米粒大的小缺，谁也没成心给二叔，可是二舅发作了，三舅的火也上来了，说我这么多年虽说披了个党员队长皮皮，除非为了集体的利益，哪一次违犯过你二哥，你向来不是万恶朝天的。今天你在我席面上撒泼，我喊你二哥，却容不得你扫皮。二舅就拿起酒盅，砰地一声摔碎了，说今天我就是扫了！三舅就往拢扑，子侄一辈连忙拉住了。另外一回也类似，自从三舅当了队长，两弟兄的矛盾就开始了。三舅主持队上的工作，二舅常常不服。这些年二舅家的表哥们两个考上学了，还有两个出门打工也挣钱，三舅家的儿女都是平平过。二舅的声气就有些上来了，三舅也咽不下后代这口气，在四十岁那年生了一个幺儿子，因为是超生的，叫超娃子，为此交了四千块罚款，还下了两年队长。超娃子虽说灵醒，从小身体弱，院子里同辈分的弟兄跟他年岁又相差，没人跟他玩，长大了性格腼腆，到现在也没谈成对象。上学也一般，出门做油漆工，后来改做模具工，还是二舅家的羊娃带出来的。

六

三舅这口气硬是没争起来。一直到二舅去世，往水井湾抬，三舅虽说腿脚不行了，还跟着棺材扶边帮，心气才平和了。没想到二舅死之后，还撞了一下三舅的心。落葬之后不过半月，二表哥接到冯家梁煤矿公司的聘任，担任三家公司的财务总监，人人称呼秦总，自己买的小车之外，公司还配车。金满表哥也买了小车，过年从西安回来开上了院子。都说二舅葬的是个好地形，接近水汽有财，两边的山又管得严，影响来得快。坟埋下去之后，沁水就干了，这就是埋准了地形的表示。虽说不是大地形，不能像煤老板那样大发，小发是肯定的。年二十九那天，两兄弟的小车一路开上来，停在上下院子之间的场坝，旁边就是平仔头天蹦上来的三轮蹦蹦车，在镇子上收废品拉货的。虽说这两年平仔有起色，开了一家五金商店，毕竟不能跟人家比。两兄弟下来恭敬地辞年的时候，三舅心里又泛起了一丝陈年烟叶的苦味儿。

烟叶也没有人侍弄了。这是三舅为自己保留的最后一趟活路，别人伸不了手。这门手艺只传到三舅这一代，大舅不吸烟，幺舅前两年也被幺舅娘逼着改吸纸烟了，自己吸旱烟的只剩下二舅和三舅。早上各自提着夜壶浇小尿，还暗地里比一下，对方烟地的长势咋样。烟叶摘下来之后，一匹匹地用棕绳串起来，挂在墙面上晾干，绳子压弯了，像一条裤腰带提不起来，以后又慢慢直了，只有棕绳子有这个弹性。烟叶子由起初的淡绿色晾成褐色，又透出了金黄色，手捏上去是柔和的沙沙感，有些黏手就是出油了，手指头上都会留油迹，院子里有一股让人晕乎乎的味儿。三舅的烟叶从来就比二舅的宽大，颜色也要好些，二舅的总是颜色偏深。去年二舅病重停止了种烟，三舅的也遭了白蚁，又不能打药，跪在地里一点一点地捻。烟叶晒干了之后，还是让孙子送了一卷上去，说外面买的不好。二舅唔了一声就收下了。过世前一天，他在床上疼得一会儿醒一会儿糊涂，中间有一会儿还忽然还阳，靠在床头要来烟杆，吸了几口三舅送的旱烟。

现在三舅也是彻底地歇力了。三舅年轻时身体好，做活路能服人，开沙坝砌大寨田，四个人抬的石头，三舅只要两个人抬。大干水利时当了模范，戴了红花到县上受表彰。可是左手臂后来受了伤，成了拖累。那年三舅坐在院坝里，对山双梁队发现了煤矿，修公路放炮。山隔得远，按以往放炮的经验，石头土巴不会飞到这里来。看着那边炮响了，一股黑风的泥土石头往上一扑，到了半天云里，三舅心一沉，没想他们放这么大的炮，起身就往屋里走，刚到阶沿上，一截炸断的树根飞到了，对直砸到他左臂上，立刻就断了。到广佛医院接上了，可终究落下了暗疾，一变天就疼，挖地扶犁的活路只能借重右手。

前些年，血压也渐渐出毛病了。坐到凳子上，往起一站头就晕，尤其是上茅厕，往起提裤子的那一下，只能慢悠悠起来，快一点就天旋地转，有两回坐在了茅厕板上。幺姑爷说是酒喝出来的，坚决要三舅戒，几十年的这宗爱好断掉了。今年又查出来糖尿病，地里的活路完全不行了，烟地只好放下，这么多年，第一回没尝到新烟。人到老了，能享受的爱好越来越少，变得跟个女人一样。位置也换了，坡上的庄稼全靠三舅娘，三舅变成在屋里煮饭的了，带了一辈子的头，变成个女人了。三舅暗地想，自己走二哥的路也没有几年了。三舅是党员，不能像二舅那样谋坟地，信阴阳，但他确实想到了自己睡在哪里。

这些年风俗变了，有人把坟埋在老屋场里。银蹬湾口上三房里，儿孙两辈都在外边，有的在县城买了房子。院子里一坝房子住了两个老的。老婆子先死了，老汉生前交代，等他过世了，要把他埋在院子正屋里。过世之后，果真把房子都推了，在正屋下了坑垒了坟，阳宅就变成阴地了。这种事情想起来总是不妥当，死人不能占活人的地方。就算是子孙再不回来了，屋场将来还是有人住。

三舅也疑心，这个队终究会搬得剩不下几户人家。这些年来撤村并镇，三舅的组长成了空壳壳，人口少了三分之二。留下来的都是最穷的。这是国家的政策，实行城镇化，可是有些事三舅也没有全部想通。人都搬到镇子上，好地都占了，还种不种粮食，将来一层人吃什么？三舅刚当队长那些年，年年冬天修水利，砌坎子，开五边。以后包产到户，这些事就停下来了。后来，院子里通了电，用上了钢磨，石磨子闲下来了，人再不用半夜半夜地推磨，扶着磨把子就睡着了。剁猪草用上了猪草机，打洋芋粉也用上了机器。后来院子里牵上了水管，家家不出灶屋就能用水，洗衣机也用上了。再后来号召修路，三舅的队长又发挥作用，领着大家从阴坡垭子把车路接到了院子里，一直修过大阳坡，摩托车小汽车都能上。再后来还提出路面硬化，叫农民出门天晴不沾灰，下雨不沾泥，口号是提得好。可是这个队的人口已经太少了，终究没搞成。

站在酸梨子树下面，能望见过谌溪队的大春垭，还有车路的毛毛影子。当年也是各家合力修公路，从二房院子起坡，硬是把之字形拐路修上了滚子坡，费了很大的工夫。修好没几年，人们纷纷嫌山高往下搬，宅基地政策一放开，更是收不住势，现在只剩下几户。修好的路只跑过几架摩托车，垮得人过不了身。

三舅这些心思，没有跟三舅娘讲。女人终究是女人，有事占着手，心里才有着落。今年三舅娘还养了两条猪，点了十斤包谷种，几百斤秧子洋芋。三舅只能帮忙做些营养坨，其他坡上的活，全得三舅娘干。三舅娘的膝盖有骨髓炎，她说里面像是有个树块子别到，但仍旧闲不下。刚从小槽扯草回来，水管子又坏了，上高头院子看去了。

三舅娘走到大舅家山房上，听到水响，看到水管子接头果然脱了，一股水直往外射。三舅娘把管子重新接严，把缠着的铜丝缠紧些。水的冲力大，不容易弄紧。原来几家合用，接到三舅家的管子压力小，有时候高头院子一用底下就没有了。现在上面没人用了，压力又太大，容易把管子冲脱。

水管子堵严了之后，周围有什么一下子变了，三舅娘有些发怔，后来知道是太静了。以前从坡下小路过，听到水响，流到各家缸里又溢出，流下了坎子。猪等食急了，两条前腿搭在了圈栏上，嗷嗷地叫。还有鸡扑腾的响声，有只鸡生了蛋，要跳到圈栏上唱上半天。现在这里的什物都在阳光下，经过了太长的时间，缸、盆和圈栏都发黑了。像是这里从来没有过声音，比无人住的地方更沉寂。

三舅娘走进了院子，经过大舅家的火屋，禁不住向里看了看。屋里空荡荡的。以前靠墙有一架床，床上成年挂着帐子，睡了两个孩子。后来房子宽了，换成了洗脸架和碗柜。通里屋的墙上还挂着几排鞋子。屋当中原来有几条凳子和椅子，围着火炉。现在都带走了，中间的地上是一个空的炉口，年代太久，看去有点残缺了。炉坑内壁现出微红色，似乎保留着火种。

回过头，窗外阳光强烈得让人发昏，太阳直暴暴地晒到了阶沿上，前几年打的三合土地面光溜溜的。三舅娘想，这条阶沿空着可惜了，秋天收了葵花，可以摊上来晒。葵花是个懒粮食，挖洋芋的时候顺手下种，一两个月就起来了，海碗大一盘一盘的，金黄的脸盘子，三舅娘看到会想起以往唱的一句歌，“社员都是向阳花”。

寻梦记

一

我是六岁回家，也许从长满水荷叶的大溪沟回来，水荷叶竖在涧坡上，像一面绿镜，有雾，极薄，仅从叶脉溜过的凉意上感到。另外的时间，另眼看待的世界，睡房的木格窗外，或许会有一片广大的原野，风吹草伏。而伙伴们喝得歪歪倒倒了。醉酒的燕仔，第一次清楚地感到了二十八岁单身的孤独。我们走到家门前就忽然吃惊了。

我看见了三舅，他在织着一只背篓。三舅的形象使我忽然明白：我其实是在屋里，只不过小睡了一晌，我走到窗外，看三舅忙活，我猛然吃惊了，因为窗外的空中，竖着一削青山！怎么也想不通，我才六岁，到死也惶惑，它就在空中，在那儿。哪里来的冷然的暗青色岩壁？有时候又是水晶，或者黎明的冰。没有土却有青绿，那一定是水分，是岩石的水，因此它绝不是一根石柱那样简单，它是青山，就在我家窗前或院子前，神奇地显现了。它的削长，几乎几个人就能合抱，青色的尖峰消失在天的深处，没有任何雾霭，应该是能看见的，然而不知它的根在哪儿，没有凭借，这太不像清醒的人世了。泠然的岩壁，不可能想象攀爬，但我还是想到了它的顶端。太清新，立一下足不可能，不能站，也不能飞。

但等一下，它又像是温暖的，也有一点金黄色，来自午后的群崖，阳光长长地穿过，我原来是从灿烂的崖嶂间，从低山地带回到筲箕凹，金黄暗藏着夜前的绿躺在柱子一样的阳光下的筲箕凹。有些关于母亲的回忆。

不久，我又见到了青山。是在后山巅上，被深林蒙蔽，也可以说是后山的存在，才形成了湾口深的世界。可从湾口是别想到山顶的世界的，只能是完全不同的道路。走到大莓梁顶上，那里忽然使我心惊——横碥子崖路边，缓慢的坡度忽然断裂，也许是山顶放木头冲撞成……垂直的、光溜溜的旷大的崖，发红的土，没有一丝石屑，光滑得邪恶，像远古僵硬了的岩石的内脏，在一个浑红的、邪恶的时空中保留了下来，依旧向行路人裸露着。下方应该说是小湾，可土崖最初是微微向外鼓起，而后又内收，路以下就只是空虚，茫茫宇宙的真相！可我毕竟走了过去，因为三舅领着我。不久我们在后山上，穿过高高的苍翠乔木，除了自己，任何人不可能到达这里，发现我们。这时我突然想起，是在躲避追捕，那种惊心的预兆。到了这葱翠中，我们才平安！我们顺着小径往前走，是走向寨子？代代人逃难的寨子，从秋天到春天，很多人就在寨墙里出生了，脐带染上乔木永久的苍翠气味。我们似乎在一直走向山那边，有星光的夜空，我从未走得这么深远、苍翠，也许村庄在身后已被毁损，而峰峦的那边，是个永久的、宁静的世界……我平静地、安心地眺望更远的远方。忽然，我又看见了青山。它就矗立在目前，在空中，在青霭的大海中。许多山峰在周围，但像离得太远。它和那些山峰，甚至和我立足的山峰太不同，我一下子就铭心刻骨，它太出群、孤独，却维持着自身的浑圆。和在亲近窗前相比，这次它更修长得抽象，似乎纯粹是我的幻想。一想到这里，我多么惊心！我的心被巨大的青石板抽打，“唰”地要晕过去，我的眼睛、衣服和头发凝结为碧，没有一丝暖意。蓦然回头也没了三舅，只有一条茂盛的、青色的来路。寨子呢？躲过危险的寨子呢？

只有我在，还有眺望中的青山，我又见到了它，知道它不会前来，也永不能预定再见，我幼小的青春里，充满了一种空荡的凉意，不可能充实。这是我有幸得到的，或是付不尽的代价？

二

走到筲箕凹的山口，和燕子或米成一起，我就看见了那一树秤砣（五味子）。就是这一刻，让我想到写下所有的梦。

我们走到楼房下面拐弯的公路上。楼房出现在我们这个山谷，靠近绿色丛林，是一件色彩和体积上的大事。而今它的体积大体依旧，枣红涂料却已褪色，不起眼了。这里是谷口的开端，从杨家坪和湾口下来的溪水流到谷口，跌成一幅瀑布，又和银登湾下来的水汇合，穿过一道涵桥，汇入从大溪沟和小溪沟发源的大涧，我们称为“河”。站在谷底，四面是崖坡，望不见人家，一种深的苍翠，似乎一切从未改变。走上几步，可就什么都现出来。我望见了我家的老房子，那面白粉墙，仿佛和平的告示。

我在那段里壁湿润的公路上，折了一枝竹棒什么的。也许就是武器。常常，战斗的先兆从这里发生，因为这里曾经有过事变。我突然看不见燕子或米成了，也许是我一开始战斗就掉了队，我心含着急切去赶他们。我走过阴暗狭长的楼房走道，在院坪里非常寂寞，似乎到了楼房的过去，急切不能回来。我赶忙走出阴影，走入灿烂的洋芋花地，这里总算情景又正常了，我仍旧与燕子走在一起，现在确定是燕子，燕子懒懒散散，大舅和大舅母为他找媳妇发愁，只有他，会与我在庄稼和草都长得这样深的日子，从大路上缓缓走回来。这块地又其实是包谷地，一片人深的青绿，我们连地里薅草的人都看不见。这无端地给我带来了忧郁，因为燕子肯定领会不到，我就又像在谷口那样，有些孤独，孤独是我的，就像懒散是燕子的命运。这块地就要走完，事情忽然发生了变化，我越过包谷林，看见了林中的五味子。

事情不寻常的原因是：透过这样茂密的包谷林，看到了林中晶亮的五味子。一大架，还没有熟好，不是鲜红或白里透红，但已经亮籽，就是由不透明的涩青变得半透明，垂挂的姿态也肥懒了。我马上就要跑去摘，那是在熟悉的树林中，树林往上一直延伸到小崖子尖，小崖过去又是大崖子，青碧的块与团无穷无尽。我就要走入林中，也许玉米林那边，五味子架覆盖的后檐沟下，有个隐藏的院子，润湿的阶檐，开了一扇平静的门，在荫绿下等待，到了那里，人和事会大不相同，也许一生从此改变。

但燕子一把拉住我的手，说你不能去摘，那是二房里四婶家的。

我非常悲哀！不能去摘了，这使我意识到，一切改变了。仍然是“现在”，树林依然青绿，包谷林遮掩，我年纪并不大，只有二十五岁，但怀念多么长远，乡思刻骨，我又多久没回来了？我们手中曾有的任务或武器，又是怎么回事？

再走一段，有草莓花的山坡，在我眼前竖起来，知道从前有一个早晨，我顺坡摘草莓嚼，再陡的坡也容易爬，简直是草上飞。我和燕子走在回家的路上，我们肯定是回家的，可一切忽然变化了，我不能去摘心喜的五味子，它属于一个确定的人，这个人是我的婶子，却让我亲切不起来。我现在知道：我不是这里的人。

那么燕子呢？

后来，我就在大河上飞翔。大河河面在石拱桥以下直到谷口上方一截较为宽阔。河面是黄绿的，水深水浅却看得很清，我向下游飞翔，安宁而美妙。

着水流激化前的瞬间，我走上对面河岸，经过一丛丛深草，就来到马鞍寨探险，或躲避。黑夜将明，鸡啼深厚，在山冈上，看入很深的黑暗，暂时没有什么可担忧的信号。顺着石墙下到寨墙下，有个洞，似乎是酒窖，还保留着气味。在这气味里，任伙伴们都走，我一个人待着。于是感到温柔的草莓叶里面的黑暗。但或许是地牢，自愿地坐在这里，一直到穿透了我的故乡。

……一定不止这架五味子，它不过表明发生了一系列变化，对我是莫测的。我的脑子总算清醒了，我发现手上还拿着那根棒。我拿着这棒很荒唐：谁需要，谁下令？这会儿，我的手里本来应是满把五味子。

三

童年，一个傍晚，筲箕凹又起了雾。大阳坡的一带岭垭都被遮没了。雾很纯洁，是那种雨过天晴的无色，透出底下的蓝，在一片自由联想的海上。

这以前一定有个甜美的梦境。从梦境中醒来，我就站在老屋山房的酸梨树下。一开场，我就叫它老屋，是我自己老了吗？那是在夜里，夜遥远、深，我感到我生命的整个未来都囊括在其中，虽然不停地在流出一切容器。夜虽然大过我无数倍，我是多么的小，却也许是幸福的。这样的夜晚能有几次？这时我无比惊奇地看见，在小崖子下面，也就是二房那道湾里，一道海湾，雪白的雾中泛有红色的灯光，一处纱灯院落，在当时我心中无词来形容，今天仍完全不足以说出其飘渺，也许根本不是一处院落，只是楹帘、回廊、椒壁，所有带有飘渺和不可思议性质之物的境界。有溪水就在雾气下，这是能触感到的：汹涌地流，飞快地漂移，但在白雾的面上，在院落里是永恒的宁静，红色灯光从纱笼中透出，透出整个大雾，也许是青云世界，在激荡的水云中恒定而变幻。我的家乡就完全不一样了，那就是我童年美好的眺望。

但又最不可思议。我惶恐地想，三舅已来到身边。我没发现他甚至一直在这儿！我说："您看！"我说了吗？我让谁看，对谁能说？

在童年，我的心不能平安。

四

我走在过八仙的路上。

山很高，没有树，是大块褐色的岩，一个峡谷，越往里走，我的心越不同寻常，过八仙的路是这样陌生吗？但我知道，我是正在走向哪里。我有急切莫名的希望。大块褐色的土层，似乎含有血，地面很平整，一条新伤的公路。阳光似乎在世界那端，这头已是傍晚。

忽然，也许是在一个拐弯处，我就看见了材娃。他是赶上来的还是原在那儿？我看见他滴着血。

是仇恨的报复吗？是一种凶信？从走进山峡起，我的心就似乎充实着预感，现在想，也许正是那种希望！但为何落到材娃身上？他的兄弟们呢？林娃、树娃。他们不来救他。他们怎么样了？

他们的父亲喝农药死了，在包谷林里。我和燕子、平子赶去看。致密的包谷林，粗糙的包谷林，我们被挡在外边，大人们围着，一种秘密就这样与我们绝缘，这上面我们永远赶不上哭泣的材娃兄弟。两个月后，材娃的母亲改嫁了，带走了小弟弟树娃子。他们的大房子拆了，零碎地要卖了，我坐在堂屋里刚拆下来的大梁上，满地是刨花，有一种新鲜的气息，感觉坐在一片倒下来的树林的遗迹上。材娃一声不响，动着一把刀子，这是他的拿手好戏。

材娃似乎在滴着血一步步地走。他不跟我说话，我们之间没有话。我就不知道怎么办。我隐约听到过，他在山西煤矿得了一种凶险的胸腔病，非要开刀直接割取心脏坏掉的部分，实际上那也就是材娃心里独有的秘密。我能抵抗这种凶信吗？

后来是高人的山脉，几乎不可逾越。有几处特别怪，是耸立的圆柱体，顶上却分外平整，那平台上是多么危险！高崖的转弯处，也伸出平台，探探头会晕倒，高速转弯可要当心！不禁生出怀疑：根本走不过去？最高处，有极细的绵延的线，反而带给人希望。不是这样的山脉吧，是稍微平常的，有垭口、褐色红土，走近山脚，山立起来，显出巨大的洞壑，像库门，也许很深。我们缺乏勇气，绕道山坡，坡上现出深青的茂密树林，一条石阶，秘密地向上，仿佛是爱情。我和她温柔地走去，谁都沉默无声。看着她，心底充满少年的无望。到底为什么，她是我温柔的姐姐吗？我是否在此时长大了？

走下去，不过是深远的路，路口有古老的市镇。在市镇上，我生活过吗？记得墙头老树。我是不该回忆的，就这么一会儿，以后的路，我就想不清了，姐姐走掉了。我们为何不能住在这里。瓦片和细小的树叶是我熟悉的，砖却有点碎了。

但我已到了八仙奶奶那里，深绿色的山峰下。我们安闲又无聊，坐在深绿的草地上讲一种故事。飞机竟然来了，撒下一地传单，或是礼物。我不仅仰望遥远的峰巅，苍翠又在我心中升起……我想大步走过那里，那些顶端，危险无比，清绝得不在人世……但是还有没有材娃，滴血的，也许中了箭，原来他是被弓箭射中了心！

我低头又看见草地上的纸片，非常刺眼，也许不过是我们制造的白色垃圾！已经围住了我们。

五

有一天，我飞起来了，飞过大阳坡垭子，身下是暖暖阳光中的绿树林，还有新鲜泥土。我来到了湾口上。这里有了变化，像是一种白色的世界。也许是在那绿色中，有些白色的事物，印象很深，使我这样想？但那是些什么单纯的事物，也许是以前的一种延续？

这是一个走队串门的春日上午，这样的日子走上小路，不愁遇不到人，红衣裳绿裤子，蓬松的刘海，我家乡的少女们一致的、蓬松的眼神。有没有我的表妹？一架山坳，又一架山坳，有一种向着深山的趋势……

我飞到了一个园子里，植物园，也许是菜园，但为什么张着这样严密的网子，每一小块园地彼此分隔，乳白的铁丝，是我在大学操场上见到的颜色，网得严严实实。起初，我只是在园子外边，在最外一重笼眼外，悄悄往里窥。我窥见地衣，绿色的小植物，他们这样被关闭，就是不寻常之处。没有菜花、一畦繁茂的郁金香什么的。我不再飞翔了，我的飞翔，只能徒然掠过园子上空。碰到了网子，翅膀就无用。这时忽然，我已进了网底。我多么恐惧，我是怎么进来的？回想起来，非常模糊。我不是通过网眼进来的，如果是那样，我有什么可担心的？我不再是我，随意变化，来去自如。况且我还饱含好奇心。我一定是瞅准了贴近地底的某条罅缝，一定是在什么地方，在两重网之间，出现了裂缝，我像一只变形虫，一只昆虫那样溜了进来，只是我还有形象、肉体，决不是如刚才说的穿过网眼那样，变化无形的。我站在网下园子里，意识到进来就是因为恐惧和好奇，不是为了什么植物。我望着一扇窗子，这些网子想必为了这扇窗而设置，使人无法靠近。

我看见了她，一个少女。美好的少女，什么模样我记不清了。可是与我差不多大，也许比我小一点，如果我们说话，她就承认了。美好的少女，完全陌生，衣服又如此熟悉。她就在屋里，在那里，完全没发现我。她是这座房子里的，和铁丝网一样乳白色的房子。我只看了她一眼，就爱了，太幸福，何况还有第二眼，什么时候这么近看过一个少女，不是她无比幽静，是她不知觉，她不会警惕，因为网子的保护。通常状况下这当然不行。可是现在我在这里，毫无恶意，带来的完完全全不是坏的而是甜美的情境，似乎竟有一种默契。这样的情境值得珍惜。于是，我忽然恐惧了。幸福对于我，一个梦想少年，从来不能持久。我意识到我曾有翅膀。刚才我获得了自由，从来没有过，这样的在山坡和河谷上空飞翔。

我从绿色的坡顶扑下，滑翔过深绿色中有纯洁的白色事物的河谷。那白色的事物应该不是眼下的铁丝网和房屋，可能是一座隐身的古老的村庄。曾经，我们从山里躲避回来，带着关于村庄的记忆，经过那些平常的土和瓦罐的墙角和院地，只有一两个说不了话的老人在从罐里倒出豆子。我们都感到了一种生离，我们找不到记忆，连我们脑中的也残缺不全。一次入山改变了一切，我们成了流浪一族。

后来，到了溪边，借黄昏的光，我们蓦然看见散落在溪水里的一些白色瓷片。记忆的星星之火被点燃。这是一座神秘村庄的线索，一座隐身的村庄，它的隐身是因为它太精致。从此，我们这一族需要在意象和隐喻中生活。眼下也正是如此。我的梦中出现了铁丝网，虽说是乳白色的铁丝网，一点不刺目，我还是感到了它是实打实的铁丝网，一点不掺假。我是从什么缝隙里进来的，现在这里，随时会被逮住，我放弃了我的翅膀和自由，只是为了一个短暂的意象：窗前的少女。

六

那像是一个美好的夜晚，我们走在回家的路上。星光满天，这是山脉间的星星，各有性情，今晚他们都很任性，就显出了天空全部的美。

但最美——是美吗？想起来就心跳，太奇怪，是那些类似的房屋、城堡。他们静默在夜中，是微红的土做的，我想到狄更斯的时代，他一个人的时代。一扇一扇的小窗户，不大，里面像有些小人，有一些小小的灯光。有一次，我走了很远，来到一座城市，所有人忙忙碌碌，生活完全是共有的，不知道世上有带家具的套间之类！这两座摩天大楼矗立在空旷的原野上，我走进大楼，走进了“大家”的生活，大家叫我使用配发的洗脸盆。我睡在一张架子床上，我的下面、左右、前后都有人，大家多么密切，团结！我们似乎是在从事一项大建设，这项建设太伟大，因而它的目的是我们完全不清楚的，大家珍惜的是一种感觉。我们多勤劳！建设工地在路边，坡上城堡却完全在安息，我们来到了它的后门下，每一处小小的阶梯，一个小阳台和门，都那么亲切，我们走上其中一道，走上小阳台。这是筲箕凹吗，是我的家吗？和我同来的是谁？为什么在这样一个星光之夜？

疑问一产生，无疑含有美好的信息。但房子一下子消失了，星光依旧。我记得很清楚的是，我是和老师或三舅，另外是小培师姐一起回来。我们并没有进入那阳台，直接走到我家屋后的老梨树底，这株梨树太高大，繁密的枝叶下我们站住了，踩在平时熟悉的石头和小草上，石头很细，是柔软的。我想拥抱一下小培，她望着我——我不能平静，感到梨树下湿润的夜气。她只是看我，就这样使我丧失信心，因为她看起来不赞成，她是善心的，还站着不走，但她有自己的心——忽然，我鼓起勇气，拥抱了她一下。这拥抱突然来临，就像抱住一个好朋友的肩膀，还是那种虚无的清新气息！持续了一秒钟，或多久？就在此时，我难以忍受这气息，炸裂了，倏忽间一切成空，小培师姐走了，我自己的身体感到自己的黏液，很不舒服，而这是我剩下的唯一感觉，我的清新是有罪的。我于是默默地走进屋，回到自己的家，这是真正的老屋，母亲没在，也许她已从这些始终站立的泥土中逝去？

但我们谁还真的在四堵墙中间呢？在堂屋的地上，湿润、蓬松，一大堆猪草，星光照亮了，我的妻子坐着，轻轻挥动镰刀，满屋飘满猪草的清香，我沉默地感到，妻子抬起头，望着我。如果，我拥抱妻子，还感觉到自己身上的黏液。我现在算什么呢？

但这是一个美好的夜晚，从头到尾，感到多么沉静。

七

傍晚，我进山了。我到这里来，为的可能是队里有一场打猎。这似乎是违背我小小的心愿的，虽说我一向很盼望进山，深深往里走，远远走过平时到达的大莓梁的边沿——我十岁前的领悟以那里为界。我有一种被强迫的感觉，心头笼上预兆。我知道三舅带领队上的社员都去了，村里甚至是空荡荡的。我走上了大莓梁顶，也许我走得太远，来到起伏的山坡上，眼前已只剩山坡连绵。我站的地方可能非常高，使我有一种荒凉感。山谷无声，看不见谷内。天要黑了，三舅、社员他们在哪里？一阵风吹来，荒凉进入我的心。母亲和他们在一起吗？对，她是社里的社员，可是好像还有什么不放心，扯拐了。

我忽然揪心了，眼前的景象完全改变：我脚下是一条巨大山谷的出口，社员们都是猎人，堵在两旁，这是一场大规模的围猎，一切早都无可逃避地安排好了，动物们狂奔而出，我被巨大的恐惧压住了。我想到这里面有母亲！虽然她是社员。她应该就在包围圈里！母亲就在里面！

赶快，赶快找三舅。找到他就好办了。我的舅舅，母亲的亲哥哥，我们的队长。还有社员们，平时不是熟悉的吗？可是暗地里还是担心，也许干脆说是恐怖。情景发生了这样大的变化，人们还一样吗？我看了一下，并没有望见三舅。我忽然责备自己，悲伤的悔恨充满心头：为什么要来？为什么想象？没有你的想象，就不会有捕猎！我只有死死盯住山谷的出口，一头，两头，但是没见到母亲。母亲在哪？这疑问使我快发狂了。我完全明白，或许唯有一死。如果可能，我会进入谷中，毫无犹豫！可是我只能这样等待、凝视……

转眼夜黑定了，我站在一条路前头。

这条路是一道阶梯，顺坡一直上升，坡是煤炭灰堆砌的，完全是黑色的。但是我来过这里，我走上阶梯，顺路往上爬，并不怕黑。我一级一级地爬，爬了很久很久，但没觉得累。只是到后来，渐渐怀疑是到哪儿去。这又勾起我的好奇。

终于快到了，望见一处窝棚，是常见的煤矿的守煤房，里面有太多的煤块，大得失常的火炉，吞下煤块的血盆大口，胡乱晾着的衣服，土豆，熏烟——所有地方都有的黑。我知道这些。透过厚实的板壁，有灯光。门口正顶着阶梯顶端。

我来到了门口。这时我发现，爸爸在屋里。他和几个矿上的人在一起。他坐在最靠门的地方，可以说就是我爬的路的尽头。爸爸什么时候回来了？我们似乎已经好久好久没想起他。但是，他好像一直在这里，他温和的表情也表示是这样。这一切完全没有意外之处。屋里的情景正是我熟悉的。爸爸在这里，和矿上的人一起。很自然。他没说话，但温和地看我。那两个煤矿上的人对我笑了笑。他们知道，我就是爸爸的儿子。爸爸看我，也许是问我什么。我意识到我是有使命的，这无可怀疑，使命的重量压在我的心头。但是到这里来，又像完全出自我自己。

也许，他们毕竟会想到刚才我在黑暗中爬的路，对幼小的我感到惊奇。我自己惊奇的是，那段路，我没想到是通往爸爸，上面的爸爸，在山谷的梦中久别的爸爸。

八

我站在羊子洞口。

事情出乎意料，这里不过是一处小小的岩壁，像孩子们烧火的地方。确实石头上有烟的痕迹和羊糙身子的棱。

羊子洞本来是很深的，洞口朝下，底部是荡漾的水，洞显出绿色。有一次我进入水底，水底惊心的幽暗，蛟与蜃的身影盘伏，产生白雾，涨到洞口，只有一小片苗头，飘进了世界。在洞口投下石子，很久，只有一丝回响传来，其余的声音被吞没。很快，深渊里的大海涨起，赶快逃离！

现在，羊子洞似乎只有这么深，不过两三丈。但好像确实又有朝深处去的隙口，越来越狭窄的岩壁并未完全合拢。我朝里走，感到头顶和两边岩壁的粗糙。我从来不敢向洞里很深地走，就算是在梦里。但是我感到了那“神秘”，神秘有一种胶似的吸人的力量。

我走进去了，而且，我感到不是这样一下子就进来的，需要一个小小的序幕。洞外，并不是山林，倒是一个院子；一些办公房，表面看来极寻常，乳白色的栅栏，其实是铁的，围着绿草地。我跟着哥哥走，不知怎么到了铁栅前，想要进入院子。哥哥跳上一级台阶，就不见了，是用啥方法进去了，只剩下我。我有些怕警卫，但不能挡住我，我们在小镇子上那一伙，干这种大事的次数并不少！我转了个弯，跳了一次，反正也进了院子。我忽然想到，也许有一扇厚重的洞门，荷枪实弹的岗哨，跟和平年代里的区公所完全是两回事，倒像是守卫着不怒自威的武器。就是这种魅力指引我来到羊子洞口。路上的情景不乏雅致：草地、亭子、池塘，走廊上空爬满了紫藤，处处差不多，来到洞口，我的脑子里还有晒暖了的花香，温乎乎的。

在还有微光的地方，有一处很狭窄的隘口，像一个碉堡的入口或枪眼；当我走进去，马上完全黑暗了，迷迷糊糊的脑子忽然感到一种悲惨的意味：这里不是别的，是个囚笼。有多深，是无法知晓的，但囚徒的数目是无法记数的。我隐隐觉得，她们都是少女，为什么被囚禁在这里？

啊，我为什么会来到这里，也许我的内心本来是黑暗的，这不过是我内心的黑暗景象？从我丢失了母亲起，从玷污了那个美丽的星夜和有关师姐的记忆起。我知道这是注定的：我接着看见囚禁的人群，我先看到一个婴儿，被摔在乱泥里，脸上是泥，阴湿的污秽岩缝的气息，那也许是他的来处；他已完全无救了。我也许并没有真的看到少女们，而是突然感到了，这是一件多可怕的事！我感到了那个躺在泥中的婴儿的悲伤。但同时却有一种新的感觉产生，类似幸运，我会在这暗无天日的地方，在洁白的少女们当中。这是油然涌出的内心的幸福感。这不是幸福啊，这是我孩子般的污泥！

忽然少女们像狂风从深处拥出，她们从我身边冲过，把我挤在洞壁上。在我的一念之差里，发生了一种猝然的事变，少女们变了，她们什么也不顾、不惜了，拼死反抗，从那囚禁中的龌龊中脱出，带着决死的愿望，纯洁的身姿从我面前冲过，一个个女神，那种庄严是我无法传达的，而我忽然明知：洞口有高大的碉堡，架着机枪，射击毫无防护的身体，子弹就会爆裂地击穿纯洁脆弱的身子。如同尝到了那颗“炸子”，我的心完全被击穿，包括一个藏在心底的隐秘，以奇异的方式得到满足，却又同时失去所有，再不会有欢乐，不能尝到别样的幸福，完全不是刚开始翻墙爬院的那个小镇上的弟弟了。想象已经结出了有毒的果实！

九

我忘不了这段岩壁，它似乎是冬天过八仙的路的开端。现在我又站在这一段曲折的小径下方，在雪里。路只是依稀看出来，黑色的横带。还有些夏天婆娑、现在蓬枯着的树。远处河谷，似有黑色的公路，黑色的河，在一片暗色的白云里。我攀上迴折的道路，这一截是“万事开头难”。再走下去，是雪蒙蒙的雾，因为有深处，引人不尽深入。一旦雾消了，依旧是那样的白山黑水，黄昏景致，人还是在路上，心里就疑问：我这是在过八仙，还是回家？

我在溪上空飞，我来到了溪里，有雾的坡一片水荷叶。这么狭窄，这么深，石头看去是黑色，其实是深青。

我记得去一个地方。首先是溪沟，两面山坡极近，只伸得进一个手指，边缘贴满水荷叶。水流很微妙，像来自黑夜深处。石头是黑色的，世界的其余是青。蝴蝶在薄雾里飞，不断感到深处的隐约，也许是母亲带我来过？采过一把菖蒲？我知道，我一次一次来过这里，但是你叫我去找这么一个幽微之地，在整个筲箕凹和整个故乡，我是找不到的。也许以前有什么流走了！

我走进了一个小小的山荡，幽静得要闭合了。迎面是阴凉的青色背景，很深，大幅的水在近处泻下。不能叫瀑布，不是那样气势逼人，一点也不破坏幽静，倒像在无声的远方，又不知到了哪里，就像来路不明，满地只有菖蒲和水荷叶，我感到和家乡隔绝的孤寂，又有湿润的欢喜，水气升上我头顶，没有阳光，阳光洒在外面万里青翠逼人的原野上，离这里很远，很远——我是在一口井，一个洞里，为什么我走进了这里，在我幼年的时候，从伙伴们的游戏中抽身，故乡一下子变得特异，我也被异化了，我从此是独一无二的，我的心已经变了。

但是在这次奇遇之后，一切又怎样不一样，在同样悠然往前流淌的溪水里，怎样看出？也许，该怎样扔下一块石子，改变整条河流的历程？我的心没有答案。

十

我又回到筲箕凹，来到河坝里。这是傍晚时分，也可能是我喜欢傍晚回来。

我吃惊地看到，河早已不见了。像一个人，不再在常见的地方，令人猜测他已进入土中。在我还是孩子的时候，它时常是一股清水，后来它变得喜怒无常，再后来就出走了，只留下出走的遗迹，听说何家、陈家，包括住在顶靠近山口的姚家也没水吃了。那么我的童年又在哪里，在我生活过了整个时代的地方，我能够指出什么？不过，这好像又是我预料到的。我没料到的是，河坝里那几十级的“大寨田”都修了围墙，两面坡分界的溪沟铺了水泥路，标标直直的。

我在水泥的“路”上走，说不出的惊讶。溪在哪儿呢？在水泥下某处吧。那里，是水溅出水花的地方，我记得有一棵大核桃树。但现在在我两旁的是两堵高墙，隔两道田坎就开一道小门，不知为何看不清小门里的情况，似乎是不该看的。似乎这围墙早在大寨田刚修好就该有，就有很多东西不该看。但知道那一定还是田，很平整的田，没有任何异样，比如突起的、在土下隐秘活动的什么。围墙增加了大寨田的纵深，一眼望不到头。我又新鲜又惆怅，心里想到一些事：有一块地曾是我家的，我家的地上有一块大石头，当我五岁时遭遇邪魔，这大石头——比高大的房子还高，保佑了我的命，因为我认了他做干爸，我们为他献了香烛。他也许是比溪水更为久远的标记。这样想着，我就来到了大石头前。

情形立刻变得熟悉了。我知道这是在姚家的近旁。我是走过了长着些豆苗的田埂来的，豆苗几乎把路要遮完了，不停擦我的脚。石头尾部上立着片树林，大石头上方也挂着藤子。石头也不像是同一个，不完全是我小时候的样子，而是一个小的压着一个大的。主要的不同是，石头上有好几个小孩子，他们都是筲箕凹的，尽管我一个不认识，他们都比我小，我几乎不适合和他们一起玩了。我走得太久了吧。他们有的趴在树上，还有的登上了陡峭的石头尖，到那里有些难，对于他们却相当平常，并且像安了巢的鸟在那里栖息。

我站到树下，我记得那几棵树，非常高，暗中透出青皮，我多想同他们说话啊，果然我发现，姚家的伯娘也在这里，她望着暮色中的大寨田出神，也许是在眺望她的老年？河坝里有多少个她呀。她要是张口问我，我想说：我走了长着深豆苗的路到这里来；坎下是树林，树很深，路上苗也很深，我像在走往自家的老房子。但她始终没有说大寨田的事，我也只这样想了一下这种事，似乎我也忘了除豆苗以外的刚才的梦境。我想她为什么带了他们来这里眺望。那些小孩子果真全是筲箕凹产的吗？也许不，那个小男孩和他妹妹，就是城里人，就是为了他们，姚伯娘和孩子们一起来的这里吧？那么他们比我更不熟悉筲箕凹。暮色中的箐箕凹！我现在望着的真是吗？那一级级的大寨田，那围墙。暮色已不轻，夜好像一阵烟雾，无声息地前来。

那些小孩子下来了。我却从他们下来的地方，攀扯藤条，踩踏崖石，到他们站立过的地方。我和下来的他们擦身而过，清清楚楚地听见他们说："你还上去呀！"我在抓住藤条时心里有点发紧，红了脸，但我不在乎他们心里想：看他，也想学我们！他就这样爬上石头！我站到了大石头顶上，那一枝最高的树枝下，也许我干脆就是爬上了大树，立在一个丫杈上，我悬空的脚下是大石，向远处眺望。才眺望了一下，我就清楚地感到了头顶树叶深重的气息，也因为我的脚站在石头上，我等于是长在石头上，在吸取它的什么，石头披着爬山虎和地衣。可是我忽然感到那是青色的水，从我的脚底升起，我像一棵树那样往天空起去。我忽然明白，孩子们站到这里做什么了，像我小时候那样，他们来这里吸收、成长，那两个城里的小孩是体弱的，像小时候的我。孩子们等不住了，他们在嘀咕："天黑了！"他们想走了。可我还在眺望，我有我的理由，绝不是学孩子们！

但其中一个忽然告诉我（可能是暗示我），我的心一下子就亮了：这里有坟。这里不光是树和石头，不光是我们这些人，还躺着另外的人啦，他们在箐箕凹躺得比谁都久。难怪孩子们一遍遍说天黑了，天黑了。而重要的是，大人姚伯娘还在不在？我的心抽紧了。我只能最后再投去一缕眺望。夜气很浓了，重要的是我头顶的树，我站在青色的石头上，像在伤感的帘幕下。我很快退下石头，回到孩子们身边。夜真的降临了，我感觉在安全的范围内，并没越过危险的边界。尽管孩子们和姚伯娘都走了，经过坎下的树林，也许在低语。这一夜呵。我还看得见一小块前方，我在暗中看出了青色，我青色的筲箕凹，来源于我头顶青色的树，甚至石头深处。

十一

这次我回筲箕凹，是一次难以出口的后怕经历！

我走上阴坡垭子，已经是傍晚了。也许是到了冬天，我看到的景象充满了奇异和恐惧。

我小心地迈出第一步，往常通往包上的黄泥小路两旁插满了帐幔，红色、黄色的，在我面前形成了帘幕式的前景。这些红色、黄色，在黄昏里都是一种古怪的鲜艳，我第一刻想见的就是三月三的清明吊，或围绕棺材挂满堂屋的挽联。这些帐幔两边屏住小路，我就在它们当中走去。脚下的路似是而非，看似裸露着黄褐的土皮，却不见任何细小的昆虫爬行，也没有拱出土面的蚯蚓。我头皮发紧，一种凶恶的预兆笼罩了我，自从迈出那致命的一步，连后退也不再可能，“凶恶”，没错，就是这种颜色，噩梦中的大地和黄色帐幔，我的头发开始根根竖立，我发现包上也到处簇拥着帐幔，像往日丛丛的包谷壳垛，人呢？音信全无，连线索也没有，似乎筲箕凹从来就是这样，飘满了勾魂的幡。我就要走到外婆的坟前了。奇怪的是，外婆的坟对我一点不亲切，反而庞大地露着铁灰色的凶恶，它使刚才的凶恶聚集到了顶点：帐幔团团将我围住，我马上就要看到奇异的可怕的东西现形，刺猬一样有尖刺，像狼披着皮，像一个大树垛，在离地不高的空中旋来——冷汗湿透了背心，头皮就要炸开，我记不清是跑了起来，还是故作镇定一步步走，感到身后庞大的威胁——这时我看见老房子的四围，同样全插着帐幔、黄土，除此之外什么也没有，每一棵草，每一阵风，一粒绿色，都已从我的故乡消逝。我的心于是完全绝望了，我追寻要命的原因，肯定一切都瞬间完了，出了可怕的事！

院子、老房子也一间间死绝了。我看见了死灰的水缸，面如土色的窑碗，似乎它们刚从一个丧礼上回来。我还听见我心中鼠洞的空虚，很久前就聋了的墙壁耳膜里最后一丝回音。连行走的人，结实的最可靠的身体，也化为灶灰！我回来得太迟，在只剩我自己的时候，在洪荒之后才回来，我独得的洪荒。油然想到母亲，我的热泪出来了，滴在笸箕凹的中心，这是唯一陪伴我的生灵，让我知悉还活在时间里，抵挡灵魂凶恶而空虚的幡！

十二

有一个冬天，临近除夕，黄昏异常安静。村庄静卧在不远处，那里要经过小小的径路，路旁有一口水井。

也许，这水井是在庭院中，它的四周比它的中间更深。地面上下了小雪，小雪使平凡的地面有了深度，延长了小径，也使村庄深了。我走向那村子，那村子其实我很少去。从童年某个分界以来，我在途中停住了，也许我根本就不想走出这个黄昏，我望着那水井，忽然发现了深处的鲤鱼。

是个美妙的黄昏，一个没有声音的雪花的除夕。我在通村子的水井深处，忽然发现了游动的鲤鱼。“鱼”是家乡奇异的事物，比一座村庄更神秘，也比它更遥远，虽然眼下似乎是触手可及。

它似乎就是这个安详的除夕的全部秘密。它在里面动着，腰身浑然，而无比灵活，搅动一汪活水。一位村姑走来了，我亲爱的神秘的姐姐，只有她能捞起这两条鱼，是一条，两条？放在一个搪瓷盆子里观赏，那样我该怎样藏起这宝物，我能怎样动它？鱼在盆子里很美很大，一动不动，鱼的身下映出盆子的老式花纹。我的心忽然悲伤了，恳求神秘的姐姐，将她放回池中，否则整个村庄只剩了一条鱼，和水无法分开的鱼，整个村庄也只剩了这一滴水，剩下姐姐的悲伤，神秘而无可救药。

村庄并不知情，村庄只有一个传说，那个傍晚，人们安宁地度着有雪的除夕，水井和村子深处有鲤鱼。不久前，大家刚看了社里放映队演的电影《追鱼》。

十三

有一天，天空非常奇怪，我们站在窗前，望对面的山脉，高大的、绵长的屏风，保障着我的家乡。那只是一个平常的阴天的下午，屏风上似乎有两堆小小野火在烧。忽然，我产生了预感，因为我怎么也找不到青的底色，整条山脉似乎变老了。紧跟着，山脉最远的那头开始崩塌。像在旋转中飞翔，又轰然传来深渊里的回响，这种崩溃在运动，传递，顷刻靠近它的部分也崩溃了，崩溃一环接着一环，渐渐地看出朝向中心的趋势——我们脚下的“包”，有人说是筲箕中心的米粒，最坚实之处。巨大的山体像被卷入更巨大的漩涡，无可抵挡，崩塌的螺旋迟早会到达中心，我们站立之处。预感变成了明白的现实：世界开始毁灭了。

记得当时三舅在身边，可是我并没有望他求援，我只想疯狂地大喊，告诉还和我一样短暂存在的任何人，我内心难以描述的痛苦，死亡的痛苦，毫无办法的那种绝望，我的内心和记忆也在惊人迅速地崩溃，实在太快，太巨大，没有力量能够扭转。虽然，在一处坚硬的岩脊，运动似乎停了一刹，被强制阻止了。可那无名的力量眨眼突破了这条棱线，并因此疯狂加快了速度，完了，人们（也许有我的亲人们）发出绝望的惊呼，整座屏风般的山体就要垮落虚空，下面就轮到我们。我听到岩体裂成碎石轰轰下坠，类似洪水的声响，这一切必然和洪水或洪荒有关联，但这时一切思维都迟了，三舅只是无声地注视死亡。

我跟着别人往外跑，三舅也没有阻止我，他镇定地留在老屋里。我们来到场院里，看到那连环的崩溃已经到了山脉的边缘，屏风完全变成了深渊，内层更近一些的山崖开始崩溃，青色的大春崖、阴坡，不远还发出奇怪的反光，似乎那里地壳较薄；接着崩溃到达了，房子和小土坡转眼陷落消失了，我们这里明显地开始感到震动，脚下出现了纵横的大裂缝，它带来的恐惧甚至超过了昏暗白炽的天空。人们都在呼喊，苟延残喘，可是头顶的天空发出白炽的亮光，在一刹把我们照得雪亮，突然迸裂了！炸裂了的天空碎成斗大、碗大的石头，砸向我们的身体，这就是说，只有最后的时间了。

我忽然想到：她在哪里？我的爱人？她是和我一起到场院里的，还是留在哪间屋子里？或许她是在坎上院子里吧？那就一切都完了。来不及了。这件事成了我最重大的事，有生命的世间最后的一件事——我必须在找到她之后死去！那些屋子已经被石头砸变形了，我应该像火一样冲进房门去救她。

但在我起身之时，爱人却奇异地来到我身边，她本来就在这儿不远！我一把搂住她，搂到她的骨头里，她也完全搂进了我。石头如雨砸下，人们四处躲避、哀号，其实无可躲避。我们暂时还没有被砸中，崩溃已到达我们脚边，声音越来越宏大，吞没了人们的哀叫，只剩下心中微弱的疑问的声音：为什么会有崩塌？

但在致命的一击到来之前，却先到来了特殊的一秒，忽然有一种彻底的平安，我找到了爱人，不至于彼此分离地死去，想想那样有多后怕。这种庆幸带走了生命崩毁的恐惧。我体会到爱人的心也同样。

最后一件事完成了，就像小说的最后一段，心里是一种无比安静的感觉，我头一次发现：我能够毫无恐惧地面对死亡。

十四

我以为我的梦结束了。不料在第二天又做了新的梦。

真　实　打　动　世　界

真实故事计划

真故书店

新浪微博：@真实故事计划
官方网站：http://www.zhenshigushi.net
投稿邮箱：tougao@zhenshigushijihua.com